メディチ家の紋章

テリーザ・ブレスリン

金原瑞人／秋川久美子 訳

上

THE MEDICI SEAL

THERESA BRESLIN

小峰書店

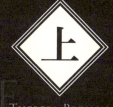

メディチ家の紋章

上

目次

装幀　城所潤

おもな登場人物

マッテオ
ジプシーの少年。字は読めないが、賢《かしこ》く探究心がある。祖母に習った薬草治療《ちりょう》にたけている。

レオナルド・ダ・ヴィンチ
画家として有名だが、あらゆる分野の学問に関心を持ち、卓越《たくえつ》した能力を発揮。マッテオの命を救い、その庇護《ひご》の下に置く。

パオロ
マッテオと同じ年ごろの少年。兄弟と呼び合う仲になる。

エリザベッタ
パオロの妹。マッテオにとっても妹のような存在。

サンディーノ
残忍《ざんにん》で卑劣《ひれつ》な悪党。金印をねらい、マッテオを追う。

チェーザレ・ボルジア
悪名高き教皇領行政長官、および教皇軍総司令官。

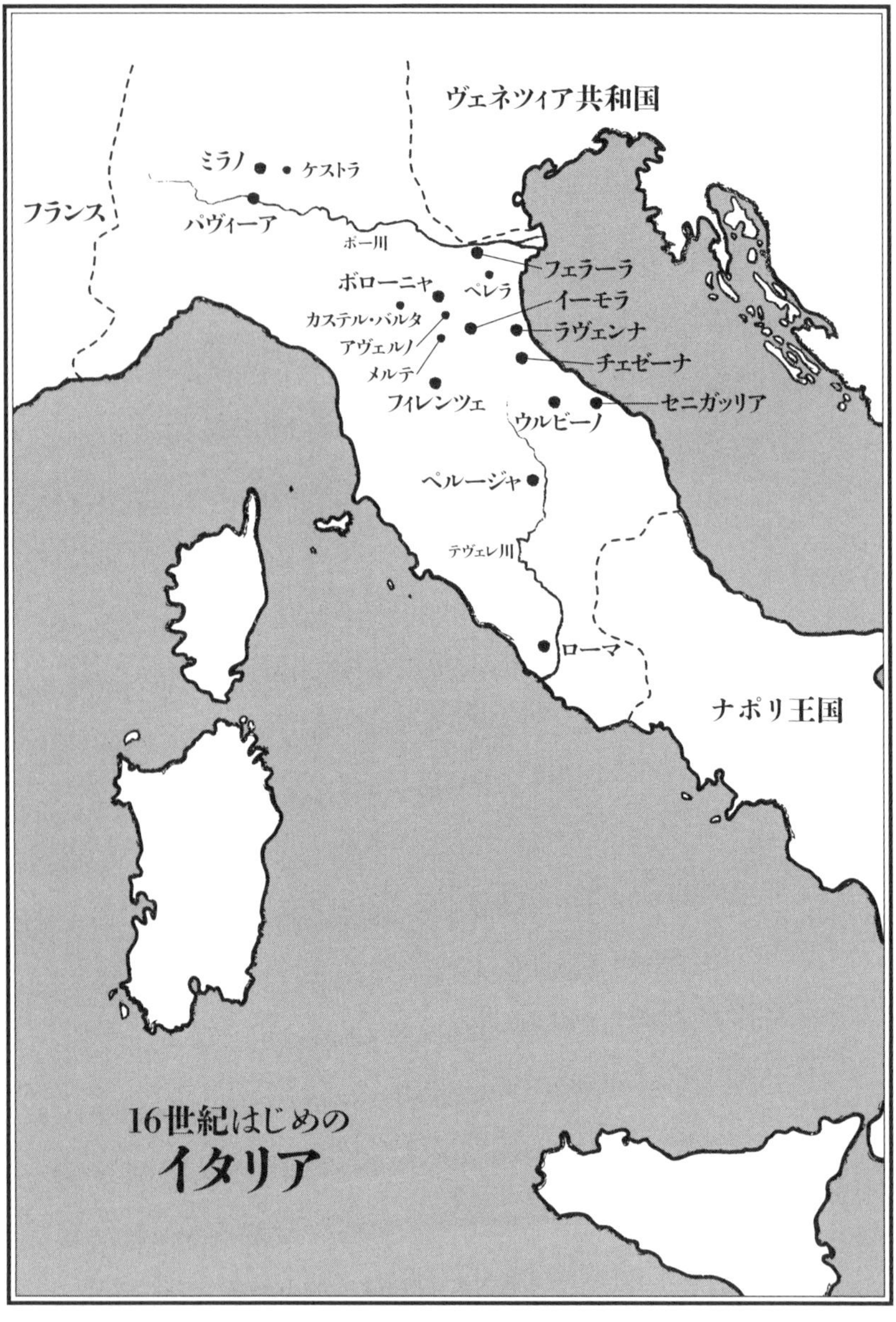
ヴェネツィア共和国
ミラノ
ケストラ
フランス
パヴィーア
ポー川
フェラーラ
ボローニャ
ペレラ
イーモラ
カステル・バルタ
ラヴェンナ
アヴェルノ
チェゼーナ
メルテ
フィレンツェ
セニガッリア
ウルビーノ
ペルージャ
テヴェレ川
ローマ
ナポリ王国
16世紀はじめの
イタリア

はじめに　ルネサンス期のイタリア

十五〜十六世紀ルネサンスの時代、「イタリア」という国は存在していませんでした。イタリア半島は、各地にあるさまざまな都市国家から成り、南イタリアはナポリ王国と呼ばれていました。このナポリ王国は、フランスまたはスペインの属国になっていて、イタリア半島にあるものの、両国の軍隊がやってきては統治する地域だったのです。北イタリアで千年以上栄えたヴェネツィア共和国もまた、イタリア半島内の支配を広げようと画策していました。

また、当時の教皇は、信者たちの信仰《しんこう》のよりどころというだけではなく、実質的な政治・経済力をもっていました。ロマーニャを含《ふく》む中部イタリアには、教皇の支配する教皇領が広がっていました。

イタリア各地の都市国家は、富と力をもつ一族によって支配され、なかでもぬきんでた存在だったのがフィレンツェを治めたメディチ家です。メディチ家はその財力で芸術家を支援《しえん》する強力なパトロンで、とりわけ「偉大なるロレンツォ」と呼ばれたロレンツォ・デ・メディチの庇護《ひご》のもと、フィレンツェはルネサンス芸術と文化の最盛期を迎《むか》えることになります。けれど、ロレンツォの死からほんの数年後の一四九四年、メディチ家はフィレンツェから追放されてしまうのでした。

第一部　殺人

（イタリア、ロマーニャにて――一五〇二年夏）

1

最初の一撃《いちげき》がぼくのこめかみを直撃《ちょくげき》した。

ぼくはよろけてその場に倒《たお》れそうになる。

サンディーノが男の死体をまたいでこちらへやってくる。その男が殺されるのを、ぼくは目《ま》の当たりにした。サンディーノはぼくを殺す気だ。

よろけながらあとずさりする。

サンディーノのつきだしたこん棒が、ぼくの腹にめりこむ。

ぼくは体を折るように腹をかかえ、岩場に逃《に》げた。

サンディーノがいらだたしそうな声をもらし、ぼくのあとを追ってくる。

必死であたりをみまわした。けど、あるのは川だけ。ぼくの背後で、はるか下を勢いよく流れていく。

サンディーノがにやりと笑う。「どこにも逃《に》げ場はないぞ」

サンディーノが腕《うで》を振《ふ》りあげた。こん棒を振《ふ》りおろすつもりだ。

次の一撃《いちげき》をかわそうと身を引いたとたん、ぬれた地面で足がすべった。

サンディーノが悪態をつくのがきこえた。

ぼくは川に落ちていった。


冷たい水の衝撃《しょうげき》が全身をつつむ。

そして川に飲みこまれた。

急流にもみくちゃにされる。服が引っ張られ、脚《あし》をつかまれる。ひどく水を飲んでしまったけど、なんとか水面に顔をつきだして泳ごうとした。必死に両腕《りょううで》を動かしてもがいたけど、川の勢いには歯が立たない。なんとか川岸にたどりつくんだ。でなきゃ命はない。けど、だんだん疲《つか》れてきた。水面に顔をだしてるのもつらい。

そのとき、轟音《ごうおん》がきこえてきてぼくは恐怖《きょうふ》で凍《こお》りついた。滝《たき》だ！

滝《たき》の音はどんどん大きくなり、流れが速くなっていく。あと数秒で滝《たき》だ。最後の力をふりしぼって両手を動かし、助けを求めて叫《さけ》んだ。その直後、ぼくは滝《たき》のなかに放りだされ、猛《もう》烈《れつ》な水しぶきのあがる滝《たき》つぼへ落ちていった。

ぼくは大量の水のすさまじい勢いに押《お》しつぶされ、下へ下へと押《お》しこまれていく。渦《うず》に飲みこまれ、すさまじい圧力から逃《のが》れられなかった。体があおむけになった瞬間《しゅんかん》、口を大きくあけて必死で息を吸いこむ。上から落ちてくる水でまわりがよくみえない。滝《たき》にかかる虹《にじ》も砕《くだ》けてみえる。そのむこうに光に満ちた生の世界。焦点《しょうてん》が合わなくなり、白目をむく。頭の中で鐘《かね》が鳴り響《ひび》いていた。

はるか上から自分をみおろしているみたいだ。魂《たましい》がぬけだし、まったくちがう場所から自分の体をみつめている。ぼくはこの地球からどこか別の場所に移動して、必死でもがく十歳《さい》の少年をみおろしていた。

もう、もがいたり、あえいだりしなくていい。

わずかな光がさしたかと思うと、真っ暗になった。

2

だれかが両手でぼくの頭をつかんでいる。

何もみえない。音もしない。においもなかった。

けど、感触《かんしょく》だけはあった。長い指がぼくのあごをつかみ、ひたいをおおった。口がそっとぼくの口をおおう。ぼくの唇《くちびる》はその唇《くちびる》にすっかりつつまれる。ぴったり合わさった唇《くちびる》。キスでぼくに命を吹《ふ》きこもうとする。

ぼくは目をあけた。男の顔がこちらをみおろしている。

「私はレオナルド・ダ・ヴィンチ」男がいった。「私の連れがおまえを川から引きあげた」

男はぼくにかけたマントをしっかりぼくの体の下に押《お》しこんだ。

ぼくはまばたきする。空がまぶしい。冷たい、透《す》きとおるような青空だ。

「名前は？」男がたずねた。

「マッテオ」ぼくは小声でこたえた。

「マッテオ」男は一音一音たしかめるようにいった。「いい名前だ」

男の表情はぼんやりしてよくみえない。ぼくは咳《せ》きこんで、水と血を吐《は》いた。「ぼくは死ぬんだ」そういって泣きだしてしまった。

男は涙《なみだ》をぬぐってくれて、「いや」といった。「おまえは生きるのだ、マッテオ」

3

ぼくはマッテオと呼ばれてる。

滝《たき》つぼから助けだされたとき、ぼくは溺《おぼ》れて死にかけていたけど、本当の名前を教えないほうがいいってことぐらいは気がまわった。最初に思いついたのがマッテオという名前だ。名前もそうだけど、そのあと話した身の上話もほとんど全部でっちあげた。

ぼくを助けてくれたその日、一行はそこでキャンプを張った。男と、連れの男ふたりが滝《たき》つぼのそばでぼくの体を暖め乾《かわ》かしてくれた。ぼくはできるならそこから離《はな》れていたかったけど、どうしようもなかった。サンディーノの一撃《いちげき》で頭に傷を負っていて、立つこともままならなかった。もちろん歩くなんてむりだ。ぼくは毛皮のふち飾《かざ》りがついたマントでくるまれ、焚《た》き火のそばに寝《ね》かせられた。夏の終わりだった。そんなに寒いわけじゃなかったけど、日はだんだん短くなり、太陽の描《えが》く軌道《きどう》は地平線に近づいていた。

「〈ズィンガロ〉かな」

イタリア語で〈ジプシー〉という意味だ。男の連れのうち、太ったほうがそういいながら焚《た》き火の用意をしている。

ぼくは目を閉じた。レオナルドと名乗った男がこっちをちらっとみたからだ。「たしかにそういう顔つきではある。だが……」

もうひとりの、ぼくにマントを貸してくれている連れの男が首を振《ふ》った。「南へむかっているジプシーのひとりかもしれない。連中は窃盗《せっとう》だの詐欺《さぎ》だのをはたらいたといって、ミラノへ立ちいり禁止になっているからな」

「ボローニャにジプシーの野営地がある」太ったほうの男がいった。「あそこならここからそう遠くない」

それをきいてぼくは身を硬《かた》くした。ボローニャはぼくたちが冬を越《こ》す土地だ。もしジプシーだと思われたらあそこに連れていかれるかもしれない。そうなったら、仲間だとわかって歓迎《かんげい》され、受けいれてもらえる。けど、ボローニャにはいきたくない。ぼくが生き延びた場合を考えて、あの悪党サンディーノが真っ先にさがしにいきそうな場所だ。もしかしたら、ぼくがボローニャに逃《に》げこもうとしてるかもしれないと思って、もう手先を送ってるかもしれない。ぼくには行き場がないと思ってるだろうから、手先を放って、ぼくをみつけ次第連れてこいと指示してるかもしれない。サンディーノにこん棒で腹を突《つ》かれたときのことを思い出して身震《みぶる》いした。それから川に落ちてここまで流されてきたのだ。

ぼくに空気を送りこみ、肺にはいった水を吐《は》きださせてくれたレオナルドという男がいった。「ジプシーにしては小柄《こがら》なようだが、栄養が足りてないせいかもしれん。ミラノから追放された連中のひとりかどうか、目を覚ましたとき話をきけばすぐわかるだろう」

それをきいて、自分の素性を明かさないほうがいいと思った。溺《おぼ》れ死にしかけた少年に同情してくれてるかもしれないけど、ぼくたちの一族に好ましい感情をもってないのはたしかだ。

放浪の民《ジプシー》はどこの土地にもいる。ぼくたちは、馬の蹄鉄《ていてつ》、編みかご、金属製品を作るのが上手《じょうず》で、未来を占《うらな》えるので知られていた。このふたつ目の能力に関しては怪《あや》しいところもあるけど、運命を教えてくれと金を払《はら》ってもらえれば、その人の人生がどうなるのかあたりをつけるくらい、だれだってできる。

ぼくのおばあちゃんはそれがうまかった。話をひきだすのが上手《じょうず》で、相手が思う以上に自分のことを話させてしまう。そして、相手の状況《じょうきょう》に合わせたアドバイスをしてやる。仕立屋が客の体に合わせて布を裁断するようなものだ。けどおばあちゃんがほんとにすごいのは治療師《ちりょうし》としてだった。人間の体や、心を蝕《むしば》む病について驚《おどろ》くほどよく知っていた。病気は、人間であるための苦しみが原因っていうことが多い。報われない愛、孤独《こどく》、老いの恐怖《きょうふ》。たくさんの人がおばあちゃんに治療《ちりょう》してほしいとやってきた。おばあちゃんが悩《なや》める人たちの苦しみをみきわめられたのは、不思議な力があるからではなく、ただその人をよくみる観察眼をもっていたからだ。空をみあげて天気を予測するのと同じぐらい当たり前のやり方だ。木をみて季節がわかるのと同じ。ただ注意深く観察して、理由や原因を考えればいい。

白目が黄色っぽい人は肝臓《かんぞう》か腎臓《じんぞう》を悪くしているから、血の流れをよくするためにパセリの葉を煎《せん》じたものを飲むといい。寝《ね》つけなくていらいらするという人には、カモミールでリラックスさせるか、レタスからとった乳白色の汁《しる》を鎮静剤《ちんせいざい》としてすすめる。おばあちゃんは女の人の首のようすをみて、妊娠《にんしん》できるかどうかもみきわめられる。そこの肌《はだ》が乾《かわ》いていたり、しわが寄っていたりすると、子宮に命が宿らないことが多い。相手は、打ち明ける前からおばあちゃんに悩《なや》みをいい当てられて驚《おどろ》き、そして新たな希望を胸に去っていく。香草《こうそう》へンルーダとネズの実をあわせて作った浄化剤《じょうかざい》が、子宮へつながる卵管の通りをよくしてくれるからだ。

若い娘《むすめ》が知りたがるのは自分の運命の相手だ。そういうときはノコギリソウの茎《くき》の束を枕《まくら》の下にいれ、寝《ね》る前に次の言葉を唱える。

汝《なんじ》、愛と美の神ヴィーナスの足元に育つもの
わが心痛を癒《いや》す薬草よ
運命の相手を夢見させたまえ
明朝、われが目覚める前に

おばあちゃんはこういう知識とその土地の秘伝の言い伝えなんかをたくさん知っていた。自分が死ぬときもわかってた。

予知能力があったわけじゃない。心臓がどう動いているべきか知ってて、自分の心臓が弱っていってるのに気づいてたからだ。

こういうことを的確に予知するのには不思議な力とか特別な才能がいるわけじゃない。まあ、愚《おろ》かじゃないっていうのも才能っていうなら別だけど。けど、そういう能力は他人のやっかみを買うので、ぼくたちはひとつの場所に長くとどまっていられたためしがなかった。町の商人組合や商売人たちは競争相手が増えることを嫌《きら》った。それから偏見《へんけん》もあって、何か悪いことがあれば証拠《しょうこ》がなくても犯人だと疑われるし、場合によっては何もなくても、ぼく

たちはジプシーっていうだけで殺されかねなかった。

だから、素性は明かさないことにした。ぼくを川から引きあげてくれた三人の男のようすを薄目《うすめ》でうかがいながら、ぼくは身の上話をこしらえはじめた。

男たちが傭兵《ようへい》じゃないのはたしかだった。だれも武器をもっていない。いい馬に乗ってる。品評会用の馬とちがって、後ろ脚《あし》がしっかりしていて、スピードを競うより長距離《ちょうきょり》を旅するのにむいている体つきだ。鞍《くら》に狩猟《しゅりょう》道具はとりつけられていない。食べ物も、チーズ、パン、果物《くだもの》にワインと最低限のものだけ。たぶん毎日移動してはどこかに宿泊《しゅくはく》するんだろう。

旅の目的についても考えてみた。馬の背に大きな荷袋《にぶくろ》をくくりつけてるけど、中身は商品でも布地でもない。本と紙の束だ。けど、この三人は商人でも貿易商でもない。それから、だれがえらいっていうわけでもなさそうだ。おたがい気がねないみたいだけど、レオナルド・ダ・ヴィンチという人には敬意を払《はら》ってる。ぼくの名前をやけに注意深く発音した男だ。

ぼくははじめからこの人のことを〈マエストロ〉と呼んだ。〈メッセル〉と呼ぶようにとあとから連れのひとりにいわれた。〈メッセル〉のほうが〈マエストロ〉よりえらいらしい。けど、そのときレオナルドという男があいだにはいって、こういった。「この子が〈マエストロ〉と呼びたいというのなら、それでいい。〈マエストロ〉と呼ばせよう」

ぼくのなかでは、マエストロはいつも〈マエストロ〉だった。

4

正午すぎ、一行は焚《た》き火のそばで体を暖めると、食べ物をとりだした。太ったほうの男、グラツィアーノは、ぼくが目を覚ましているのに気づいて食べ物をさしだした。ぼくは身を引いた。マエストロが食べるのをやめ、片手をさしだし、そばにくるようにいった。ぼくは首を振《ふ》った。

「なら、おまえがこちらにくるまで待つとしよう」マエストロはそういうと食べ物をわきに置き、本をとりあげた。ぼくはどうしようかと、ようすをうかがった。連れの男ふたりはマエストロの邪魔《じゃま》をしないようにしている。

男ふたりは、マエストロが本を読んでいるあいだ、小声で話をしていた。食べ物は草の上に置いたままだ。ぼくはお腹《なか》がすいていた。川の水で体が冷えきっていた。とうとう、火のそばにいって腰《こし》をおろした。

マエストロが本をおろすと、ぼくにパンをひとかけら手わたした。「食事はみんなでとることにしている」

ぼくは連れの男ふたりのようすをみた。おしゃべりしながら、ぼくに食べ物や飲み物をまわしてくれる。まるでぼくも仲間だっていうみたいに。

「旅をつづけないと」グラツィアーノがいった。「でないと夜までに目的地に着けない」

「おまえの家族はこの辺に住んでいるのか？」マエストロにきかれた。

「家族はいません。孤児《こじ》です。馬番をしたり、収穫《しゅうかく》の手伝いをしたりしています」すぐ答えられるように準備しておいた答えだった。

「どこで働いていた？　雇《やと》い主はきっとおまえをさがしているだろう。もう暗くなる」

ぼくは首を振《ふ》った。「いえ、出ていったと思われてるでしょう。それに、そのつもりでした」そのあと、すぐつけ加えた。「蹴《け》られたり殴《なぐ》られたりしてばかりで、満足な食事も与《あた》えられませんでしたから、どこか別のところで働きたいんです」

「たしかに」太ってないほうの男がいった。「しばらくろくに食べてないのは、みればわかる」男は大笑いしながらぼくが夢中になって食べているパンを指さした。

ぼくは赤くなって、もっていたパンを落としてしまった。

「よさないか、フェリペ」マエストロがたしなめた。「この子は腹をすかせているのだ」マエストロはパンをひろいあげるとぼくの手にもどした。「フェリペはからかっているだけだ」

「こういう子はいつも腹をすかせてる」フェリペが暗い声でいった。

あとになって、フェリペが日用品や食料の買い出しをとりしきっているのがわかった。会計の知識を駆使《くし》して、マエストロたちが不自由なく仕事をし、暮らしていけるようとりはからっていた。

「次の目的地までいっしょに来るか？」マエストロにきかれた。一行は出発の準備をしている。

「目的地はどこですか」

「下流の橋をわたり、対岸の土地を上流にもどっていった先にある、ペレラというところだ」

サンディーノが今何をしているか考えてみた。ぼくをみつけようとしているはずだ。ぼくが溺《おぼ》れ死んだかどうかはどうでもよくて、別の理由のためだ。ぼくがもってる、あるものをほしがってる。ぼくをだまして盗《ぬす》みださせた貴重なものだ。

何ヶ月も前にやつはジプシーの野営地にあらわれた。ぼくはおばあちゃんの葬儀《そうぎ》を終えてから、その野営地でくらしていた。覚えてる限り、ぼくはいつもおばあちゃんとふたりだけで旅をしてきた。母さんはぼくが赤ちゃんのときに亡くなっていたし、父さんはだれなのかも知らない。おばあちゃんはたいてい、ほかのジプシーたちから距離《きょり》をとってたけど、自分がもう長くないとわかると、荷車を馬に引かせてボローニャの北の野営地にいった。自分が死んだあと、ぼくがひとりぼっちにならないようにと考えてのことだった。サンディーノはぼくの前にあらわれて、おばあちゃんの遠い親戚《しんせき》にあたるといった。おばあちゃんはもう亡くなってたから、たしかめようがない。ぼくはサンディーノについていった。海賊《かいぞく》にならないかといわれて、海をわたってみたいと思ったからだ。サンディーノがしてくれた海賊《かいぞく》の話にも心を引かれた。けど、サンディーノはぼくを船に乗せてやろうと本気で考えてたわけじゃなかった。サンディーノはぼくが錠前《じょうまえ》あけが得意なのをききつけていた。金で雇《やと》われ、ある殺人がらみの計画を実行するのにぼくの錠前《じょうまえ》あけの技術が必要だったんだ。サンディーノはぼくを使って計画を実行しようとし、実際、ぼくはサンディーノの手助けをした。ただ、盗《ぬす》んでこいっていわれたものはわたさなかった。今もぼくがその品物をもってる。

だから、サンディーノは川を下り、ぼくが生きていようが死んでいようが、その品物をとり返そうとするはずだ。自分がどのぐらい流されたのか見当もつかない。川は雨のあとでふくれあがり、流れは急だった。十キロ近くは流されてきたはずだ。サンディーノと手下たちは馬をもってなかったから徒歩だろう。それに、ぼくの死体がないか川岸を確認しながらのはずだ。海まで流されていったか、アシの群れに死体がひっかかってウナギに食べられてしまったと思ってくれるといいんだけど。たとえぼくがなんとか生き延びたと考えても、この人たちといっしょに川をわたり、また上流にむかってペレラという村にいくとは思わないだろう。わざわざぼくがもときた方向にもどるとは考えないはずだ。この人たちには馬がある。ということはこちらのほうが足が速い。一行といっしょに行動して、安全そうなときに逃《に》げだせばいい。

「暗くなる前にペレラに着かないと」グラツィアーノがいった。

「そこにある砦《とりで》に泊《と》めてもらう」フェリペがぼくにいった。「馬番ができるなら、おまえも食事にありつけるだろう」

マエストロが手を伸《の》ばし、ぼくのひたいにあてた。指先は細く、さわり方はやさしかった。

「頭を打って、まだ少しぼうっとしているようだな。おまえを馬に乗せてペレラまでいくことにしよう。それでいいか、マッテオ?」

ぼくはうなずいた。

「チェーザレ・ボルジアが話をしようと待ちかまえているでしょうか」フェリペがマエスト

ロにきいた。

マエストロが肩《かた》をすくめる。「チェーザレ・ボルジアがどこにいるのか、どこにあらわれるのかなどだれにもわからない。陸軍司令官としては当然だ。あの方の居所を正確に知る者などいない。蛇《へび》のようにやぶから棒にあらわれ、攻撃《こうげき》しては姿を消し、思いがけないところにまたあらわれる」

このとき初めて、チェーザレ・ボルジアの名前が出た。ぼくもその名前は知っていた。知らない人なんていない。ボルジア家の名前はヨーロッパじゅうに知れわたっている。教皇のロドリーゴ・ボルジアはアレクサンデル六世としてカトリック教会の総本山、サン・ピエトロ大聖堂の聖座におさまり、バチカンを支配している。この大悪人とその悪名高い子どもたち、チェーザレとルクレツィアは、イタリア全土を支配しようとしていた。

アレクサンデル六世の娘《むすめ》、ルクレツィアは、金髪《きんぱつ》で美しく、最近フェラーラ公爵家《こうしゃくけ》に嫁《とつ》いでいた。今年《ことし》の春、ぼくはサンディーノのたくらみでフェラーラにいった。そのとき、ルクレツィアの結婚式《けっこんしき》をみた。結婚式《けっこんしき》には、フェラーラの住民もあちこちからやってきた見物人も目を見張った。といっても、ルクレツィアがみんなから好かれてたわけではなくて、信用ならない女だっていうのがもっぱらの評判だ。何しろ、父親である教皇は、フェラーラ公《こう》爵《しゃく》であるエルコレに多大な結婚《けっこん》持参金を払《はら》って未来のフェラーラ公爵《こうしゃく》、長男のアルフォンソと娘《むすめ》を結婚《けっこん》させたらしい。結婚式《けっこんしき》の人ごみのなかを通りぬけていくとき、ひそひそ話やはやしたてる声をよく耳にした。

フランス国王からアルフォンソに結婚《けっこん》祝いとして贈《おく》られた盾《たて》のことを女の人が話していた。

「盾《たて》にはマグダラのマリアが描《えが》かれているそうよ。あの女もふしだらな女だったわよね？」

その女の人のまわりにいた人たちが大勢声をあげて笑った。ただ、何人かはボルジア家の者をあざ笑ったのをだれかにみられてないか不安そうにあたりをみまわした。ボルジア家の怒《いか》りをかった者への報復は恐《おそ》ろしい。けど、みんなお祭り気分で、そういう軽口はつづいていった。

新郎《しんろう》と新婦の行列が、結婚式《けっこんしき》のおこなわれる大聖堂にむかって進むのにしたがって、見物人たちのはやしたてる声が広場にこだました。「新郎《しんろう》はよくお祈《いの》りしといたほうがいい。新婦の前の旦那《だんな》みたいに、義兄の命令で絞《し》め殺されたりしませんようにって」

ぼくを助けて旅の仲間にいれてくれた三人は、チェーザレ・ボルジアと何か関わりがあるらしい。けど、厄介《やっかい》だとは思わなかった。都合がいいと思ったくらいだ。

ぼくたちは小さな石橋をわたり、ペレラにむかった。川をわたるのにこの橋を使う人は多いらしく、川沿いの道と橋をつなぐ小道はたくさんの馬のひづめに踏《ふ》みならされていた。ぼくはマエストロの前に乗せてもらっていた。まだフェリペのマントにくるまれたままで、マエストロがチェーザレ・ボルジア本人のサインがある通行許可証を橋守にみせる間、顔をふせていた。

ペレラの村に着くまでにサンディーノのことと、やつの次の手を考えた。しばらく、チャンスがあったら逃《に》げだす計画は見合わすことにした。サンディーノは、ボローニャのジプシー野営地を見張るだけじゃなく、このあたりの大きな通りに手先を送りこんでるはずだ。サンディーノはボルジア家に雇《やと》われて悪事をはたらいていて、ぼくがそれを知ってることはサンディーノにもわかってる。ぼくを助けてくれた三人は少なくともしばらくのあいだペレラの砦《とりで》にとどまることになってる。それなら、いっしょにそこにいるのが一番安全だ。ペレラはボルジア家の要塞《ようさい》だから、サンディーノはまさかぼくがそこに逃《に》げこむとは思わないはずだ。ペレラに追っ手がやってくることはない。

そのときは本気でそう信じていた。

5

「マッテオ、おまえの話をきかせてくれないか」

ペレラの砦《とりで》で何日かすごしたあとのことだった。夕食後、暖炉《だんろ》の火のそばに腰《こし》をおろしていたマエストロがぼくを呼び、それまで奏でていたリュートをわきに置いていった。

「マッテオ、今夜はおまえの話で私たちを楽しませてくれないか。きっと大尉《たいい》もご家族もききたいはずだ。いったいどういうわけで滝《たき》つぼで溺《おぼ》れ死にしそうになったのか、きかせてくれ」

ぼくたちは砦《とりで》の主人であるダリオ・デロルテ大尉《たいい》とその家族にあたたかく迎《むか》えられ、もてなされていた。ぼくたちによくしてくれるのは、この人たちが素朴《そぼく》で親切な人たちだからで、マエストロがチェーザレ・ボルジア直筆の通行許可証をもってるからじゃなさそうだ。

ペレラの村はずいぶん小さい。丘《おか》の上にこの砦《とりで》があるほかには、農場がひとつと、農家が一、二軒《けん》近くにあるぐらいだ。砦《とりで》は堅固《けんご》なつくりで、高い城壁《じょうへき》と頑丈《がんじょう》な門で守られていた。砦《とりで》は峡谷《きょうこく》をみおろすように建ち、二、三百メートル下の谷まで切り立った崖《がけ》になっている。

一階には台所がいくつもあり、二階の広間は大尉《たいい》とその家族が食事をとったり、日中をすごす場所だ。三階は大尉《たいい》と家族の寝室《しんしつ》になっていて、客用寝室《しんしつ》も二、三部屋あった。マエストロとお供のふたりはそこに泊《と》まっていた。寝室《しんしつ》と、マエストロが本や何かを広げられる仕事場に使っている。数人の召使《めしつか》いは台所で寝《ね》ていたけど、十人ほどいる番兵は、砦《とりで》の後ろにある馬小屋の二階で寝起《ねお》きしていた。ぼくは砦《とりで》の屋根裏部屋にマットレスを置いてもらっていた。

狡猾《こうかつ》な陸軍司令官として知られるチェーザレ・ボルジアは、ボローニャとフェラーラのあいだに位置するこの村の重要性をわかっていた。一五〇〇年三月、チェーザレは教皇領行政長官および教皇軍総司令官に任命され、元教皇領だったロマーニャ各地をとりもどすよう命じられた。けど、元教皇領だった地区を教皇のものだと宣言するだけでなく、とれるものはすべてとるのがチェーザレのねらいだった。このころのイタリアにはいくつもの栄えた重要な都市があった——フェラーラ、イーモラ、ウルビーノ、ラヴェンナ、そしてボローニャ。急襲《きゅうしゅう》、包囲攻撃《こうげき》、だまし討ちなどで、この二年のあいだに次から次にイタリアの町がボルジア家の手に落ちていった。チェーザレはイタリア半島を押《お》さえつけ、その喉元《のどもと》をつかんでるようなものだ。そして、手中にした町が敵の攻撃《こうげき》に耐《た》えられるように、どの町も視察して防備を強化していた。それで、チェーザレの建築および総合技術士であるレオナルド・ダ・ヴィンチがペレラに滞在《たいざい》してるというわけだった。

デロルテ大尉《たいい》は十何年か前に教皇軍として従軍中に負傷していた。そのとき背中に負った傷のせいで長距離遠征《ちょうきょりえんせい》には従軍できなくなり、この砦《とりで》の城主に任命された。ペレラという退《たい》屈《くつ》な土地に送られた大尉《たいい》はげんなりしていて、農場に売られた軍馬のような気分だったと自分でもいっていた。このままなんのおもしろみもない人生をみじめに生きていかなくてはならん、って。けどそのとき、予想もしてなかったことが起こった。

大尉《たいい》はもう若者とはいえない年齢《ねんれい》だったけど、若い村娘《むらむすめ》、フォルトゥナータに恋《こい》してしまった。フォルトゥナータのほうも大尉《たいい》に恋《こい》してしまったのには大尉《たいい》も驚《おどろ》いた。大尉《たいい》はこういった。この砦《とりで》ですごした年月が、自分の人生でもっとも幸福な日々となった。フォルトゥナータといっしょにすごす時間と、四人の子どもがこの上ない喜びを与《あた》えてくれたのだ。長男のパオロは十二歳《さい》で、ぼくよりふたつ年上だ。大柄《おおがら》で父親似の明るい性格だ。その下には妹がふたりいて、年はぼくと同じぐらい。ふたりとも同じ日に生まれた。双子《ふたご》にありがちな話で、片方のほうがもう片方より外向的だった。それからもうひとり、まだ幼い末息子《すえむすこ》がいて、父親と同じダリオという名前だった。家族全員がぼくたちの訪問を歓迎《かんげい》してくれて、ぼくのことも召使《めしつか》いというより客として扱《あつか》ってくれた。用事をいいつけられたことなんてなかった。子どもたちはぼくを新しい遊び相手と考えたらしい。長男のパオロは、馬上槍試合《やりじあい》や取っ組みあいのいい相手だと思ったみたいだ。ぼくがここに着いたときはすごくうれしそうだった。同じ年ごろの少年はこの辺にいなかったから、ぼくたちはすぐに仲良くなった。ぼくが遠慮《えんりょ》がちにしてると、外にきて兵術の訓練につきあってくれと説き伏《ふ》せられた。ぼくが立てるぐらい具合がよくなるとすぐに、パオロの妹たちにもいっしょに遊ぼうと手を引っ張られた。兄のパオロがたしなめるようにふたりを追い払《はら》ってくれたけど、パオロは妹たちに対してやさしかった。パオロは一番年上で、ふたりもパオロのいうことはちゃんときいた。

この晩も、ぼくが話をするようにいわれると、パオロはぼくに話をせがむ妹や弟をちゃんと床《ゆか》にすわらせた。

ぼくは話をした。

けど、本当のことは明かさなかった。

素性を知られたくないっていうのもあったけど、サンディーノのことがこわかったからだ。行く先をごまかせそうな話をなるべくたくさんしておきたかった。だから、考えることもなく嘘《うそ》がすらすら口をついてでた。本当のことも少しだけまぜた。生《お》い立ちをざっと話すだけのつもりだった。けど、その晩、暖炉《だんろ》の火のまわりに集まって生《お》い立ちを話していると、だんだん勢いがついてきて、坂道を転がっていく雪玉みたいに話は大きくなっていった。

ぼくは孤児《こじ》ということにした。山奥《やまおく》の農場で育ったけど、そこの名前は覚えていない。両親が死んだあと、土地は非道なおじにとりあげられ、農場でこき使われた。

「その農場は、冬になると頂上が雪でおおわれる山のそばにあった？」双子《ふたご》の姉妹の外向的なほうが身をのりだしてきいてきた。ロッサナという名前で、妹と同じぐらいかわいい。

「うん、たぶん」

ロッサナがうなずく。「わたしの部屋の窓からもその山がみえるの。とても高い山だから。お母さまは天国にも届きそうな高い山だから、あそこには天使が住んでいるのよ、っていってた。でも、すごく寒そう。マッテオ、その農場に住んでるとき、寒かった？　天使をみた？　天国って寒いの？」

双子《ふたご》の妹のエリザベッタがぶるっと震《ふる》えた。「寒いのはいや。天国にいくときはベッドから毛布をもっていかなくちゃ」

「しーっ、エリザベッタ」夫人がいった。親指を口にくわえたまま眠《ねむ》ってしまった末息子《すえむすこ》のダリオを抱《だ》きあげ、ひざの上にのせてやる。ダリオは母親の胸に甘《あま》え、夫人はやさしく頭をなでてやった。「ロッサナもよ。マッテオにつづきを話させてあげなさい」

姉妹があれこれ口をはさむのはいやじゃなかった。おかげで次の嘘《うそ》を考える時間をかせげた。

「冬はすごく寒かった」ぼくはロッサナの話を借りてつづけた。「それにいつも満足に食べさせてもらえなかった。着るものも粗末《そまつ》で、ぼくは離《はな》れに住まわせられていたんだけど、火を焚《た》く薪《まき》もなかった。だから一年ぐらい前に、春になるのを待って逃《に》げだしたんだ」

「たくさん冒険《ぼうけん》があったんだろ?」パオロが意気ごんできいてきた。

「うん。けど、その話はまた今度にするよ」

「ぼくも外の世界に出て旅がしたいなあ」パオロがいった。

大尉《たいい》が声をあげて笑った。「それで茂《しげ》みの中で野宿するのか? あたたかいベッドから起きだすのもひと苦労のおまえが?」

みんなおもしろい話をききたくて仕方ないのがわかって、つい調子にのってしまった。こういう田舎《いなか》に住んでると、むりもない。国中を旅してまわる行商人ならみんな知ってる。田舎《いなか》の人は話をききたがっている。どんなささいな事件でもかまわない。たいした出来事でなくたっていいんだ。とにかくいろんな話がききたい。だから、売り物のほかにうわさ話を提供できる商人たちは、品物をより高く売れる。おもしろい話をきかせられるなら宿屋や城でただで食事を出してもらえたり、泊《と》めてもらえたりすることもよくある。女の人たちがリボンの束や刺繍《ししゅう》用の糸の束を使いきれないぐらい買いこむのをみたこともある。それも、売り手の商人に話をつづけさせるためだ。

だから、放浪の民《ジプシー》とか野営地には触《ふ》れなかったけど、自分の体験をちょっと話さずにはいられなかった。農場を飛びだしてから、いろいろなところにいった、とぼくはいった。水路が道のかわりをしているヴェネツィアという町では、長い平底船《ゴンドラ》がヴェネタ潟《がた》を進んでいくのをみた。船着場をうろついてると、中国やアラビアから運ばれてきた絹織物や香辛料《こうしんりょう》が船からおろされていた。ほかにも、みたこともない果物《くだもの》や変わったぜいたく品なんかがはるばる〈新世界《アメリカ大陸》〉から運ばれてきてた。有名な町の広場では、公開処刑《しょけい》や謝肉祭もみた。フェラーラではお金持ちの邸宅《ていたく》のなかにはいったこともある。そこにあった家具や装飾品《そうしょくひん》がすごかった！　オークとシーダー材でできたタンスは金色に輝《かがや》き、テーブルには金糸で刺繍《ししゅう》をほどこしたダマスク織りのクロスがかかってた。壁《かべ》は色とりどりのフレスコ画と壁掛《かべか》けで飾《かざ》られ、銅像や大理石像に、色とりどりのサテンのクッションがあちこちにあった。それに、あの人たちが着ていたもの！　じっとみつめずにはいられなかったよ。

デロルテ家の娘《むすめ》たちに、どんな服だったか、どんな宝石を身に着けていたのか教えてとせがまれた。ききたがるのもむりはない。ここペレラでデロルテ家が住む砦《とりで》はぜいたくな装《そう》飾《しょく》がほどこされてるとはとてもいえない。広間の壁《かべ》に壁掛《かべか》けが一枚かかってるほかは、どの壁《かべ》も漆喰《しっくい》を塗《ぬ》ってあるだけだ。娘《むすめ》たちの着てる服は高価な布地でできてるわけじゃないし、流行のスタイルでもない。娘《むすめ》も母親も、今流行している服装や靴《くつ》や髪型《かみがた》の話を少しでもききたがった。

ぼくはその年、フェラーラでみたものを話してきかせた。ルクレツィア・ボルジアがアルフォンソ・デステ（フェラーラ公国の嫡男《ちゃくなん》）と結婚《けっこん》に嫁《とつ》いだ一五〇二年にルクレツィアと結婚《けっこん》に嫁《とつ》いだ。婚《こん》礼《れい》のお祝いでのことだ。通りのあちこちに見物台が建てられ、結婚式《けっこんしき》に参列する神父や貴族が行列をなして行きすぎていくのをみられるようになっていた。参列客の着ているドレスや上着は、当て布をした絹でできていて、その上にはオコジョの毛皮のふちどりがついたベルベットのマントをはおっていた。手袋《てぶくろ》には香水《こうすい》がふりかけられ、その上に大きな指輪をはめている。女の人たちの指先からたれているロザリオの数珠《じゅず》からはムスクの香《かお》りがただよっていた。ルビー、エメラルド、真珠《しんじゅ》が首元や髪《かみ》を飾《かざ》っている。

ルクレツィア・ボルジアは、スペイン風の長いすそがついた、金糸で織ったドレスを道化のひとりにやっていた。道化はそのドレスを着て、貴族たちがすまして歩くのをまねながら行列のあとをついていった。片手に扇《おうぎ》をもち、もう片方の手にもった赤い杖《つえ》の先には鈴《すず》をいくつもつけていた。この道化は、広場にいるときイッポリート枢機卿《すうきけい》（カトリック教会で教皇を補佐《ほさ》する高位聖職者。司教のなかから教皇が任命する）の鼻先でこの鈴《すず》を鳴らしつづけ、枢機卿《すうきけい》が財布から小銭をとりだして投げるまでやめなかった。それから大聖堂の前で、ドレスの下のペチコートをちらつかせながら得意げに踊《おど》りまわり、見物客を楽しませた。気どらないユーモアセンスをもつことで知られるルクレツィア・ボルジアは、この道化のはしゃぎっぷりに声をあげて笑い、拍手《はくしゅ》を送った。

その晩、ペレラではみんながぼくのまわりに集まり、ヨーロッパ一悪名の高いルクレツィア・ボルジアの話にききいった。

「うわさにきくような美女なの？」フォルトゥナータ夫人がきいた。

「すごい美人です」ぼくはこたえた。「髪《かみ》がとても長くて、動くたびに日光を反射する水みたいに輝《かがや》くんです。宿屋で、妻がルクレツィアの宮廷《きゅうてい》で侍女《じじょ》として働いているという男がみんなに話をきかせてたことがあります。なんでも、侍女《じじょ》たちが二日がかりでルクレツィアの髪《かみ》を洗い整えるそうです。とても高価なサフランとミルラの樹脂《じゅし》を調合した整髪剤《せいはつざい》を使ってるから、髪《かみ》が黄金のように輝《かがや》くって。白い肌《はだ》を保つのには、新鮮《しんせん》な卵の白身を六つ、白百合《しらゆり》の球根を六つ、それから白い鳩《はと》の心臓を六つすりつぶしてペーストにしてから、新鮮《しんせん》な牛乳を加えて、毎月、それを肌《はだ》に塗《ぬ》るって」

「ルクレツィアは危険な感じがした？」ロッサナがきいた。

「どうかな……」ぼくはどういえばうまく伝わるかちょっと考えた。ルクレツィア・ボルジアの印象を正確に伝えたってぼくの生《お》い立ちがばれることはない。「とても若くて――」ロッサナがぼくをみあげてる。口を少しあけ、目は輝《かがや》き、肩《かた》に髪《かみ》がたれかかっている。ぼくが次にいった言葉には別になんの意図もなかった。「きみに負けないくらいきれいなんだ」

笑いが起こって、ぼくはわけがわからず顔をあげた。

「マッテオ、うちの娘《むすめ》を口説くつもりならまず私の許可をとってもらわんとな」デロルテ大《たい》尉《い》がわざとこわい顔でいった。

ロッサナの頰《ほお》がピンクに染まる。

「エリザベッタもすごくきれいです」ぼくは急いでそういった。何か変なことをいったらしいのでそれをごまかそうと思ったし、本当にそう思っていたし。

大人たちがみんな大笑いした。

「マッテオときたらお世辞ひとつで女の子をふたりたぶらかすつもりらしい」グラツィアーノがいった。

みんなが、またどっと笑った。

「フェリペが喜びそうな効率的なやり方だ」マエストロがつけ加える。

ぼくはまっ赤《か》になった。なんていったらいいのかわからない。ロッサナとエリザベッタがきれいだといったのはほんとにそう思ったからだ。広間に集まった人たちが笑いながらそのことを話すのをきいて、どうやら失礼なことをいったらしいことが今さらわかった。どうとりつくろったらいいのかわからない。

姉妹はくっつきあってクスクス笑ってる。

両親よりも妹たちにいうことをきかせられるパオロがふたりを黙《だま》らせた。「もういいだろ。マッテオに話をつづけさせてやれよ」

「ルクレツィア・ボルジアは外国語をたくさん話せるんですって？」フォルトゥナータ夫人がぼくが話をつづけられるように話題を変えてくれた。「頭がよくて、たいていの男性なんかより賢《かしこ》いそうね」

「だが、その頭を他人を陥《おとしい》れる策略や陰謀《いんぼう》に使うとか」フェリペがつぶやいた。

ふいに部屋《へや》が静まりかえった。

触《ふ》れちゃいけない話題だった。ぼくも自分がフェラーラにいた本当の理由を思い出した。あたりさわりのない話にもっていかないと。

話の展開に、デロルテ大尉《たいい》も居心地悪くなったにちがいない。チェーザレ・ボルジアのもとで大尉《たいい》として雇《やと》われてるんだから、主人の悪口がどんな結果をもたらすかわかってるはずだ。チェーザレ・ボルジアは妹のルクレツィアに対して奇妙《きみよう》なほどの愛情を抱《いだ》いていて、ルクレツィアの身に何か不都合なことが起こったときけば、まずいことになるのはみんなが知っている。少し前、ローマでボルジア家の悪口をいった男が、舌を切りとられ、それを玄関《げんかん》扉《とびら》に打ちつけられた、っていう話もある。

デロルテ大尉《たいい》はすわったまま少し体勢を変え、妻にそっといった。「マッテオには自分の話をつづけてもらうのがいいんじゃないか」

「そうね！」フォルトゥナータ夫人はそれきり黙《だま》ってしまったけど、夫にほほえみかけ、気を悪くしたわけじゃないことを示してみせた。

ぼくは、どっちにしろ、それ以上の話はないんです、といった。大きな町はおもしろいところではあるけど、ごみごみしていて不潔なところばかりです。ぼくがフェラーラを去ったのも、田舎《いなか》の新鮮《しんせん》な空気を吸いたかったし、働き口をみつけたかったからです。最後に働いたところでは、オリーブの木の下に網《あみ》を広げて、竿《さお》を使って枝を揺《ゆ》さぶって実を落とすっていう大昔からのやり方で収穫《しゅうかく》をしました。

「だから、ちょっと日に焼けているんです」ぼくを助けてくれた三人が、ぼくの肌《はだ》はジプシーにしては白いけど、自分たちよりは浅黒いといってたのを思い出して、そうつけ加えた。オリーブ農場主はあんまりいい雇《やと》い主でもなかったから、また旅をつづけました。ぼくが災難にあったあの日は、川にいって魚を釣《つ》ろうと思ったところ、川に落ちて流されてしまったんです。

パオロが、ぼくの頭のあざは川に落ちたときにできたのかときいてきた。覚えてないんだ、とぼくはいった。ぼくがちょっとでもためらったり話を中断したりすると、だれかがこうだったんじゃないかといったり、ぼくのかわりに話をつづけてくれたりする。だから、都合のいいようにそれに同意したり否定したりすればよかった。頭の傷がこん棒でなぐられてできたとか、そのせいで川に落ちたとかいわないでよかった。

「泳げないの?」ロッサナがきいた。「パオロは泳げるのよ」

「そうなの」エリザベッタもいった。「パオロは泳ぐのがとっても上手《じょうず》なの。パオロに泳ぎ方を教わったらいいわ。そしたらもうそんな目にあわないですむから」

「ぼくも泳げるんだ。けど、川の流れがあんまり急だったから……」

「……きっと急流につかまって何かかたいものにぶつけたんだろう」グラツィアーノが答えをくれた。

「滝《たき》から落ちたとき、岩にぶつけたんだ！」パオロがいい切った。自分の推理に満足げだ。

妹たちがうなずく。

「かわいそうに」母親のフォルトゥナータ夫人がぼくのほうに体をかたむけ、頭をなでてくれる。「それに、こんなにやせて。うちでしっかり食べさせてあげるわ」

ちょっとびっくりした。ぼくには母親に触《ふ》れられた記憶《きおく》がないから、そのとき湧《わ》きあがってきた感情はこれまで体験したことがなかった。この小さな家族といっしょに腰《こし》をおろし、興味と関心をもってもらって、少し気が弱くなってる。ごくりと唾《つば》を飲み、頭を打ったところまで話をもどした。「うん、そうだと思います」

話をつづけようと口をひらいたところでマエストロがいった。

「なんの魚だ？」

「なんですか？」

「川でなんの魚を釣《つ》ろうとしていた？」

ぼくは首をかしげた。なんでそんなことが知りたいんだろう。つじつまの合わない答えをいわせようとしてるんだろうか。

「いろんなのです」

おばあちゃんといっしょに旅をしてるとき、川や湖でとった魚のことを思い出した。ぼくたちは水の流れのあるところでいつも止まった。水の流れには特別な力が宿ってるからだ。癒《いや》しの力をもっているから、その水で体を洗い、口にふくみ、じっとみつめ、耳をかたむける。おばあちゃんは真夏、水がすっかり干上がってしまってても、地面に耳をあてて水のありかをいいあてることができた。おばあちゃんが地中深くを流れる水音がきこえてきたところを指さし、そこを掘《ほ》れば水が湧《わ》きでた。

これまで食べたことのある魚の名前をいくつかあげるくらいはできた。「スズキとかサケとかウナギとかマス、そういうの全部です」

マエストロは首を振《ふ》った。「それはない」

「なぜですか」

「おまえが釣《つ》りをしていた先に滝《たき》があって、おまえはその滝《たき》つぼに飲まれたわけだ。滝《たき》は自然の障壁《しょうへき》で、上流にいる魚の種類はそう多くはない」

ぼくは肩《かた》をすくめて、なるべく落ち着いた声でいった。「どんな魚が釣《つ》れるのかしっかりわかってたわけじゃないんです。ただ何かかかるといいなと思ってただけで」

マエストロはベルトからさげていた小さなノートをとりだして開いた。「私はこのあたりのことはよく知らない」マエストロはデロルテ大尉《たいい》に話しかけた。「このあたりの川からはどんな魚がとれる？」

すぐパオロと妹たちが魚の名前を口々にいって、マエストロはノートに書きこんでいった。そしてノートを閉じると、ノートについたひもを留め具にかけてしまった。マエストロは後ろに体を倒《たお》し、目を閉じたけど、眠《ねむ》ったわけじゃないのはわかっていた。

あのとき、マエストロはぼくの話がおかしいことに気づいたにちがいない。ぼくの話は、乞食《こじき》のマントみたいに穴だらけだ。もしかしたら最初っから、ぼくがあやしいとマエストロは気づいてたのかもしれない。

ペレラですごした時間は、ぼくの嵐《あらし》のような人生のなかに湧《わ》いた小さなオアシスみたいだった。

6

はじめは、デロルテ大尉《たいい》、その奥《おく》さんと四人の子どもたちという仲のいい家族のなかで、どうふるまったらいいのかよくわからなかった。この家族のやり方になじめなかった。

外の世界での経験は、パオロ、ロッサナ、エリザベッタよりずっとあったけど、だからって上に立てたわけじゃない。体格もちがう。やせっぽっちの体にぎこちなく手足がついてるぼくとちがって、三人はぽっちゃりしていた。夫人はぼくが着ていた服のかわりをあてがってくれたけど、パオロのお古の上着は大きすぎて手首の先まですっぽりかくれてしまった。これを着てるとぶざまにみえる。ていうか、ぶざまだった。三人にくらべてぼくの礼儀《れいぎ》作法はなってなかったし動作も荒《あら》っぽかった。とくに姉妹は、ほとんど年は変わらないのに、ぼくより少し背が高くて、何をするのも上品だった。大人には礼儀《れいぎ》正しく敬意をもって話す。思ったままを口にするのがぼくだ。けど、思ったままを口にするっていうのは、多くの人にとっては失礼な口をきくっていうのと同じことらしい。だけど、いわせてもらえば、思ったままを正直にいえば時間もむだにならないし、誤解も少なくてすむと思うけど。

食事の席では、ていねいにわざとゆっくり食べる。ぼくは飢《う》えを知ってるから、食べ物が目の前にだされたらとびつく。がっついて肉をほおばるのをじろじろみられているときに初めて、みんながある決まった食事作法に従っているのに気づいた。

助けになってくれたのはロッサナだった。ロッサナがやわらかい手をぼくの手の上に重ね、ぼくがヴェネツィアにいたころのことをきいてきた。そうすることでおかわりをとろうと手を伸《の》ばすのを遅《おく》らせてくれた。何もいわなかったけど、教えてくれてるのがわかった。そのおかげでぼくはみんなをよく観察して、どんなふうに会話をするのか、どんなふうにふるまうのか学んでいった。

パオロは父親のような兵士になりたくて、ぼくに剣術《けんじゅつ》やそのほかの武術の相手をしてほしがった。馬上槍試合《やりじあい》では、パオロが木製の槍《やり》の一撃《いちげき》をぼくの胸に打ちこみ、あっさり勝負がついた。最初は完敗したのが気にいらなくて、すねたぼくはもうパオロの相手はしないといったりした。けど、そのたびにロッサナとエリザベッタがやってきてぼくを説得にかかり、パオロもどうしてもというから、結局、毎回根負けしてやることになった。

これは三人のお気にいりの遊びだった。ロッサナとエリザベッタは貴婦人の役で、ふたりのために戦う勇敢《ゆうかん》な騎士《きし》がその寵愛《ちょうあい》を得られる、という筋書きだ。ロッサナはエリザベッタより活発で、いつもぼくを自分のために戦う騎士《きし》に指名し、ぼくの首にリボンを巻きつけた。けど、毎回パオロに負ける屈辱《くつじょく》に、ぼくはすぐ腹が立ってきた。パオロはぼくに恥《はじ》をかかせようというつもりはなく、ただ体の大きさと腕力《わんりょく》でまさってる強みを生かしてるだけだった。といっても、ぼくはすべての点で負けてるわけじゃなかった。ぼくは体の大きさで負けてる分を機転とスピードで補うことにした。それに、パオロにはない技術がぼくにはひとつある。パオロは腰《こし》のベルトに短剣《たんけん》をさしていたけれど、それは飾《かざ》りだった。

ぼくは、ナイフは使うものだと教えられて育った。飾《かざ》りなんかじゃなかった。

ある日、またパオロに負かされて地面に倒《たお》れ、パオロが剣《けん》を振《ふ》りまわしながら勝利宣言するのをきいていて、体がとっさに反応した。すばやく手を伸《の》ばし、パオロのベルトから短剣《たんけん》をぬきとり、パオロが身動きする前に喉元《のどもと》に突《つ》きつけた。はしゃいでいたパオロが静かになった。ぼくたちをみていた姉妹の応援《おうえん》する声も消えた。

パオロが目を見開く。そこにあるものをみてぼくはわくわくすると同時にこわくなった。パオロの目はおびえていた。

パオロが口を開く。ぼくはパオロの視線をしっかり受けとめた。パオロが何を考えたのかはわからない。

パオロがある単語を口にした。

ぼくの名前。

「マッテオ？」

「マッテオ！」

別の声がぼくを呼んだ。マエストロが砦《とりで》の城壁《じょうへき》の上からこっちをみおろしている。修繕《しゅうぜん》のようすを監督《かんとく》しているところだ。

ぼくは後ろにさがると、パオロに短剣《たんけん》を柄《つか》のほうをむけてさしだした。パオロが短剣《たんけん》を受けとる。体が小刻みに震《ふる》えている。パオロは短剣《たんけん》をベルトにもどした。それから我にかえり、ぼくの前でうやうやしくお辞儀《じぎ》をした。

姉妹が手を叩《たた》く。ロッサナが塀《へい》の上の席から飛びおり、駆《か》け寄ってきた。手にはベリーと常緑樹の葉で作った王冠《おうかん》をもっている。ふたりが戦いの勝者のために毎日作る王冠《おうかん》だ。

「ひざまずいてください、騎士《きし》の方。今日の戦いの勝者に王冠《おうかん》を授けます」

ぼくはロッサナの前にひざまずき、王冠《おうかん》を頭にのせてもらった。顔をあげるとロッサナがうれしくて泣きそうになっているのがみえた。そのとき、ぼくたちのあいだに恋心《こいごころ》が芽生え始めたような気がした。

短剣《たんけん》を奪《うば》われ喉元《のどもと》に突《つ》きつけられても、相手を恨《うら》んだりしないのが、パオロの騎士道《きしどう》精神と性格のよさを物語っていた。パオロの槍《やり》も剣《けん》も木製で、それを打ちこまれるたびにぼくは息ができなくなってあえぎ、頭がくらくらしたけど、それで本当にけがをしたわけじゃない。だけどパオロのほうは本当にあぶなかった。パオロもぼくが本気なのがわかったはずだ。ほんの一瞬《いっしゅん》だったかもしれないけど、かまえた短剣《たんけん》を突《つ》き刺《さ》すかもしれないのがわかったはずだ。それなのに、馬上槍試合《やりじあい》はフェアな戦いじゃなかったとあやまってきたパオロは本物の紳士《しんし》だった。試合相手ができたのがうれしくて、毎回負かされるぼくの気持ちを考えられなかったんだ、って。それからは、戦うときはいつも自分に何か不利な条件をつけて、ぼくたちが互角《ごかく》になるように気をつかってくれた。ぼくも勝てるようになったのはそれからだった。

そんなふうにしてペレラでの日々がすぎていった。こういうことをして時間をすごしたことなんてなかった。

だれかと遊んですごすなんて。

たぶん、小さいころはおもちゃだってもってたと思う。けど、タイル張りの床《ゆか》の上で、音楽が流れる部屋をよちよち歩いた記憶《きおく》がぼんやりあるぐらいだ。あちこち旅してまわる生活じゃ遊ぶ機会なんてほとんどない。売り物のいろんな薬のはいったかごを運ぶのがぼくの仕事だった。ぼくは、農場の女の人たちにあいさつするおばあちゃんのかたわらに立って、ボールや棒切れをもって遊ぶほかの子どもたちをみつめていたのを覚えている。ぼくたちにはそんなことをしてられるお金も時間もなかった。一年のうち三つの季節は商売をする。四つ目の季節にそなえてお金をため、冬を越《こ》さなくちゃならないからだ。

おばあちゃんが薬草を集めて調合するのを手伝うか、そうでなければ薪《まき》を集めるか馬の世話をするかだった。ジプシーとしては恵《めぐ》まれてるほうだ。ぼくたちの小さな荷馬車はしっかりしていて、寒い夜にはそこで寝《ね》られた。おばあちゃんが疲《つか》れてるときは荷馬車に乗ることもできた。けどたいていは徒歩で、森の小道やコケにおおわれた道をおばあちゃんは息が切れるまで歩いた。

ここペレラで、ぼくはパオロ、ロッサナ、エリザベッタ、それから幼いダリオといっしょに遊ぶってことを覚えた。朝は勉強の時間だったけど、ぼくには必要ないといって断った。ある日、勉強部屋《べんきょうべや》の戸口からなかをのぞいて、姉妹がすらすらと本を読んだり、ためらうことなく文字を書いたりできるのがわかった。パオロはというと、地元の神父の指導のもとラテン語とギリシア語の勉強をすすめていた。いっしょに勉強しようとすればぼくが教育を受けていないのはすぐばれる。みんながすらすら読める本が読めないのがわかれば、笑われるに決まってる。

デロルテ大尉《たいい》と夫人は、子どもたちが教育を受けることを喜んでいた。娘《むすめ》たちに結婚話《けっこんばなし》がもちあがるのもそう遠い先のことではないとはいえ、ふたりとも家庭教師からちゃんとした教育を受けていた。実際、もう許婚《いいなずけ》が決まっててもおかしくなかったけど、フォルトゥナータ夫人がもうしばらく待つように夫を説き伏《ふ》せたのだ。もう少し待てば、自分のように恋《こい》する相手をみつけられるかもしれない、といって夫をからかった。大尉《たいい》の反対も形ばかりだった。大尉《たいい》が娘《むすめ》たちを溺愛《できあい》してるのは明らかで、ふたりが自分の手元を離《はな》れどこかに嫁《とつ》ぐ日がくれば嘆《なげ》き悲しむだろう。そういうわけで、ダリオ以外の子どもたちは毎朝勉強に励《はげ》み、本が読めないぼくは、自分には簡単すぎるってふりをした。父さんと母《かあ》さんがまだ生きていたころ必要なことはみんな教わった、といって、台所や馬小屋をうろついたりしてたけど、マエストロが仕事をするのをみていることが多かった。

マエストロは番兵たちが砦《とりで》の塀《へい》を建て直すのを監督《かんとく》していた。ぼくは、設計図にあるものが石と接合剤《せつごうざい》でできていくようすをみるのが好きだった。いつも砦《とりで》のなかにいるようにして、周辺の農家の人に姿をみられてうわさ話をされたりしないようにした。けど、ぼくのことを知ってたとしても、マエストロといっしょにやってきた、マエストロの工房《こうぼう》の一員と思われてるだけだった。

そんなふうだったから、ある日マエストロと大尉《たいい》の話が耳に入ったのは偶然《ぐうぜん》だった。マエストロは、チェーザレ・ボルジアからできるだけ多くの城で行うよういわれている秘密の計画のことを大尉《たいい》に相談していた。ぼくは馬が何頭もいる砦《とりで》の後ろにある二階建ての馬小屋にいた。おばあちゃんが恋《こい》しかったし、ぼくたちの荷馬車を何年も引いてくれていた馬のことを思い出してたからだ。その日は暑かったから、馬小屋の梁《はり》の上にあがって、そこに積まれたわらの束の上で昼寝《ひるね》していた。目が覚めると、デロルテ大尉《たいい》がぼくの真下に立っていて、マエストロの図面を広げていた。

ふたりが話しているのは隠《かく》し部屋《べや》のことだった。秘密の隠《かく》れ場所を作っておいて、砦《とりで》が敵の手に落ちても、ひとりかふたりはそこに隠《かく》れて生き延びられるようにする。マエストロと大尉《たいい》はだれにもみられないように馬小屋のなかにはいってきた。ぼくがこの話をきいていいはずがないのはわかったけど、どうしようもない。ふたりが隠《かく》し部屋《べや》の場所を決めるあいだ、ぼくは身をひそめていた。

マエストロはこういった。この部屋《へや》はわれわれふたりだけで作る、砦《とりで》のだれにも部屋《へや》の存在を知られてはならない、これがチェーザレ・ボルジア本人の指示だ。

「了解《りょうかい》した」デロルテ大尉《たいい》が答える。

「夫人にも内密に」

「もちろん」

「だが夫人には私も会っているからいわせてもらうが」マエストロがからかうようにいった。「ああいう女性に隠《かく》し事ができるとはとても思えない。なにしろあれほどの美人だ」

「そのとおり！」デロルテ大尉《たいい》が声をあげて笑った。「だからフォルトゥナータといっしょのときに、わざわざ建造物だとか煉瓦《れんが》やモルタルの話で時間をむだにしたりすることはないんだ！」


ある晩のこと、パオロたち三人は母親にいわれてどのぐらい本が読めるのか大尉《たいい》に披露《ひろう》することになった。夕食が片づけられ、本や羊皮紙に書かれた文書がテーブルの上に置かれた。ロッサナが自分の番がくるのを待っているとき、ぼくにきいてきた。「マッテオは本が読めるの？」

「もちろん」とっさにそういったけど、読んでくれといわれる前にすぐつけ加えた。「遠慮《えんりょ》しておくけどね」

「あら、でも楽しいわよ」ロッサナがいった。「勉強はみんながみんなつまらないわけでもないわ。おもしろい話もたくさんあるもの」

「話ならもうたくさん知ってる」ぼくは得意げにいった。「本を読む必要なんかないんだ。それに、ものを読んだり書いたりするのは職人の仕事だ。ぼくの両親が生きていたときは、父さんは筆記屋を雇《やと》って手紙を書かせてた。わざわざ自分でペンをとらなくてもいいようにね」

「父親？」マエストロがぼくをみた。「マッテオ、おまえが生《お》い立ちをきかせてくれたとき、父親の話はあまりしなかったな。名前は何というんだ？」

「ピエトロです」ぼくはすぐそういった。

「いい名前だ」マエストロがゆっくりいった。顔はあげなかった。目の前の文書をじっとみつめたままだ。ぼくはマエストロの視線を追った。ぼくたちの目の前には巻き物が広げられていた。

その巻き物をしたためた筆記屋の名前が文書の一番下に書いてあった。字が読めないぼくにも見覚えがあった、簡単な名前。

ピエトロ。

マエストロは巻き物をとりあげるときつく巻きあげていった。「とてもいい名だ」マエストロがくりかえす。「そういう名の持ち主は、読み書きに長《た》けていることだろう」マエストロは巻き物をひもでくくった。それから立ちあがり、高い棚《たな》の上にあるほかの巻き物の上においた。

ぼくは口実をつくってすぐに広間を離《はな》れた。

最上階に与《あた》えられた自分の部屋《へや》にいく。屋根裏部屋《べや》で、木の枠組《わくぐ》みの上に粗末《そまつ》なマットレスがのせてあるだけだ。ぼくは自分の服をまとめ、腰《こし》のベルトにしっかりくくりつけた小袋《こぶくろ》の中味を確認した。

ふいに、だれかがいるのに気づいた。後ろを振《ふ》り返る。

マエストロがドアのところに立っていた。ぼくがベルトにつけた小袋《こぶくろ》を確認するのをみられただろうか。

「何をしている？」マエストロがきいた。

「今すぐ出ていきます」

「どうして？」

「鞭打《むちう》ちの罰《ばつ》を受けるのはいやです」

「だれがおまえを鞭打《むちう》ちにする？」

ぼくはマエストロをじっとみた。嘘《うそ》がばれればお仕置きが待っているものだ。

「どうして嘘《うそ》をついた？」

ぼくは肩《かた》をすくめた。「わかりません」

「考えてみるといい。なぜか」マエストロは窓のほうにいって外をながめた。「おまえが答えるまで待つとしよう」

ぼくはマエストロをみた。殴《なぐ》るつもりはなさそうだ。「恥《は》ずかしかったんです」

「文字が読めないことが？」マエストロがほほえんだ。「筆記屋が文書に書いた名前は読めるではないか」

ぼくは何もいわなかった。

「嘘《うそ》は魂《たましい》を蝕《むしば》む。嘘《うそ》をつくのが習慣になると、精神はだんだんすり減ってしまう。真実を告げることは、むずかしいこともあるが、心を鍛《きた》えてくれる。本当のことを話さずにいると、ろくなことはない」

それはどうだろう、とぼくは心のなかで思った。マエストロはお腹《なか》をすかせたりしたことがない。空腹を満たすために盗《ぬす》みをはたらかなくちゃならないことなんてなかったはずだ。ぼくは嘘《うそ》をつくことでなんとか切り抜《ぬ》けられたことがたくさんある。けど、そんなことは口にはださなかった。

「マッテオ、本当のことをいえ」

マエストロにすべてを話したりするつもりはなかったけど、ひとつだけ本当のことをいった。「字が読めないことはそんなに恥《は》ずかしくありませんでした。恥《は》ずかしかったのは、父親を知らないことです」ぼくはうつむいた。「ぼくは私生児なんです」そう小声でいった。

「なんだ、そんなことか！」マエストロが少し笑った。「ヨーロッパじゅうのどの宮廷《きゅうてい》でも、あの偉大《いだい》なるローマでも、半分は私生児だ。私の雇《やと》い主、現在のパトロンであるチェーザレ・ボルジアもそうだ」

「だったらなおさら、ほめられたことではありません」

マエストロは声をあげて笑い、しばらく笑っていた。「他人の前でその冗談《じょうだん》は控《ひか》えておくのだな。ボルジアの悪口は高くつく」

「チェーザレ・ボルジアは貴族です。貴族の庶子《しょし》は話がちがいます」

「貴族のほうがたいへんかもしれん。自分の価値を証明しなければならないからな。手にいれねばならないものが山とある。そして失うものも」

ぼくは首を振《ふ》った。「庶子《しょし》なんて恥《はじ》です。継《つ》ぐ父親の名前もないなんて……」

「マッテオ、母親はおまえを愛していただろう」

「母《かあ》さんのことはなにも知らないんです。だからそれはわかりません。庶子《しょし》だったぼくを母《かあ》さんは嫌《きら》っていたかもしれません」

マエストロは口を開く前にひと呼吸おいた。静かになって、ランプのろうそくの芯《しん》がパチッとはぜる音、それから砦《とりで》のどこかでよろい戸を閉める音がきこえた。マエストロは自分の指をみつめていた。それからゆっくりこういった。「母親はわが子がかわいいものだ。その子が庶子《しょし》だろうとそうでなかろうと」

「いつもそうとは限りません」ぼくはいいはった。

「頑固者《がんこもの》め！」マエストロが声をあげる。「自分の考えをまげないというのだな」

ぼくは身を震《ふる》わせた。マエストロを怒《おこ》らせてしまった。「すみません」ぼくはあやまった。「気にさわるようなことをいうつもりはなかったんです」

マエストロは首を振《ふ》った。「気にさわったのではない。ただ悲しくなったのだ」

マエストロは両肘《りょうひじ》をついて窓の外をながめた。ここの窓は下の部屋みたいにガラスがはまってなくて、悪天候のときはよろい戸を閉めるようになっている。

鳥が一羽、舞《ま》い降りてきて窓枠《まどわく》にとまった。マエストロは鳥をこわがらせないように窓から身を引いた。手をベルトに下げたノートのほうにもっていく。そのときぼくがいることを思い出したみたいで、こちらをちらっとみてこういった。「私も庶子《しょし》だ」

ぼくはマエストロをみつめた。

「私も庶子《しょし》だ」マエストロがくり返した。

「けど、名字があるじゃないですか」

「ああ、そうだな。ヴィンチのレオナルド。ヴィンチは父親の姓《せい》ではない。地名だ」

「けど、ぼくにはそんなのすらありません。ただのマッテオです」

マエストロが振《ふ》り返った。「ベッドにすわりなさい。ひとつ話をきかせよう」マエストロがほほえんだ。「ただのマッテオに」

マエストロは窓にもたれかかり、話し始めた。

「善良な男がいた。正直者だった。ある日のこと、だれかがこの正直者のことを庶子《しょし》だといって責めた。

『婚外子《こんがいし》は法律で認められていない』とその男はいった。

正直者はこう答えた。法律で認められていないというのは違法《いほう》ということだ。だが、違法《いほう》の子どもなどというものは存在しない。『子どもが違法《いほう》だなんてどうしていえる？　子どもは子どもだ。男と女が結びついて、生まれてくる。自分の命がどうして宿ったのか、その子が知るわけもなければ、気にする必要もない。実際、それはその子にはどうしようもないことだ。

だから、自然の摂理《せつり》に従えば、私は法にかなった人間の子であるといえる。人間の法にそぐわない子がいるとすれば、それは人間というより獣《けもの》のようにふるまうおまえのほうだ』

ぼくは何もいわなかった。

「マッテオ、いいか、人のことに関するかぎり、法律でどう決められようがそんなことはどうでもいい。おまえに何か問題があるというわけではないのだ。〈私生児〉という言葉はののしり言葉のように使われている。だが、そんな言葉を使う者こそ人格が卑《いや》しいといっているようなものなのだ。私は祖父の家にひきとられ、やさしい伯父《おじ》に育てられた。そんなふうに育てられたことを心からうれしく思っている」

マエストロはまた窓のほうにむきなおった。鳥は飛び立ってしまっていたけど、マエストロは鳥がとまっていたところをじっとみつめた。またもの思いにふけってるみたいだ。それからわれにかえると、部屋《へや》のなかをみまわした。「これではだめだ。今夜は冷えこむ。とてもここでは眠《ねむ》れないだろう。私の仕事場の床《ゆか》で寝《ね》るといい。といっても、あと数日で私はここを出ねばならないが。アヴェルノの城を視察にいく。あそこの城はずっと大きく、重要だろうから、ひと月は滞在《たいざい》することになる。この冬をどうすごすか考えてみたか？」

ぼくは首を振《ふ》った。

「ではひとまず私たちといっしょにくるといい。おまえにできる仕事もあるだろうから、食い扶持《ぶち》をかせげるだろう」

ペレラの砦《とりで》を出るのは悲しかった。

ぼくは愛と友情を知ってはじめて、自分の人生がいかに貧しいものだったのかわかった。けど、この土地を離《はな》れたほうが安全なのはわかってた。ペレラは、サンディーノに殺されかかったところから近すぎる。サンディーノの手先がぼくの話をききつけるかもしれない。どこからともなく少年があらわれたときけば、サンディーノが調べにやってくるかもしれないんだ。

振《ふ》り返ると、みんなが砦《とりで》の塀《へい》の上から手を振《ふ》ってくれてて、心が沈《しず》んだ。パオロ、ロッサナ、エリザベッタ、それに小さなダリオはパオロに肩車《かたぐるま》されている。

ぼくたちの馬が進むにつれ、みんなの姿はみえなくなっていった。どこかを去るのにこんなに悲しくなったことは今までなかった。出発の日は大騒《おおさわ》ぎで、この人たちに好意をもってもらえてるんだと感じた。ぼくたちみんな、ちょっとした贈《おく》り物をもらって、冬がすぎたらもどってくるよう約束させられた。

マエストロはぼくに同行してもいいといってくれた。そのときは、グラツィアーノが病気になるとか、フェリペが留守にするとか、マエストロが知る由もなかった。けど、アヴェルノに着いてまもなく、マエストロは仕事をするのにお供ふたりの手が借りられなくなってしまった。

食事を出してもらい、寝《ね》るところを与《あた》えられる代わりに、ぼくは使用人として働くことになっていたから、マエストロに手伝いが必要なときはぼくがその役目を果たすことになった。

第二部　ボルジア一族

（イタリア、ロマーニャにて――一五〇二年冬）

ぼくの心臓。

大きくて、あばら骨の下におさまりきれずにいるみたいだ。あんまり激しく脈打っていて、手さげランプで道を照らすぼくの後ろからついてくるマエストロにもきこえてるにちがいない。

7

「そこで止まれ」マエストロは小さな声でそういうと、ぼくからランプをとり、壁《かべ》に書かれた通りの名前にランプを寄せた。「〈魂《たましい》通り〉」マエストロがつぶやくようにいった。「うむ、たしかにここだ」

マエストロはランプをもったまま、その細い通りにはいっていった。

ぼくはあわててあとにつづいた。びくびくしながらあたりをみまわす。マエストロがランプを高く上げると、闇《やみ》が退く。けどいったん通りすぎればまた影《かげ》がしのび寄ってきて、ぼくたちのあとをぴったりついてくる。油断していると、亡霊《ぼうれい》に襲《おそ》われそうだ。

ぼくはジプシーたちが魔《ま》よけに使う仕草をした。そのとき、マエストロがおもしろそうな顔でこっちをみたのに気づいて、ひたいから胸にかけて十字を切った。マエストロは今度は声をあげて笑ったけど、ばかにした感じじゃなかった。

「そういう魔法《まほう》のおまじないは、こ、の、世での災厄《やくさい》を避《さ》けるのにとっておけ。人間同士のいがみあいにくらべたら、幽霊《ゆうれい》のすることなんてかわいいものだ」

ぼくたちは壁《かべ》にはめこまれた扉《とびら》の前にきた。なんの表札もないけどみんなが知っている。アヴェルノの町の病院付きの霊安室《れいあんしつ》だ。

「マッテオ、かばんをもってくれ」マエストロは仕事道具と書類、羊皮紙の束とチョークがはいった大きなかばんをぼくに手わたした。

マエストロのもとで働くようになってまもなかったけど、この仕事をさせてもらえるのは名誉《めいよ》なことだってことはわかっていた。ぼくは肩《かた》かけに頭を通し、重い革のかばんを両手で慎重《しんちょう》にかかえた。

マエストロは、自分の顔を照らすようにランプを少し上にあげた。それから扉《とびら》をたたいて返事を待った。こんな夜更《よふ》けには門番がいても眠《ねむ》っているか、酔《よ》っ払《ぱら》っているかだろう。日が沈《しず》んでから遺体をひきとりにくる者はいない。

マエストロはこぶしをあげ扉《とびら》をくり返したたいた。数分がすぎる。それから扉《とびら》の格子窓が内側に開いた。不機嫌《ふきげん》そうな顔がこっちをのぞく。

「判事から死体の検分許可をもらっている」マエストロは袖口《そでぐち》から許可証をとりだし、相手にかかげてみせる。

「で、何者だ……？」門番は下っ端《ぱ》にありがちなえらそうな口ぶりだった。

「レオナルド。技術者だ。それから……画家でもある。ヴィンチというところの出だ」

「ヴィンチ？　きいたことないぞ」

「許可証はもうひとつもっている」マエストロの口調はおだやかだった。「どこへでも通行を許可するものだ。ボルジア家から直接発行されている」

男がはっとした。

「チェーザレの通行許可証だ」マエストロは表情を変えずそうつづけた。「チェーザレ・ボルジア。名前はきいたことがあるだろう？」マエストロは、チェーザレ・ボルジアの名前を使っておどすというより、やさしく語りかける感じだった。

霊安室《れいあんしつ》の門番は、マエストロが次に何かいうより先に扉《とびら》をあけた。頭が床《ゆか》にくっつきそうなほど深々とお辞儀《じぎ》をしている。

扉《とびら》から入りながらマエストロはぼくにウィンクしてみせた。

ぼくは少し気分が明るくなった。というのも、使用人として働くようになってまだ数週間しかたってなくて、このころはまだマエストロの性格がよくわかっていなかったからだ。マエストロはもの思いにふけっているときは、口もきかなければ、食事をすることも眠《ねむ》ることもない。ぼくはそんなのに慣れてなかった。マエストロがどれほどの集中力でひとつのことに没頭《ぼっとう》するのか、よくわかっていなかった。

8

ぼくたちは小さな中庭にいた。

こんなところは初めてだ。どんな石鹸《せっけん》や香草《こうそう》やお香《こう》を使ってもごまかせない悪臭《あくしゅう》が漂《ただよ》う。死のにおい。

ジプシーの埋葬《まいそう》は、普通《ふつう》の人たちとちがう。長《おさ》や、みんなに敬われていたジプシーが亡くなると、その家は焼かれる。

そうやって、おばあちゃんの荷馬車も、おばあちゃんの魂《たましい》といっしょに次の世界へ送られた。たったひとりぼくの面倒《めんどう》をみてくれたおばあちゃんは、ジプシーの昔ながらの服を着せられ、花と香草《こうそう》を体の上にふりかけられて埋葬《まいそう》された。おばあちゃんが仕事に使っていた、薬草を煎《せん》じる鍋《なべ》、匙《さじ》や秤《はかり》、薬草調合を書きとめたものなんかは、木の箱にいれておばあちゃんが亡くなった場所の近くに埋《う》められた。

おばあちゃんが亡くなったあと、ひきとってやろうという人はいたけど、みんな断った。ぼくは日中はぶらぶらし、夜はその辺の荷馬車の下であたたかい犬の体温につつまれて眠《ねむ》った。ジプシーの家族たちが親切に食べ物を分けてくれたけど、いつもお腹《なか》がすいていた。いつも腹ぺこだったから、盗《ぬす》めるものを盗《ぬす》んで空腹を満たすしかなかった。台所へつづく勝手口が開けっ放しになっていたり、市場の出店に人がついていなかったりすれば、湖の魚をとるカワセミのようにかすめ取った。食べられるものならなんでも盗《と》った。そんなふうに食べ物がおもてに出ていなければ倉庫の錠《じょう》をこわせばいい。空腹が窃盗《せっとう》技術を磨《みが》く最大の原動力だった。

その窃盗《せっとう》の才能がサンディーノを呼び寄せ、サンディーノはぼくを悪党の一味に引きこんだ。そして、やつの陰謀《いんぼう》と殺人に巻きこまれることになってしまった。

死者の家の中庭で、ぼくたちは待っていた。さっきの門番が恐怖《きょうふ》と好奇心《こうきしん》の交じった目でぼくたちをみている。

マエストロはランプを下におろすと、星をみあげ、かすかな声でその名前をつぶやいていた。「ふたご座のカストールとポリュデウケース。そのむこうは金星。あの星々はひょっとして……いやこの時期に冬至を示すあの位置にあるはずはない。月相とも合わない」マエストロはいつも腰《こし》からさげている小さなノートをとりだすと何か書きこみ始めた。

マエストロが月をみつめ、ぶつぶつつぶやいているのに門番は気味が悪くなったみたいだった。まるで呪文《じゅもん》を唱えているみたいだったし、マエストロの肩《かた》をすっぽりおおい、夜気から守っているマントのせいで魔術師《まじゅつし》みたいにみえたんだろう。ぼくたちが家族や愛する者の遺体をひきとりにきたんじゃないのは門番にもわかっていた。医師らしい身なりをしてるわけでも、治療《ちりょう》道具をもってるわけでもない。けど、ボルジアの名前のもつ恐《おそ》ろしい力のせいで、門番はなんの質問もできずにいた。

門番が建物内に響《ひび》く鐘《かね》を鳴らした。アヴェルノの病院は〈キリスト慈悲《じひ》の修道会〉の僧侶《そうりょ》たちの監督下《かんとくか》にあった。しばらくすると修道士が回廊《かいろう》を通ってこちらへやってきた。

修道士はサンダルばきで、足音をたてずに近づいてきた。灰色の服が夜の闇《やみ》にとけこんでいる。修道衣についた頭巾《ずきん》はかぶっていない。間隔《かんかく》をおいて差してある松明《たいまつ》が明るく燃えていて、その光が修道士の顔に濃い影《かげ》を落としていた。

修道士は、ここの霊安室《れいあんしつ》を管理しているベネディクト修道院長だといって、興味深げにマエストロとぼくに目をむけた。それからボルジア家の通行許可証と判事の許可証を受けとり、たんねんに読んだ。

「この文書の署名はチェーザレ・ボルジア……ロマーニャ公爵《こうしゃく》」最後の言葉をいうのにためらったみたいだった。「ロマーニャ内の城郭《じょうかく》および砦《とりで》、そして支配下にある地区のすべてへの通行を許可する、と」

「そのとおり」マエストロがうなずく。

修道院長が羊皮紙を目の前にもっていって、すらすらと読みあげる。

「《すべての城主、大尉《たいい》、中尉《ちゅうい》、傭兵《ようへい》隊長、士官、兵士、国民、およびこれを読むその他の者たちに告ぐ。

私の建築および総合技術士であり、この通行許可証を有するレオナルド・ダ・ヴィンチは、わが領内の城郭《じょうかく》および要塞《ようさい》の視察を命じられており、これらの整備維持《いじ》とそれに関する助言を与《あた》えることになっている。

レオナルド・ダ・ヴィンチに通行許可を与えること。いかなる関税も通行料も課すことは許されない。本人およびその同行者をいかなる形でも妨《さまた》げることを禁じる。レオナルド・ダ・ヴィンチを友好的に迎《むか》え、意のままに計測、検分させること。この目的遂行《すいこう》のために、必要な食料、道具、労働者を供給すること。また、援助《えんじょ》や助力を求められた場合、それがいかなるものであろうと拒否《きょひ》してはならない》」

修道院長が目をあげた。「だがここは城郭《じょうかく》でも要塞《ようさい》でもない」

「だがチェーザレ・ボルジアの支配下にある」マエストロが指摘《してき》する。

「それは重々承知している」修道院長が低い声でいった。

沈黙《ちんもく》があった。

チェーザレ・ボルジア統治の残酷《ざんこく》さと、それを徹底《てってい》させているロマーニャ地区行政長官、ラミロ・デ・ロルカ将軍の評判はイタリア全土に知れわたっていた。ラミロ・デ・ロルカはチェーザレ・ボルジアの意向をかなえるためには手段を選ばず、ボルジア軍が他地域を制圧していくあいだ、イタリアを恐怖《きょうふ》に陥《おとしい》れていた。公開の拷問《ごうもん》と処刑《しょけい》というやり方は、ボルジア家に対する恐怖《きょうふ》と憎悪《ぞうお》をあおった。

そんな容赦《ようしゃ》ない為政者《いせいしゃ》に反論するなんて、よほど勇敢《ゆうかん》じゃないとできない。この修道院長はたいしたものだ。チェーザレ・ボルジアの通行許可証にはもう一文あったけど、修道院長は読みあげなかった。それには、こう書いてある。

《この命令にそむく者はボルジアの怒《いか》りを買うことになる》

「この修道院に献金《けんきん》させていただいてもいいのだが」マエストロがそう提案した。

けど、この修道院長は〈キリスト慈悲《じひ》の修道会〉に属していて、それがどういうことかはだれでも知ってる。この修道会は十字軍遠征《えんせい》の時代にヒューという信心深い騎士《きし》によって設立され、修道士たちは治療《ちりょう》が必要な者にはだれでも手当てするよういいつけられた。この高潔な騎士《きし》であり、医師であり、兵士であり、そしてのちに聖人となった男は、男と女、軍人と民間人、クリスチャンと異教徒のあいだでの差別を許さなかった。両軍からの矢に立ちむかい、どちらからも報酬《ほうしゅう》をもらうことなく、戦場で倒《たお》れた者たちの手当てにあたった。平時には、〈キリスト慈悲《じひ》の修道会〉の僧侶《そうりょ》は、極貧にあえぐ者、疫病《えきびょう》や伝染病の犠牲者《ぎせいしゃ》、浮浪者や貧しい売春婦たちの世話にあたった。ここの僧侶《そうりょ》だけは、住む家のない浮浪者まで、拒《こば》むことなく受けいれた。彼《かれ》らはそれを天職として務め、自分の利益のために教会に入信するような世俗的《せぞくてき》な僧侶《そうりょ》とはちがっていた。だから〈キリスト慈悲《じひ》の修道会〉の僧侶《そうりょ》は賄賂《わいろ》で買収されたりしない。どんな脅《おど》しにも屈《くつ》しない。死の危険といつも背中あわせで生きている。

修道院長はマエストロの申し出を無視してつづけた。「技術者であるということだが、こんなところでいったい何を？」

「人体とはもっとも精巧《せいこう》に作られた技術工学の結晶《けっしょう》では？」

修道院長はマエストロの視線を受けとめ、しばらくしてやっと口を開いた。「目的はそれか？　人体の研究か？」

「そのとおり。私は技術者であり、画家でもあり……」

「メッセル・ダ・ヴィンチの名前はききおよんでいる」修道院長がさえぎった。「その著名な作品も。ミラノのドミニコ会修道院の〈最後の晩餐《ばんさん》〉も、フィレンツェのサンティッシマ・アンヌンツィアータ教会の〈聖アンナと聖母子〉も拝見した。あなたの描《えが》くものは傑作《けっさく》ばかり……神々しい気品に満ちている」

「ほう！」マエストロは修道院長をじっとみつめ、それからしばらく考えてたずねた。「聖書がいかに絵画で表現されているのか、興味がおありか？」

「メッセル・ダ・ヴィンチ。あなたの作品には多くの暗号や記号がかくされているときく。そしてそれをみる者はその真の意味をさぐらねばならないと」

マエストロは何もいわなかったから、修道院長がつづけた。「修道院の僧侶《そうりょ》たちによるこれらの作品の解釈《かいしゃく》は、神の啓示《けいじ》への考察を促《うなが》すものだという。〈最後の晩餐《ばんさん》〉では、使徒のうちのひとりが自分を裏切るというキリストのお言葉に、使徒たちが驚《おどろ》きと不信に打たれるさまを描《えが》いたとされる。だがそれでもキリストから発せられる光には超《ちょう》自然的《しぜんてき》なものがある」

マエストロは自分の作品の解釈《かいしゃく》をきいて何もいわなかったけど、しっかりきいているというふうに軽くうなずいた。

「フィレンツェの聖アンナ、聖母と幼子キリストを描《えが》いた〈聖アンナと聖母子〉の下絵は、〈三位一体《さんみ》〉の概念《がいねん》を表している。三人がピラミッドを成すように配置され、絵画の下の部分にみえる大人の足が四本でなく三本であることからもそれがわかる。また、聖母はわが子の身の安全を不安に思い、キリストが手を伸《の》ばす先にある危機から彼《かれ》を遠ざけ、その膝《ひざ》にのせようとしている。だが、聖アンナの表情は、キリストは人間の救済のためにその運命をまっとうしなければならないことを知っていることを物語っている」

「ならば、あの壁画《へきが》のキリストと使徒、そして下絵の三人の人物のあいだにあるふれあいを描《えが》くことのむずかしさもおわかりだろう」

「あなたの描《えが》く人物はいまにも動きだしそうだ」

「私は物事のさまざまな側面をじっくり観察する」マエストロはちょっと考え、言葉を選んでいるみたいだった。「異なるポーズのスケッチを何枚となく描《えが》く。〈最後の晩餐《ばんさん》〉のキリストの両手。ユダが皿に手を伸《の》ばすのと同時に伸《の》びる手。聖母の腕《うで》……。体をどう描《えが》くか、あらゆる可能性を細かく考慮《こうりょ》しなければ……」マエストロは問いかけるような調子でそのまま言葉を切った。

「でしょうな。あれらの作品はじつに深く考えて描《えが》かれている」

マエストロはその言葉を真剣《しんけん》に考えてみているみたいだった。そしてゆっくりうなずくと修道院長が話しだすのを待った。

「私が思うに」修道院長がつづけた。「どのように人物を配置するのかによって、あれらの絵画は力をもつ。そしてそうした配置のなかで、それぞれの動きをどう描《えが》くのか」

「それでは、あれらの聖人たちの描写《びょうしゃ》や構成は、私の解剖学《かいぼうがく》の知識いかんだということをわかっていただけるでしょう。それなしにはとても成しえないと」

マエストロは修道院長の話を思っていたところに導いた。修道院長はかすかにうなずいた。

マエストロはさらに自分の考えを説明した。「加えて、私の解剖学《かいぼうがく》への関心は、単に人間や聖人を正確に描《えが》きだすためだけのものではない。医学的にも死者の体を研究することには大きな意義がある。死をもたらした原因をみきわめることができる」

「死をもたらすのは神だ」修道院長がいい切った。

「おっしゃるとおり、ベネディクト修道院長。だが、死は遅《おく》らせることができる。それこそ、この病院であなたがなさっていることでは？」

「神が人間を天にお召《め》しになるとき、その者のこの世での時間はつきたということだ。われわれ人間などがそれを変えることはできない」

「しかしながら」マエストロはゆずらなかった。「延命が悪いことのはずはない」

「死期を変えることはできない。そのときと場所は神によって定められている。聖書にもある。《汝《なんじ》、どの日、どのときに神に召《め》されるかを覚えず》」

「神の定めにあらがおうというのではない」マエストロが答えた。「探求によって知識がもたらされる。そして知識はみなのためになる」

「人間は知りすぎるべきではないという見方もある。知恵《ちえ》の木の実を食べてしまった人間は、エデンの園から追放された。知識とは危険なものになりうる」

知識とは危険なものになりうる。

こんなことをきいたのはこのときが初めてだった。その本当の意味が容赦《ようしゃ》なくつきつけられたとき、ぼくはこの言葉の意味をもう一度考えさせられることになる。

マエストロは両手を広げてみせただけで返事はしなかった。修道院長は通行許可証をゆっくりたたみ、マエストロに返した。それから壁《かべ》にとりつけられた松明《たいまつ》を一本とると、ぼくたちについてくるよう合図した。

9

ぼくたちは霊安室《れいあんしつ》にはいった。

回廊《かいろう》を歩き、階段をいくつもおりていった先にあった。たどりついたのは地下室で、低い天井《てんじょう》はアーチを描《えが》き、床《ゆか》には板石が敷《し》かれていた。すごく寒い。壁《かべ》の半分ぐらいの高さのところにそなえつけられた棚《たな》が、部屋《へや》を一周していた。その下にほうきやバケツ、モップなんかの掃除《そうじ》用具がかけてある。棚《たな》の上には軟膏《なんこう》の瓶《かめ》や香料《こうりょう》のはいった箱、それから死者の体を包む布がきちんと積みあげられていた。架台《かだい》とその上にわたす板が部屋《へや》の片隅《かたすみ》に積んである。部屋《へや》のまん中にはふたつ、台が組み立てられていて、その上にのっているものにはシーツがかけてある。

「最も新しい遺体は、日没《にちぼつ》前に家族にひきとられた。あとは、男がひとりと女がひとり残っているだけだ。おそらく、遺体をひきとりにくる者はいない」

死体をおおっている麻《あさ》の屍衣《しい》はきれいに洗ってあった。ベネディクト修道院長の管理がいきとどいたこの病院では、死者は敬意をもって扱《あつか》われている。〈キリスト慈悲《じひ》の修道会〉の僧侶《そうりょ》たちは、ほかとちがって、相手によって態度を変えたりしないのは明らかだった。

「この女は昨日《きのう》、出産後に死んだ」

「拝見できるかな」

修道院長が台のひとつにぼくたちを導く。シーツをめくって顔をみせてくれた。「この娘《むすめ》は売春婦だった。川のそばの通りに立ち、おもに川を行き交う男たちの相手をしていた。平底荷船の船頭やラバ追いなどだ」修道院長はひと呼吸おいてからいった。「おそらく感染症《かんせんしょう》にかかっていた」

マエストロは娘《むすめ》をみた。髪《かみ》はとかれ、両脇《りょうわき》にたれている。けどまだしっとりしてて、分娩《ぶんべん》中《ちゅう》にかいた汗《あせ》でぬれているみたいだった。顔は細く、ろくに食べていなかったのがわかる。

「哀《あわ》れだな」

「子どもは死産だった」修道院長が娘《むすめ》のかたわらにおいてある小さな包みを指さした。

マエストロはぼくをちらっとみてためらい、それから首を振《ふ》った。

修道院長がそっと娘《むすめ》にシーツをかけてやる。もうひとつの台のほうに近づいた。

「浮浪者《ふろうしゃ》だろう。山あいで死にかけていたのをみつかった」

老人は丘《おか》のわきの小道で倒《たお》れていて、冬にむけてふもとの牧草地にヒツジの群れを追う途《と》中《ちゅう》の羊飼いにみつかった。年老いた体にまだかすかに命の光がともっているのをみてかわいそうに思った羊飼いは、十キロ先のこの病院まで老人を背負ってきた。老人が眠《ねむ》ったまま息をひきとったのはつい今朝《けさ》のことだった。

「死因は？」

修道院長は肩《かた》をすくめた。「これといった症状《しょうじょう》を訴《うった》えたわけではなかった。ただ体が弱っていた。心臓も弱っていて、まもなく止まってしまった。年もいっていた。老衰《ろうすい》かもしれん」

「たしかに」マエストロはすぐそういった。「よければ、この老人の体を調べさせていただきたい」

修道院長はうなずいた。マエストロが興味を抱《いだ》いたらしいのがその声からわかった。修道院長はかすかに顔をしかめたみたいだった。

マエストロはそれに気づいたようすもなかった。マエストロのことでわかってきたことのひとつ。マエストロは、すぐ人の感情などどうでもよくなってしまう。科学的問題や研究に関することに興味をもったりすると、とくに。仕事中は、まわりにいる人たちの気持ちを考《こう》慮《りょ》することなんて一切ない。失礼なことをして許しを請《こ》うとか、自分のやっていることの理由を説明するとか、ほとんどしない。全神経を研究の対象に集中させずにはいられなくて、ほかの人たちはそうじゃないってことには気づいてないみたいだ。

「仕事にとりかかりたいのだがいいだろうか。それとも、この老人にまだすることは？」

「最後の告解はすんでいる」

「体は洗ってあるのか？」

修道院長はぼくたちを冷ややかな目でみた。「この病院ではすぐ体を清めてやる。死ぬまで待ったりしない。修道士たちと、尼僧《にそう》たちの手を借りて、すべての病人はここへ着くと同時に体を清められる。どんな病にかかっていようとだ」

「これは失礼した」マエストロがやっと修道院長の声の調子に気がついていった。「この病院を侮辱《ぶじょく》するつもりではなかった」

マエストロはぼくの肩《かた》から革のかばんをとりあげ、棚《たな》の上に置いた。かばんをあけると、なかからシャモア革（シカやヒツジなどの小動物の皮の銀面——皮の表面——を削《けず》り取って油でなめして作った革。やわらかく、使うほどしなやかになる）に包まれたものをとりだしてひらいた。

修道院長が顔をしかめた。

包みが広げられていき、内側にはさまざまな大きさのポケットが縫《ぬ》いつけられているのがわかった。それぞれにナイフがおさまっている。ナイフのことはよく知ってる。ぼくはジプシーだ。けど、こんなナイフはみたことがない。刃先《はさき》が長いのも短いのもある。細い刃《は》が柄《え》から反るようにのびているのもあれば、鋭《するど》くとがった短剣《たんけん》みたいなのもある。どのナイフも鋭《するど》くて、よく切れそうだった。ナイフの柄《え》は右きき左きき両用だ。マエストロの手にぴったり合うよう作られている。この作業のために特別に作られたものだ。麻布《あさぬの》につつまれているのは小さな砥石《といし》で、そのわきのヤギの革袋《かわぶくろ》には水がはいっていた。

修道院長が咳払《せきばら》いした。「あなたの作業に邪魔《じゃま》がはいらぬよう、この遺体を別室に移そう」

「もちろん」マエストロは革のナイフ入れを丸め、わきにかかえた。「ご配慮《はいりょ》に感謝する。そこにもうひとつ台を用意していただけるとありがたい」マエストロはかばんをもちあげ、ぼくをみた。「マッテオ、ランプと棚《たな》の下の汚水桶《おすいおけ》をひとつもってきてくれ」

修道院長が出ていく前、ふと立ち止まった。「この老人の名を教えておこう。ウンベルトだ」

従者がふたりやってきた。ウンベルトという老人が横たわる台を、近くの小部屋《こべや》まで運んでいく。それからもうひとつ台を組み立て、大きなろうそく立てと、たらいときれいな水のはいった水差しと布切れを置いた。マエストロから数枚の硬貨《こうか》をもらうと、ふたりは去っていった。


ぼくたちは解剖《かいぼう》用死体と部屋《へや》に残された。

ぼくは震《ふる》えが止まらなかった。

マエストロがかがみこみ、ぼくと目を合わせた。両手はぼくの肩《かた》にのっている。

「いいか、マッテオ。死を恐《おそ》れることはない。この男の魂《たましい》はもうここにはない。神父に最後の告解もきいてもらっている。男の魂《たましい》は神のもとに帰ったのだ。これは――」マエストロが台の上の死体を振《ふ》り返っていった。「かつて魂《たましい》が宿っていた入れ物でしかない。かつてそこにあり、呼吸していた男にはもはや用のないものだ」

ぼくはこちらをみつめるマエストロから目をそらした。カトリックの教えのようにはきこえない。ぼくみたいな無学なジプシーにだってわかる。魂《たましい》は体のなかにとらわれている。死んで魂《たましい》は自由になるかもしれないけど、復活のときのために体がいるんじゃないんだろうか？

「体の一部をとりのぞいたりはしない」マエストロがぼくを安心させようとしていった。「ウンベルトは何ひとつ失うことなく埋葬《まいそう》される。キリストの再臨のときのために」

けど、やっぱり屍衣《しい》の下から手がみえているのはこわかった。それに、ぼくが震《ふる》えている理由は来世のことだけじゃない。老人の爪《つめ》は長く、汚《よご》れていた。黄色い爪《つめ》はまがっていて、年とったイノシシの牙《きば》みたいだった。この爪《つめ》をみてぼくはサンディーノを思い出した。サンディーノは両手の親指の爪《つめ》を長く伸《の》ばし、まるで角みたいに鋭《するど》く研いでいた。今年、フェラーラにいたころに、サンディーノがその爪《つめ》を使って男の目をえぐりだすのをみたことがあった。

マエストロが死体のおおいをとった。

死体があらわれた。全身が目にはいる。

顔。

胸。

胴体《どうたい》。

濃《こ》い陰毛《いんもう》がからみあう。ペニスが両脚《りょうあし》のあいだにたれている。

マエストロがぼくの視線の先を追った。「それほど重要そうな器官にはみえないというのに、どれほどの苦痛のもととなることか」マエストロがナイフの包みを手にとった。

一瞬《いっしゅん》、マエストロが何をするのかと思った。

マエストロがちらっとこっちをみた。「マッテオ、そう心配するな」そういって死体の腰《こし》までおおいをかぶせた。「目下のところ、私は年老いた人間が死ぬ場合の死因をみきわめたいと思っている。この老人の体内、心臓の周辺で何が起こっていたのかを知りたい。心臓が止まった原因がわかるかもしれん」

マエストロは革のかばんをもうひとつの台の上に置いた。そしてそのなかからいろいろなものをとりだした。小さいランプ、計測器、紙にチョーク。

それから、ナイフの包みを広げた。

10

「汚水桶《おすいおけ》を使って、これに小便をかけてこい」

霊安室《れいあんしつ》でマエストロはぼくに厚い当て布をわたした。

「小便をかけて、滴《しずく》がたれない程度に軽く絞《しぼ》る」

ぼくはマエストロをまじまじとみた。「なぜですか」

マエストロが首をかしげた。「マッテオ、おまえは理由を知りたがる。それはよいことだ。説明しよう。おまえがこれをマスクとして鼻にあて、呼吸できるようにするためだ」

ぼくはびっくりした。なんとかこういった。「屋外便所をさがして、そこでしてきます」

マエストロがほほえんだ。「いいだろう。もどってきたらもう少し説明する」

当て布めがけて小便をしようとしても手が震《ふる》えてしかたなかった。

最初マエストロがぼくを迎《むか》えいれ食事を与《あた》えてくれたときは、なんて親切な人なんだと思った。けど今、この人はとんでもない狂人《きょうじん》なんじゃないかと思い始めていた。ジプシーにとって、人間の排泄物《はいせつぶつ》に触《ふ》れるなんて信じがたいほど不潔なことだ。排泄物《はいせつぶつ》は屋外で処理するべきで、そうじゃないと手でさわったり鼻から吸いこんだりして、体のなかにはいってしまうかもしれない。ジプシーじゃない定住者たちは、高価な服をまとっているかもしれないけど、小便つぼを使って用を足し、そのすぐあと、手を洗いもせずに食べ物をとって口にいれ、ついでにその指をなめたりする！　考えただけで吐《は》き気がする。それなのに、マエストロはぼくに自分の小便を口にあてて息をしろなんていう。そんなことできるはずがない。そもそも、もらった当て布を湿《しめ》らそうとしても体がいうことをきいてくれない。

また、逃《に》げだそうかと考えた。けど、どうやって？　あの門番がすんなり外にだしてくれるとは思えない。どうしてひとりで出ていくのかきかれるだろうし、マエストロにいいつけられるかもしれない。そしたらマエストロになぜ逃《に》げようとしたか説明するようにいわれる。ぼくの素性をあやしまれないような説明をしなくちゃならない。マエストロはいろんなことをよく知ってるから、ジプシーの習慣のことも知っていて、どうしてぼくのようすがおかしいのかも推理できるかもしれない。

どっちにしても、今ここから逃《に》げだしたら、アヴェルノにもこの近辺にもいられなくなる。けど、ここは安全だ。マエストロに滝《たき》つぼから救いだされ、命を救ってもらってから数週間がたっていた。一日一日と日がたつにつれ、サンディーノはこの辺にはもういないっていう気がしてきた。ぼくが逃《に》げ切ったと思ったか、もっとありそうなのは、あの日、ぼくが溺《おぼ》れ死んだと思ったかだろう。

こういうことを考えてると、マエストロのもとにいたほうが安全な気もした。ちょっと変わった人だけど。今のところ、マエストロはチェーザレ・ボルジアに雇《やと》われていて、チェーザレの通行許可証をもってる。だから、ぼくもチェーザレの保護のもとにあって、おもにチェーザレ領内で生活している。ここなら、サンディーノもまずさがしにこない。サンディーノがチェーザレのために動いているってぼくが知ってたのを、サンディーノもわかってる。ぼくはチェーザレとかかわりがあるところからはなるべく離《はな》れていようとすると思ってるはずだ。だから、今いるところのほうが山や森のなかより安全だ。そういうところこそ、あの悪党が手下と犬を使ってぼくをさがしだそうとするはずだろう。ぼくがやつから盗《ぬす》んだあるものをとりかえそうとして。

尿《にょう》がほとばしりでてきて、金色の流れとなって当て布に降り注いだ。目をつぶって布を少し絞《しぼ》る。しぶしぶ、湿《しめ》った当て布をもってマエストロのもとにもどった。

ぼくがいないあいだに、マエストロは革のかばんを空《から》にして、とりだした道具を台の上にきちんと並べていた。ノート、紙、ペンとインク、鉛筆《えんぴつ》、デッサン用の木炭、チョーク、何本ものひも、液体のはいった瓶《かめ》やフラスコ、何かよくわからない粉末や軟膏《なんこう》。ナイフのほかに特殊《とくしゅ》な道具もあった。奇妙《きみょう》な形をしたはさみと小さなのこぎりだ。

ぼくはきれいな水をたらいに注いで手をつっこみ、布でごしごしこすって洗った。たらいの水を汚水桶《おすいおけ》のなかにあける。マエストロはじっとぼくをみながら、さっきの当て布を麻布《あさぬの》でくるみ、ぼくの口元に当てた。

「鼻から息を吸い、口から吐《は》きだせ。そうすれば空気中の不純物が鼻腔《びくう》でとりのぞかれる」

「自分のおしっこの臭《にお》いなんてかぎたくないです！」

「おまえの尿《にょう》はきたなくなんかない。自分の体から出たものだ。なんの害もない」マエストロが声をあげて笑った。「死体の臭《にお》い対策にもなる」

「じゃあどうしてマエストロはマスクをしないんです？」

「以前はしていたが、マスクがあると視界をさえぎられる。それに作業にかかると臭《にお》いも忘れてしまうのでな。おかしなもので、頭がひとつのことでいっぱいになると、感覚機能がはたらかなくなる。しかも、ほら！」マエストロは口をあけ、大きく息を吐《は》いた。すぐに息が白くなってマエストロの前で白い煙《けむり》になった。「この室温の低さでは死体の腐敗《ふはい》が進むのもゆっくりだ。今夜は腐臭《ふしゅう》に悩《なや》まされることもないだろうな」

マエストロはぼくの鼻と口をつつむように布を当てた。息苦しかったけど、マエストロはぼくの後頭部でひもを結び、しっかり固定した。

「開腹した死体からは悪性物質が飛散するが、尿中《にょうちゅう》の酸がおまえを守ってくれる」それからマエストロは笑ってつけ加えた。「そして尿《にょう》は目にしみるから、気を失わずにすむ」

革のかばんにはろうそくが何本もはいっていたみたいで、火をともされたろうそくが台を囲むように配置してあった。獣脂《じゅうし》でできた安いろうそくじゃなくて、良質の蜜蠟《みつろう》でできたやつで、その火は明るくいい匂《にお》いを漂《ただよ》わせていた。屋外用の重いランプは床《ゆか》に置いてある。マエストロがもってきた小さいガラス張りのランプをわたされた。

「マッテオ、このランプで私の手元を照らしてくれ。おまえの背丈《せたけ》はぴったりだ。作業中、明かりがあることはとても重要なのだ。今夜たまたまおまえにきてもらったわけではない。おまえならできると思ったし、しっかりしていると思って選んだのだ。しっかりランプを支えて動かさないようにな。おまえならできる」

そうやって、ほめ言葉と信頼《しんらい》でぼくはがっちりおさえこまれた。ひもでマスクをしっかり顔にしばりつけられたみたいに。

マエストロは小さな瓶《かめ》のふたをはずし、鼻をつくにおいのする液体を布にたらした。その布で老人の胸を清めていく。

そして、一本のナイフを選んだ。

力をこめて老人の皮膚《ひふ》にナイフをいれていく。まず肩《かた》のあたりから胸のまん中に。そのあと、もう片方の肩《かた》からも同じようにナイフを走らせ、ちょうど首の付け根のところで切りこみが重なった。Vの字だ。

皮膚《ひふ》は簡単にめくれたけど、意外じゃなかった。マエストロが作業にとりかかるのをみて、今まで何度も同じことをしているのがすぐわかった。こういう作業にはどこか芸術的な才能、技術と直感が必要だ。おばあちゃんはウサギの皮をはぐ名人で、ものの三十秒もかからなかった。そしてこの老人、ウンベルトは年老いていて、その皮膚《ひふ》はやわらかい羊皮紙みたいだった。ナイフで簡単に切れる。

次に、マエストロはV字の先からナイフをいれて老人のへそまで切っていく。それから別の道具を選んで、皮膚《ひふ》を肉から切り離《はな》し、左右に開いていった。

しばらく前、イーモラ近くの町の市場にいたとき、男が皮はぎの刑《けい》に処されるためにつれてこられたことがあった。チェーザレ・ボルジアがウルビーノを制圧し、モンテフェルトロ家のグイドバルドを追いだしたころに、何かの抵抗《ていこう》運動に関わったということだった。チェーザレがウルビーノを手中にしたあと、グイドバルドを手助けしたと思われる者はことごとく罰《ばっ》せられた。この囚人《しゅうじん》は、ほかの者へのみせしめとして公開処刑《しょけい》になった。けど、ロマーニャ地区行政長官、ラミロ・デ・ロルカ将軍のやり方にしたがって、男はまず拷問《ごうもん》にかけられた。市の立つ通りはどこも人でいっぱいだったから、男が生きたまま皮をはがれるのをみないわけにはいかなかった。男の慈悲《じひ》を求める叫《さけ》び声が、騒然《そうぜん》とする人々の声を貫《つらぬ》いて響《ひび》きわたっていた。あのときとは対照的に、台の上に横たわる老人、ウンベルトは、抵抗《ていこう》の声もあげず、死によって尊くさえみえる。

そのときふとベネディクト修道院長がこの老人の名前を告げたわけがわかった。ぼくたちは名前を知ることによってこの老人に人としての敬意をもって接するようになった。今この人はもう死んでいるけど、この体が創られたときからずっと生きてきたのだ。

ぼくはマエストロの作業をみつめていた。マエストロが切り開いた皮膚《ひふ》を左右に広げると、表面にさまざまなものがついたあばら骨があらわれた。もう一度消毒用の布きれをつかって、あらわになった部分を拭《ふ》き清めた。それから小さなのこぎりを手にとると、あばら骨にとりかかった。死体の解剖《かいぼう》は、残酷《ざんこく》に肉を切り刻むことだから矛盾《むじゅん》してきこえるかもしれないけど、マエストロの手さばきは優雅《ゆうが》で思いやりに満ちているようにみえた。

マエストロが左右のあばら骨をのこぎりでひき始めると奇妙《きみょう》な音がした。これまできいたこともない音だ。犬が肉のかたまりを食いちぎるのよりずっと残酷《ざんこく》で、お腹《なか》をすかせた男が丸焼きの鶏《とり》を引きちぎって食べるのより露骨《ろこつ》でむきだしな感じがした。

血が流れる。

頭がくらくらした。息ができなくて苦しくなった。自分の小便のいやな臭《にお》いが喉《のど》の奥《おく》にとどいて、咳《せ》きこみ、はっとわれに返った。

マエストロがほほえみかけ、ぼくの目をまっすぐみた。「そのうち気分もおさまる」マエストロがささやく。「動かないように」

ぼくはふらつかないようにしっかり立った。

マエストロは胸の深部に手をさしこみぴたりと動きを止めた。手にもった何かをみつめている。やわらかく、ぬれた茶色っぽい臓器。重そうに丸くふくらんでいる。ウンベルト老人の心臓だ。肉がかすかに揺《ゆ》れる。それに答えるようにぼくの心臓も震《ふる》えた。

「マッテオ」マエストロがいった。「みてみろ」

ぼくはふらついたけど、マエストロは気づかなかったみたいだった。

「心臓だ。ほんの何時間か前には、私たちの心臓と同じように脈打っていた」

ぼくはうなずいた。

「そんなに大きいわけでもない」

「え、大きいですよ」マスク越《ご》しのぼくの声はくぐもった。

「だが、これなしには生きられない」マエストロはぼくの声がきこえなかったみたいにつづけた。

マエストロはぼくに話しかけてるわけじゃなくて、声に出してあれこれ考えているんだとわかった。

「そう、きわめて重要なのだ。なぜなら心臓に傷を負うことは死を意味するが、手足を失っても生き延びることはできる……」

それは知っていた。腕《うで》や脚《あし》がなくたって生きてはいける。両腕《りょううで》と両脚《りょうあし》を失った男をみたこともあった。その男は、通行人に話をきかせて生計をたてていた。古びた毛布にくるまれ、椅子《いす》の上にのせられた男は、夕暮れどきになるとボローニャの公園の大きな噴水《ふんすい》のわきで物語をきかせていた。

「どうして心臓が止まったのか知りたいんですか？」ぼくはきいた。

「どうやって心臓が動きだしたのかも知りたい」

ぼくはちょっと首をかしげた。命がどうやって始まるか、ってこと？　赤ちゃんがどうやってできるのかはもちろん知ってるはずだ。ぼくみたいな子どもだって知ってるんだから。ジプシーの野営地では、馬でそれをみる機会が十分あった。毎年時期がくると、種馬が交尾《こうび》のためにつれてこられる。そのためにジプシーたちは集い、いい種馬には金を払《はら》って自分の雌馬《めすうま》と交尾《こうび》させる。どの種にも雄《おす》にはこのための器官がついていて、その器官は交尾《こうび》のためにある。人間の男と女も変わらない。おばあちゃんが教えてくれた。種は男からくる。女の体のなかには空洞《くうどう》があって、そこに赤ちゃんが大きくなって生まれるまでいる部屋《へや》がある。男は女のなかに自分の種を植えつける。それは男と女がいっしょに寝《ね》て、男が女のなかにいるとき起こる。これはすごく気持ちいいらしい。それがあやまちであれ、情欲のためであれ、愛情からであれ、たった一度するだけで赤ちゃんができることもある。そして一度命が芽生えると、それはもう取り消すことはできない。だけど、まったく同じように男と女がそれをくり返しても、命が芽生えないこともある。

跡取《あとと》りとなる息子《むすこ》を産むとか、面倒《めんどう》をみてくれる娘《むすめ》を作るとなると、ただ性交すればいいというわけではない。おばあちゃんは、子どもを授かりたいと必死になっている女の人たちに薬草を売ってはいたけど、なかには決して命を宿さない子宮もあるのを知っていた。どんなに金や権力をもっていても、ただ子どもがほしいからといって授かるわけじゃない。フランス国王だって、最初の妻が跡継《あとつ》ぎを妊娠《にんしん》できなかったために、教皇に結婚《けっこん》無効の申請《しんせい》をしなくちゃならなかった。

マエストロがまた話し始めた。「私たちがまだ存在しないとき、いつからその存在は始まるのだ？」

ぼくは返事ができなかった。マエストロが何を考えているのかさっぱりわからなかったからだ。今いったこともわからないし、何を考えてていそういったのかもわからない。

「そう」マエストロがつづける。「それこそ私が知りたいことだ。だが今のところは、この心臓がどうして止まってしまったのかみきわめることで満足するとしよう」

「ベネディクト修道院長は神のご意思だと」ぼくはつぶやいた。

「この血管」マエストロは血にまみれた指で示してみせた。「これこそ心臓の機能に欠かせないものだ」

「どうしてわかるんですか？」

「興味があって、動物の解剖《かいぼう》もしてきた。それに、以前いくらか人間の死体の解剖《かいぼう》もしたのでな」

このころには、マエストロがこれまで死体の解剖《かいぼう》をしてきてることは予想がついていた。きっと処刑《しょけい》された罪人たちだろう。それは絵画や彫刻《ちょうこく》作成のための解剖学的《かいぼうがくてき》な知識にはなるだろうけど、死因の研究にはあんまり役に立たない。どんな処刑《しょけい》方法が使われたにしろ、死因ははっきりしている。

「この男の心臓が止まったのは高齢《こうれい》のためだったらしい。心臓につながる血管が細くなり、血流がとどこおった」

「川に細かい砂や泥《どろ》が積もっていって、流れがゆるくなっていくみたいに?」ぼくはきいてみた。

「そのとおり!」マエストロがよくわかったな、という顔でぼくをみた。「まさにそんなふうにだ」

ぼくはおばあちゃんの心臓のことを考えた。おばあちゃんのあばら骨の内側で苦しんでいた心臓。年をとるにつれて小さくなっていった体。ぼくの目の前に横たわる浮浪者《ふろうしゃ》、ウンベルトのように、おばあちゃんの肌《はだ》は乾《かわ》き、骨と皮ばかりだった。

この、ぼくがマエストロと呼ぶ人物は、鋭《するど》いナイフと、そのナイフより鋭《するど》い頭脳をもって未知の領域に踏《ふ》みこもうとしている。それもただの気まぐれな好奇心《こうきしん》からじゃない。修道院長にいった言葉は、全部じゃないとしても一部はマエストロの本心だと思う。死因がわかれば、死を防ぐ手だてがみつけられるかもしれない。ウンベルト老人の心臓に起こったことは単純明快だ。年齢《ねんれい》を重ねるにつれ、心臓を行き来する血管が細くなり、血流をさまたげた。けど、それがわかったからって何もできない。血管の通りをよくする方法なんてないから、おばあちゃんを長生きさせることはできなかったはずだ。死ぬ前の数ヶ月、おばあちゃんの心臓は長年働きつづけてへとへとだった。

おばあちゃんがぼくの手をとって自分の胸の上にのせたのを思い出す。骨のむこう、おばあちゃんのしぼんだ胸の下には今にも消えそうな不規則な鼓動《こどう》が感じられた。おばあちゃんの体のなかの洞《ほら》で心臓ははためくように動いたり、震《ふる》えたりしながら、また落ち着いたリズムをとりもどす。おばあちゃんは、自分の体がぼろぼろだったのはわかってたけど、正確に何が起こっているのかは知らなかった。

「こうやっておばあちゃんも亡くなったのかもしれません」ぼくはいった。

「いくつだった？」

その質問には答えられなかった。ジプシーは一年で一歳《さい》という年の数え方はしない。季節が移り変わっていくのをみて、人生がゆきすぎていくのを感じるだけだ。おばあちゃんは、地上で四季がくり返すのを何度も見送った。おばあちゃんの持ち物だった金物や書き物を埋《う》め、おばあちゃんの荷馬車が燃えるのをみつめていたあのときから、二度夏をむかえた。ぼくは肩《かた》をすくめた。

「とても年とっていました」

マエストロは興味深い顔でぼくをみた。「マッテオ、おまえが祖母を覚えてるとは知らなかった。おまえは祖母のことを一度も口にしなかった」

ぼくの手はランプを落とさないようにしっかりつかんだ。何もいわなかった。ペレラの砦《とりで》ですごした最初の数日にぼくが話した身の上話では、身寄りのない孤児《こじ》だったといったんだった。おばあちゃんのことは話さなかった。

嘘《うそ》がばれてしまった！

11

「祖母がいたのか？」

ぼくはまばたきした。

マエストロは解剖《かいぼう》の手を止めた。「マッテオ？」ぼくに話すよううながす。「亡くなったとき、おまえの祖母はとても年とっていたといったな？」

「あの、えっと……」ぼくは目をふせて、あたりさわりのないことを二、三つぶやいた。

マエストロが作業にもどった。マエストロが解剖《かいぼう》で忙《いそが》しいあいだ、おばあちゃんのことは何か話をでっちあげればいい。そう思ったら少し落ち着いた。

「祖母のほかにも家族がいたのか？」

ぼくはまだ答えを思いついてなかったけど、マエストロはぼくがあせってるのに気づかなかったみたいで、言葉をつづけた。「ペレラでおまえが生《お》い立ちを話したとき、〈ぼくたち〉と一度いっただろう？」

ぼくははっとしてマエストロをちらっとみた。

「おまえがヴェネツィアにいたときのことを話していたときだ」ぼくを励《はげ》ますようにほほえむ。「ヴェネタ潟《がた》を進んでいく平底船《ゴンドラ》をみたとき、だれかがいっしょだったようだったな。そのときいっしょだったのがおまえの祖母だったのか？　それに、それは祖母だけだったのか、ほかにもだれかがいたのか」

恐怖《きょうふ》で心臓がひっくり返った。

「ぼ、〈ぼくたち〉なんていいましたか？」ぼくは口ごもった。「意味なんてないんです。ぼくの話し方っていうか……いいまちがいです。ぼくはちゃんとした教育を受けてないから」

「いや、そんなはずはない。おまえの話しぶりはなかなかのものだ。やや古風だがな。祖母からその話し方と言葉を習ったのであれば、立派なものだ。アペニン山脈の山奥《やまおく》の農場で育ったといっていたが、あのあたりの方言にはほかの地方にはない特殊《とくしゅ》な母音がある。〈ウ〉という音と〈オ〉という音を発音するときの舌の位置がちがうのだ。あのあたりでは、舌を前にもっていく。だが、マッテオ、おまえはそれをしない。しかしおまえが祖母と暮らし、その祖母の生まれがどこか別のところだとすれば、おまえは祖母の話し方を身につけたのかもしれない。だが、祖母の生まれはどこだ？　知っているか？　わかるとおもしろいかもしれない。おまえの話し方にはときどき東方の出を思わせるものがある」

ぼくは返事をしなかった。できなかった。そんなことまでわかるなんて、この人は魔法使《まほうつか》いなんだろうか。いっしょにすごしたたった数週間のあいだに、こんなにぼくのことをわかってるってことは、ぼくをじっと観察してたってことだ。それなのに、みられてるなんて気づきもしなかった。

マエストロがぼくを問いかけるような目でみた。「そして、おまえが〈ぼくたち〉といったのはいいまちがえだけじゃない。自分はよそ者だと思っているかのようだった」マエストロがじっとぼくをみる。「最初、おまえのことをジプシーだと考えていたのだが今は確信がない。おまえの肌《はだ》はそれほど浅黒くない。ほかにも理由がある。どの人種でも肌色《はだいろ》にちがいはあるからな。ジプシーは小さめの手足をもつものだが、おまえの手足もそのようだ。だがそういうことだけじゃない。おまえは他人を頼《たよ》るまいとしているようにみえる。ほかの者とはちがっていて……ほかの者から自分を切り離《はな》しているようなところがある」

ぼくは首を振《ふ》った。

「生まれを恥《は》じることはない、マッテオ」

そういわれてぼくは顔をあげ、怒《いか》りをこめてマエストロをみた。おばあちゃんのことも、おばあちゃんの一族のことも恥《は》じたことなんてない。

「お！」マエストロがあとずさった。「おまえの胸にこたえるところがあったようだな」

マエストロは作業の手を止めると、おもしろそうにぼくをみた。ぼくは下をむいてその目を避《さ》けた。

「そこがわからない」マエストロがゆっくりいった。「おまえはペレラにいたとき、自分は私生児だといった。そしてそれを恥《は》ずかしいと思っていると。婚外子《こんがいし》として生まれたことを恥《は》ずかしいことだと感じていると。だが」マエストロがかがんでぼくのあごの下に手を当てて、顔をのぞきこんだ。「私がおまえの生まれのことを口にしたらおまえはかっとなって私をにらんだ」

マエストロはしばらくぼくの顔をみていた。けど、マエストロにあてがわれた当て布がぼくの鼻と口をかくしていたし、目になんの表情も浮《う》かべないようにするくらいは、ぼくも気をとり直していた。

「さあ、どうだ？」

返事をせずに逃《に》げるわけにはいかなかった。

「怒《おこ》ってるわけじゃないです。おばあちゃんのことをちょっとでも悪くいわれるのには我慢《がまん》がならないんです。マエストロのいうとおり、おばあちゃんがぼくの面倒《めんどう》をみてくれましたけど」

……しばらくのあいだですけど」

「そしておまえの最初の教育係だった」

「はい」

「ただひとりの？」

ぼくはうなずいた。それから、小さいころただひとり愛してくれたおばあちゃんをかばってあげなくちゃと思って、こういった。「おばあちゃんはいろんなことを教えてくれました。すごく物知りだったんです。っていっても、本を読んで身につけた知識とかじゃなくて、長い年月のうちに自然から学びとった知識ですけど」

「それこそ最高の知識ではないか！」マエストロは声をあげた。「私はそういう知識を見下したりしない。私が幼いころ、ラテン語を教えられることはなかったから、過去の偉大《いだい》な人々の書いたものが読めなかった。じつに残念だと思い、なんとかしなくてはと苦心した。そしてラテン語を学び、原文にあたって文書が読めるようになった。人体に関する論文もそのひとつで、そこに書いてあることをすべて吸収した。だが今、動物の生態を研究し、人体を解剖《かいぼう》するようになってみて、先人の知恵《ちえ》というものに頼《たよ》りすぎてはいけないと思うようになってきた」

マエストロはそこでしばらく間を置いた。ぼくに何かいってほしいみたいだ。ぼくも、話すように期待されているときに話さないとかえって人の注意をひいてしまうことに気づき始めていた。

「おばあちゃんも、人の体に起こる病気やけがを自分なりのやり方で観察してその原因を推測していました」ぼくはいった。「ときどき、医師の見方とちがってることもありました」

「治療師《ちりょうし》だったのか?」

ぼくはうなずいた。

「自分の知識を信じる賢明《けんめい》な女性だったらしいな。物事を追究する方法はひとつしかない。自分で調べ、研究してみることだ。私は自分が関心のある分野すべてで論文を書いてきた。

図と言葉を使いできる限りの情報をつめこんでな」マエストロは目の前にその体内をさらけだしている死体のほうをむいた。「だからこそ、自分の手で解剖《かいぼう》することが重要なのだ。各部を入念に調べ、図を描《えが》き、みたままを書きとめていく」マエストロは小さいほうの台の上にのっている紙を指さした。ときおり、マエストロが作業の手を止めては図を描《えが》いたりメモをとったりしている紙だ。

ぼくはその紙にちらっと目をやった。それからもう一度みなおした。最初、何が書いてあるのかわからなかった。このころのぼくに読める単語は少なかった。おばあちゃんはぼくに昔からのいい伝えを教えてくれたし、ぼくはたいていの植物や薬草の名前を知ってる。それからどうやって治療薬《ちりょうやく》を作るのかも。犬とか猫《ねこ》とかいう単語はつづれなくても、風邪薬《かぜぐすり》とか、腹痛、痘症《とうしょう》、疫病《えきびょう》、痛風、それに女の人が毎月出血するときに起こる生理痛とかならラテン語、シチリア方言、フィレンツェ方言、フランス語、カタロニア語、スペイン語、どれでもいえた。おばあちゃんが教えてくれた単語もいくつかは読むことができた。といってもほとんど名詞だけだった。まずぼくの名前のヤネク、それからほかに覚えておく単語があった。そうすればお客に注文の品を届けられるからだった。どの町にいっても、配達はぼくの仕事だった。

《ヴェネト街道のスクタリ家に腫《は》れ物をおさえるクリームを》
《ろうそく屋の二階に住むマリア・ドルメットに腱膜瘤《けんまくりゅう》に塗《ぬ》る軟膏《なんこう》を》
《アントニオ氏の子どもに湿布剤《しっぷざい》。父親はアンジェロ広場の先の書記事務所勤務》
《メレノ門近くの宿屋のアルフレドにこの瓶《かめ》を配達すること。発作をおこす持病があり、煎《せん》じ薬《やく》が必要》

配達は人間だけじゃなく馬のためのこともあった。貴族の屋敷《やしき》の馬の調教係から、優秀《ゆうしゅう》な雄馬《おすうま》や、子どもを産ませるための雌馬《めすうま》、病弱な子馬のための治療薬《ちりょうやく》をたのまれた。町の薬剤《やくざい》師《し》たちの薬を買うより安かったし、ぼくたちの治療薬《ちりょうやく》のほうが効くこともあったからだ。おばあちゃんは、治療《ちりょう》と痛みを抑《おさ》えることにかけては評判が高かった。

だから、ぼくは文章を読むことはできないけど、マエストロが使うフィレンツェ方言のイタリア語がどんなふうに書かれるのかはだいたいわかってた。けど、マエストロが今夜、紙に書き記しているのは、これまでみたどんなものともちがっていた。最初は、ユダヤ人が使う言葉で書かれてるのかと思った。それか、トルコ人やイスラム教徒が使う文字だと思った。だけど、よくみてみるとそのどれともちがってるのがわかった。

そのとき、もうひとつ気づいたことがあった。マエストロが紙にペンを走らせるようすは、どこかおかしい。図を描《えが》くとき、マエストロは両手を使う。チョークやペンを右に左にもちかえ、ごく自然に両手を使って描《えが》く。けど、文字を書くときは左手だ。だからって書き方がぎこちないわけじゃない。左ききの人はみんな、紙をちょっとかたむけ、鉤爪《かぎづめ》みたいに手首をまげて書き進めていく。けどマエストロは、左から右じゃなく、右から左にむかってすらすらと文字を書いていく。マエストロがそうやって文字を書くのをみて、うまいやり方だと思った。これなら書いた文字を左手でこすってしまうこともない。

けど、まだよくわからないことがあった。こんなふうに書いたら読めないじゃないか。こんな書き方をしたらだれにも読めない。ふつうの語順じゃないんだろうか。それとも文末から頭のなかで考えて、それを紙に書き、正しく読めるようにしてるんだろうか。ぼくは顔を近づけた。マエストロが書いているものに目をこらした。次の瞬間《しゅんかん》、そのわけがわかって、心底ぞっとしてしまった。

マエストロは右から左にむかって書いている。けど、文末からさかさまに書いてるわけじゃなくて、文字そのものが左右逆なのだ。全部だ。鏡文字――悪魔《あくま》との契約書《けいやくしょ》に使われる文字だ。

ぼくがはっと息をのむのがきこえたにちがいない。

「マッテオ、私の書いているものは読みにくいだろう」

「どうしてそんなふうに書くんですか？　そんなふうに書いて読めるんですか？」

「慣れだよ」それからすぐにこうつづけた。「おまえの祖母のことをもっときかせてくれ」

「ほかにはなにもないです」マエストロを納得させられそうな話が頭に浮《う》かんでいた。それを話した。「おばあちゃんといっしょに暮らしたことが何度かありました。けど、おばあちゃんは年とっていて、ぼくの面倒《めんどう》をずっとみられなかったから、ぼくはあちこちで仕事をみつけて働きました。それから、おばあちゃんが亡くなって、ぼくはひとりぼっちになったんです」

「おまえの祖母はどうやって生計を立てていたのだ？　いや、あててみよう」ぼくが答える前にマエストロがいった。「おまえの祖母は治療師《ちりょうし》だった。薬を調合し、それを必要とする者に売って生活していた」

　ぼくは慎重《しんちょう》にうなずいた。

「おまえの祖母の薬は安かった。自分自身が貧しかったことと、やさしい気性から、他人の痛みを金もうけに利用するのは忍《しの》びなかったのだ」

　どうしてそんなことがわかるんだろう？　おばあちゃんに会ったこともないし、ぼくからほんのちょっと話をきいただけなのに、おばあちゃんの性格をすっかりみぬいている。

マエストロの目が輝《かがや》く。ぼくの顔つきから、自分のいったとおりだとわかったんだろう。

「もしかして、おまえの祖母の評判が高まるにつれ、金持ちや貴族もおまえの祖母を望み、治療薬《ちりょうやく》を買うようになり、医師や名の知れた薬剤師《やくざいし》たちの薬を買わなくなったのではないか？」マエストロはぼくのようすをみた。ぼくはまだびっくりして口がきけずにいたけど、かすかにうなずいた。マエストロは、つかまえてくれといわんばかりの獲物《えもの》をしとめる狩人《かりゅうど》のように、さらにつづけた。「そして……おそらく町の商人や組合の者たちがおまえの祖母を脅威《きょうい》とみなし、金も身分もないおまえの祖母の商売の邪魔《じゃま》をした。おまえたちは町から町へと移らなければならなかった。そういうときに祖母と時間をともにすることがあったのか？　うむ、それならおまえの肌《はだ》の色が浅黒いのも納得がいく。マッテオ、おまえは人生の大半を戸外ですごしてきたのだな？」

おばあちゃんがいたことを打ち明けさせたうえ、これ以上何を知りたいんだろう。それとももう見当がついてるんだろうか。

12

霊安室《れいあんしつ》からもどってきたときにはほぼ夜が明けていた。

冷たい朝の光が、夜の暗闇《くらやみ》を押《お》しもどしていく。川にはかすかに霧《きり》がかかっていた。さまよい歩いていた死者が朝日を浴びて消えてしまう前に、あわてて墓穴へ帰っていく時間だ。

ぼくはマエストロのあとにぴったりくっついていた。マエストロの広い歩幅《ほはば》に遅《おく》れをとらないように、ほとんど小走りになる。マエストロは収穫《しゅうかく》のときに農家の人たちが歌う民謡《みんよう》を口ずさんでいた。マエストロは夜通し作業をしていた。組織を切っては、さらに奥《おく》を調べ細かく観察する。かつては生きていた臓器の内側へ、内側へとはいっていく。マエストロは、ぼくのもつランプの下で、大きさを測り、何か書きとめ、何度も寸法をたしかめ、それからみたものをスケッチしていく。ひと筆描《が》きですばやく、的確な図を描《えが》くこともあるし、丹念《たんねん》に少しずつ少しずつ、ごく小さい血管のひと筋ひと筋を描《か》きこんでいくこともあった。

重いランプじゃなかったけど、動かさないようにしておくのは大変で、腕《うで》が痛くなった。マエストロが片手に体の一部をもったまま、振《ふ》り向きもせずにもう片方の手を後ろにのばしたときがあった。はさみをさがしてるのがわかって、ぼくがとってあげた。マエストロがびっくりしたようすをみて、わかった。こんなに長いあいだ、なるべく動かないようにして手元を照らしてあげてたのに、それをありがたいと思うどころか、ぼくがそこにいることもすっかり忘れてたんだ。マエストロは休むことなく作業をつづけた。とうとう、僧侶《そうりょ》たちの朝の祈《いの》りがきこえてきて、病院が新たな一日を迎《むか》える準備に騒《さわ》がしくなるまで作業をやめなかった。

ぼくはへとへとだったけど、マエストロは全身にエネルギーが満ちてるみたいな弾《はず》む足どりで城にむかっていた。

夜間警護の番兵に身分確認をされるのを待って、やっと通してもらえた。門番たちはマエストロに好奇《こうき》の目をむけたけど、なんの用かと問いただしたりはしなかった。自分たちの司令官、チェーザレ・ボルジアの保護のもとにあるマエストロを尋問《じんもん》したり足止めしたりすれば厄介《やっかい》なことになる。けど、ここの警護は固く、三つの検問を通過してようやく城壁《じょうへき》のなかに入ることができた。番兵たちも、ペレラの番兵みたいにのんびりしたようすはない。ボルジアの本拠地《ほんきょち》、イーモラに近いということは、ここの兵士たちは常に気を張っているということだ。

アヴェルノの城は、デロルテ大尉《たいい》の砦《とりで》よりずっと大きくて、防備もしっかりしていた。城を囲む城壁《じょうへき》に加えて、その外側に濠《ほり》をめぐらし、跳《は》ね橋がかかっている。マエストロは建築業者たちに指示を出し、城壁《じょうへき》を高くしたり、より多くの大砲《たいほう》を設置するための堡藍《ほうらん》作りを監《かん》督《とく》していた。マエストロは、来る日も来る日も、城の守りを強化するための設計図を描《えが》き、複雑な兵器の模型や図を制作した。こういう図の写しは使者に運ばれ、チェーザレ・ボルジアが目を通す。そのあいだ、模型はマエストロの作業場の棚《たな》に置かれ、チェーザレが城を訪れ、目にするときがくるのを待つ。

アヴェルノに到着したころ、フェリペは今度はフィレンツェにむかった。マエストロの仕事に必要な品を特注し、もち帰ってくるためだ。グラツィアーノが胃を悪くして寝《ね》こんでからは、フェリペがマエストロのもとを離《はな》れることはめったになかった。だからフェリペの留守中、ぼくが代わりにいろいろな用事をこなすようになった。マエストロの着るもの、食べるものの手配、それに作業場の片づけなんかだ。マエストロが日常の雑用に時間をさかなくていいように。

マエストロは身なりにはうるさい人で、毎朝清潔なシャツと下着に着替《きが》える。ぼくはおばあちゃんのやり方にしたがい、城の洗濯係《せんたくがかり》にたのんでマエストロのシャツを乾《かわ》かすときにはラベンダーの花もいっしょにつるしてもらった。

マエストロはすぐに気づいた。「マッテオ、おまえが私の洗濯物《せんたくもの》を管理するようになってから、私のシャツはただの洗濯石鹸《せんたくせっけん》とはちがういい香《かお》りがするようになった」

ほめ言葉っていうほどのものじゃないかもしれないけど、ぼくはすごくうれしかった。マエストロの服がちゃんと繕《つくろ》ってあるか確認し、ブーツも靴《くつ》もきれいに磨《みが》いてあるよう気をつけた。作業場では画材道具を整理しておき、毎日紙が切れないようにしておく（マエストロはすごい量の紙を使う）。それから、必要に応じていろんなものをとりにいったり運んだりする。だからこの城での作業や、城内で起こっていることをみんな観察することができた。

馬小屋は、もっとたくさんの馬を収容できるよう拡大中だった。倉庫に貯蔵してあった小麦、大麦、ぬか、キビ、ヒヨコ豆が外に積みあげられた。ワインの大樽《おおだる》、干した果物《くだもの》のはいった樽《たる》、塩漬《しおづ》けの魚や燻製《くんせい》の肉なんかは地下室に運びこまれた。家畜《かちく》の飼料やまぐさ、わらや干し草は中庭に高く積みあげられている。ビズィアの採石場で切り出された巨大《きょだい》な石が、牛の引く荷車にのって毎日城門をはいってくる。タイルや材木、そのほかの建築材は平底荷船で運ばれ、町のふもとの波止場でおろされる。城はこれから起こることに備え、その準備にかかっていた。包囲攻撃《こうげき》にも耐《た》えられるよう準備しているのかもしれない。

ロマーニャとそのむこうの一帯ではとんでもないうわさが行き交っていた。コンドッティエーレ、つまり金で雇《やと》われて忠誠を誓《ちか》った傭兵《ようへい》隊長たちがチェーザレ・ボルジアを裏切ったという。チェーザレに対する不信と、どんどん力を増していくチェーザレに対する恐怖《きょうふ》、そして友情の誓《ちか》いをかわした相手にも簡単に刃《やいば》をむけるチェーザレへの不安が原因らしい。ウルビーノという町の名前は今、裏切りのたとえとして使われてるみたいだった。

今年、ウルビーノのグイドバルドはチェーザレ・ボルジアの妹、ルクレツィアを迎《むか》えて歓《かん》待《たい》した。ルクレツィアは、ローマから結婚式《けっこんしき》のあるフェラーラまでの旅の途中《とちゅう》だった。ルクレツィアに最大の敬意を示そうと、グイドバルドはモンテフェルトロの豪華《ごうか》な宮殿《きゅうでん》をルクレツィアとそのお供の者たちに提供した。ルクレツィアのために舞踏会《ぶとうかい》を開き、数多くの贈《おく》り物を惜《お》しみなく献上《けんじょう》した。ところが、それだけ気前よくふるまったのに、ルクレツィアの野心家の兄は、ウルビーノに侵攻《しんこう》して占拠《せんきょ》した。

のちにチェーザレ・ボルジアはそうするしかなかったのだと主張し、グイドバルドがチェーザレをおとしいれようと計略をはかっていた証拠《しょうこ》がある、といった。けど、その証拠《しょうこ》が示されることはなかった。みんなわかってた。ウルビーノは、ロマーニャとトスカーナのあいだにある山あいの要塞《ようさい》だ。チェーザレは自軍が思うままそこを通りぬけられることを望んでいて、それがウルビーノの公爵領《こうしゃくりょう》を奪《うば》った本当の理由だ、って。

この事件はイタリア全土を揺《ゆ》さぶった。各地の領主や小君主たちはおびえ、チェーザレと教皇であるその父親は、イタリア全土を手中におさめるまで侵攻《しんこう》をつづける暴君になったと考えた。

アヴェルノの台所でのうわさ話によると、貴族たちが結託《けったく》して反撃《はんげき》に出ようとしているらしい。秘密の同盟が結ばれ、チェーザレを失脚《しっきゃく》させようという陰謀《いんぼう》に傭兵《ようへい》たちがかかわっているという。けど、ぼくはチェーザレがどれほどすばやく裏切り者に制裁を加えるのかをみてきていたから、そんなうかつなうわさ話には加わらなかった。今は用心して、余計なことをいわないようにしたほうがいい。

マエストロがぼくの肩《かた》に手を置いた。マエストロに与《あた》えられた部屋《へや》のある一角にむかっていっしょに歩いているときだ。

「マッテオ、今夜出かけるところのことは話さないほうがいい」これまでマエストロがぼくに口止めするようなことはなかった。いったん仲間に迎《むか》えた者は信頼《しんらい》するというのがマエストロだった。マエストロにとっては、相手のことを信じたら、それだけで十分らしい。マエストロは自分の本心や、愛しているもののことを簡単に口にしたりしないし、自分だけにわかる鏡文字や暗号を使って仕事の内容が他人にわからないようにしてる。それでも、気兼《きが》ねなくだれでも仲間に迎《むか》え、食事を共にし、冗談《じょうだん》をいったり語り合ったりする。

城内のマエストロの部屋《へや》に着くと、ぼくはランプを下におろし、下がって休むようにいわれるのを待った。ぼくの小さな寝室《しんしつ》はマエストロの作業場のすぐそばで、マエストロが何か必要なときすぐぼくを呼べるようになっていた。

「今夜、霊安室《れいあんしつ》にいくのがこわいか？」マエストロはペンとインクに紙をとりだした。まだ仕事をつづけるつもりみたいだ。

「マエストロがすることは……変わっています」

「人体の解剖《かいぼう》はそう変わったことではない」

それは本当だった。大学で死体を解剖《かいぼう》に使ってるってきいたことがある。たいていは犯罪者の死体で、国家に対する罪を犯して処刑《しょけい》された者たちだ。彫刻家《ちょうこくか》たちはときどき、ブロンズ像や大理石の像を本物らしく造形できるよう、解剖《かいぼう》で切りとられた体の一部を観察させてもらったり、解剖《かいぼう》に立ち会わせてもらったりすることがあるらしい。

「科学のさまざまな分野で役立つ」マエストロがつづけた。「だが、恐怖《きょうふ》や無知から、それをけしからんという者がいる」

「あの霊安室《れいあんしつ》の僧侶《そうりょ》、ベネディクト修道院長は、マエストロが何をしていたか、だれかにいうかもしれません」

「マッテオ、たしかにその可能性はある。あの病院つきの僧侶《そうりょ》たちは、聖餐式《せいさんしき》で他言はしないと誓《ちか》っているわけではないからな」マエストロはちょっと考えた。「だが、それはないだろう。ベネディクト修道院長が私たちがきたことをだれかにいうとは思わない。修道院長は、私がやっていることが、もののわからぬ相手にどうとられるのかよく知っているからな」

「修道院長はこわかったです」

マエストロが興味をもったようにぼくをみた。「なぜだ?」

「マエストロがしていることはまちがっている、といいそうでした」

「口には出さなかった」

「修道院長が当局に報告したら?」

「そうするとは思わない」

「マエストロといい合ったじゃないですか。修道院長が不機嫌《ふきげん》になってるって思いませんでしたか?」

「いや、まったく」

「マエストロを脅《おど》したようにみえました」

「そんなことはない。ベネディクト修道院長は私を挑発《ちょうはつ》して議論を楽しんでいただけだ。修道院長の目が輝《かがや》いていたのをみなかったか？　自分の管理する遺体をみせるかみせまいか考えていた」

マエストロは話しながら木炭のかけらを手にとり、目の前の紙にすばやく何か描《えが》いてみせた。

ぼくは息をのんだ。

ベネディクト修道院長の似顔絵が小さくいくつか描《えが》かれていた。最初のは売春婦の頭の横に立っているところ。娘《むすめ》の髪《かみ》は雨がふっているように両わきにたれている。修道院長はかがみこむようにして手を上げ、神に慈悲《じひ》を乞《こ》おうとしている。修道院長を描《えが》く線の一本一本に、陰影《いんえい》のあるところないところすべてに思いやりがあふれていた。

ぼくはマエストロをみた。霊安室《れいあんしつ》に足を踏《ふ》みいれたときのことを思い出す。あのときマエストロの考えていたこと。自分の科学的な興味と関心をもとに、どちらの死体を選ぶべきか考える。同時に、異議を唱える修道院長を相手に死体解剖《かいぼう》の倫理性《りんりせい》について議論する。修道院長が芸術作品の話を始めると、神の啓示《けいじ》は解剖学《かいぼうがく》の知識をそなえた芸術家によってこそ的確に描《えが》かれる、と認めさせた。マエストロはこれをすべてやった。修道院長と活発な議論を交わすかたわらで、相手の顔つきをすっかり頭にいれてしまうなんて。

マエストロがまた描《えが》きだした。今度は顔半分だけ、鼻と片眉《かたまゆ》、片目、口。

「ベネディクト修道院長が議論を楽しんでいたのはたしかだ。議論しているとき顔をしかめるくせがある。鼻梁《びりょう》、ちょうど眉《まゆ》と眉《まゆ》のあいだのところに、かすかなしわが寄るのだ」マエストロは手を伸《の》ばし、指先でぼくの鼻柱に軽く触《ふ》れた。「だがそれは不機嫌《ふきげん》になって顔をしかめるのとはちがう。私に返答しなくてはならないとき、思考のエネルギーが顔にあらわれるといったらいいだろうか」マエストロは紙を軽くたたいた。「このしわは、聖書の引用など、まちがいのないことをいっているときにはあらわれない」

「もう覚えてしまってる言葉を暗誦《あんしょう》しているだけですからね」

「そのとおりだ、マッテオ！」マエストロが一瞬《いっしゅん》、こちらをちらっとみた。「なかなかの洞察力《どうさつりょく》だ」

マエストロは話しながら、またスケッチする手を動かし始めた。

「おまえのいうとおりだ。修道院長は聖書の一節を信じているものの、それの意味することがわからなくなっているのかもしれない。それとも――」マエストロは言葉を切り、独り言のようにいった。「いや、こういったほうがいいかもしれない。修道院長にとっては、すでに聖書の言葉は完全に自分のものとなっているから、いちいち考えたりすることなく、よどみなく暗誦《あんしょう》できるのだと」

ぼくは黙《だま》ってつづきを待った。話し終わったのかわからなかったし、マエストロがいってることにはよくわからないところがあった。

「マッテオ、私のいっていることがわかるか？　修道院長は聖書の言葉を信じている。自らを神に捧《ささ》げ、聖書は自分の一部になっているのだ。キリストの言葉にしたがって生き、病める者、恵《めぐ》まれぬ者につくせという神の教えを実行している」

「助けが必要で、いくところがない人にとって、救いですね」ぼくはいった。「あの修道院長は、もう聖書の言葉の意味を考えたりせず、それを口にしているだけだということですか？」

「どうしてそんなことをきく？」

「だって、そんなふうになったら、聖書の言葉にはなんの価値もなくなってしまいます。聖書の一節を暗誦《あんしょう》するだけならだれにでもできます」

マエストロがじっとぼくをみた。「たとえば？」

どきっとした。ためされてるんだろうか。

マエストロはスケッチする手を止めなかったけど、答えを待っているのはわかった。マエストロにとって、同時にふたつ以上のことをこなすなんてなんでもない、ってことはもうよくわかってる。聖書の一節を暗誦《あんしょう》してみせなくちゃ。それができなかったらクリスチャンじゃないってわかってしまう。けど、このテストならパスできる自信があった。おばあちゃんは聖書の詩篇《しへん》や一節を音読するのが好きだったし、ぼくはそういう含《ふく》みのある文章を正確に覚えるのが得意だった。

「その、よく知られてる一節とかです」ぼくはあんまり考えずそう答えた。

「いってみてくれ」

ちょっととまどった。それから、修道院長が創世記のアダムとイヴが楽園から追放されたときのことにふれたのを思い出した。そして、こういった。

「主なる神の声をきき、アダムとその妻は神の御顔《おかお》を避《さ》けて、園の木のあいだに身を隠《かく》した。主なる神はアダムに呼びかけていわれた。《あなたはどこにいるのか》アダムは答えた。《園であなたの声をききました。そしてわたしは裸《はだか》だったので、恐《おそ》れて身を隠《かく》したのです——創世記、三章八節から十節まで》」

「裸《はだか》でいることはまちがったことだと思うか？」マエストロは細い線でスケッチをつづけているけど、意識はぼくたちの話に集中してる。

「わかりません。ただ、聖書には《わたしは裸《はだか》で母の胎《たい》を出た。また裸《はだか》でかしこに帰ろう——ヨブ記、一章二十一節》とあります」

「マッテオ、おまえはおもしろい。ひとりで旅をしているくせに、〈ぼくたち〉という。放《ほう》浪《ろう》の民でありながら、そうではない。少年のようでいて少年ではない。農民のような装いで学者のような話し方をする」

「ぼくが気にさわるなら、出ていきます」ぼくはこわばった声でいった。ばかにされてるのかそうじゃないのか、見当もつかなかった。

マエストロはスケッチする手を止めたけど、顔はあげなかった。沈黙《ちんもく》が部屋を満たした。

「気にさわる？」とうとうマエストロがそういった。「いや、逆だ。おまえが私のもとに残るかどうかは、おまえが決めることだ」

13

アヴェルノの城が戦闘《せんとう》態勢を整えるにつれて、マエストロが霊安室《れいあんしつ》に足を運ぶ機会も少なくなっていった。それでも、たまに出かけていくときは、ぼくにお供するようにいい、それはフェリペがフィレンツェからもどってきても、グラツィアーノの胃の具合がよくなっても変わらなかった。ふたりがいないあいだ、日中マエストロがいくところにお供するのもぼくになった。そのたびにどんな準備が必要か、ぼくがわかってるのをみて、フェリペもグラツィアーノも細かいことをぼくにいわなくなった。そうやって、ぼくはだんだんたよられるようになった。

フェリペは箱や包みを積んだ二頭の運搬用《うんぱんよう》ラバと共に帰ってきた。紙、上等羊皮紙、新しい絵筆のほかにもいろいろなものがあった。毛皮となめし革は、マエストロの一行が冬を越《こ》せるよう、新しく服や帽子《ぼうし》やブーツを仕立てるためだった。

それに自分もふくまれてるとは思いもよらなかった。だから、城の衣装係に呼ばれて、服をひとそろいと履《は》くものを仕立てるから採寸させろといわれたときはびっくりした。城の服を仕立てる部屋《へや》にいってみると、グラツィアーノとフェリペもいた。

グラツィアーノは食べるのも好きだけど、身ぎれいにするのも好きで、首にまきつけたオコジョの毛皮を手にとってながめていた。

「えらい領主様のようにみえるか？」ぼくが部屋《へや》にはいっていくとそうきいてきた。

毛皮はグラツィアーノの首まわりのぜい肉を強調することになって、ぼくがフェラーラやヴェネツィアでみたえらい領主や公爵《こうしゃく》たちにちょっと似てみえた。ぼくはドア口で立ち止まったままうなずいたけど、グラツィアーノに腕《うで》をつかまれて部屋《へや》のなかにいれられ、衣装係のジュリオの前に出された。

ジュリオは、自分の意見に絶対の自信をもっていて、自分はほかのだれより洗練されてると思っていた。仕立て屋がぼくの腕《うで》や脚《あし》の寸法を測ってるあいだ、ジュリオはぼくを上から下までながめていた。「髪《かみ》を切ったほうがいい」そういった。

「何か問題でも？」おばあちゃんから髪《かみ》は長くしておくようにいつもいわれてたから、髪《かみ》が長いのが当たり前だった。

ジュリオが、わかってないな、というふうに鼻にしわを寄せた。「長すぎる。それだけだ」

「冬には髪《かみ》を伸《の》ばしておくのが賢《かしこ》いってものです」

「賢《かしこ》さなどファッションにも上品さにも関係ない」

みんなが声をあげて笑った。ちょうど部屋《へや》にはいってきたマエストロも笑った。

ジュリオがくしをとりだして、もつれたぼくの髪《かみ》を後ろにとかしつけた。

「このたてがみの下に何が隠《かく》れているのかみてみようじゃないか。どんな色の、どんなスタイルの服がこの子に似合うだろう？」

ぼくはじっと立っていた。これ以上、衣装係の気にさわることをいったら、馬番の少年たちが毎年シラミ対策に頭を刈《か》られるみたいに、丸刈《まるが》りにしろとかいわれそうでこわかった。

ジュリオはぼくのほうに身をかがめていった。「首の後ろに助産婦の指の跡《あと》みたいなあざがある。まあ、心配ない――耳が隠《かく》れるぐらいの長さに切ってもらえ」

あちこちこづきまわされて調べられ、舌打ちされたりして、ぼくはまっ赤《か》になった。

ぼくがいい返そうとすると、フェリペが厳しい目でこっちをみて、これはメッセルの指示なんだといった。

まるでぼくがそこにいないみたいに、みんなでズボンは何色がいいか、どんなベルトにするか、ブーツは膝上丈《ひざうえたけ》がいいか膝下《ひざした》にするべきかといい合っている。人形遊びをする女の子の人形になった気分だった。女の子たちは、毎日どの服を人形に着せたらいいか考え、着《き》せ替《か》え遊びをする。

「フランス風のデザインの袖《そで》がヨーロッパでは流行の最先端《さいせんたん》だそうだ」

ぼくはびっくりして顔をあげた。マエストロの声がそういったからだ。マエストロは半分ぐらいはまだあけていない箱や包みをひっくり返して、紋織《もんお》りやベルベットなんかの布地をとりだしては色と色を組み合わせてみている。「マッテオには、布当てのついた上着がほしい。正装用の上等な服がひとそろい必要だ。晩餐会《ばんさんかい》の供につれていくことがあるかもしれない」

「上着に布当てをつけすぎると、この少年の細い脚《あし》がかえって目立つ」ジュリオが反論した。

「このモスグリーンでズボンを作ったら、似合うんじゃないか」

「たしかに、暗い色がいい」ジュリオが同意した。「だがこの子にグリーンを着せたら、ほらその脚《あし》だ、バッタとまちがわれるかもしれない」

笑い声があがる。居心地悪いだけじゃなく、ちょっと腹が立ってきた。ぼくはそわそわして体をゆらした。

グラツィアーノがぼくが立ってるのをみていった。「本人に選ばせたらどうだ?」

「何がはやりかなんてどうでもいいです」ぼくはいった。「服なんて、体をおおってあたたかければ十分です」

「マッテオ、それはちがう」マエストロがいった。「衣服には実用以外の目的があるのだ」

驚《おどろ》くようなことじゃなかった。マエストロがこういうことに興味をもってるのは当然だ。色味と裁断の効果に、マエストロはほかのすべてのものに対してと同じように注意を払《はら》う。

マエストロがぼくをみた。「マッテオ、マントに毛皮のふちどりをつけるべきかどうかなどそんなに大切ではないと考えているのか？」

「それはファッションがどうとかいう問題じゃありません」ぼくは答えた。「動物の毛皮は、とくにオコジョの毛皮の場合は、風をさえぎるようにできてるんですから」

マエストロがすぐこっちにやってきてオコジョの毛皮をさしだす。「説明してみせてくれ、マッテオ」

ぼくは毛皮を手にとると、毛を逆立てるように手をすべらせた。「ほら、毛の流れがすぐもとにもどるでしょう？　こんなふうに毛が生えているのには理由があるんです。冬になると毛皮の色が白くなって、雪のなかで姿を隠《かく》せるようになるのといっしょです」

「どうしてだ？」

ぼくはマエストロの顔をみた。どうしてかなんて知ってるはずだ。またためされてるような気になった。

「どうしてって」ぼくはくり返した。「生き延びるためです」

「そうしないと生き延びられない？」

「オコジョはトビやタカの獲物《えもの》です。冬、色を変えなかったら簡単にみつかってしまいます。毛皮は、雪のなかを動きまわっても気づかれにくい色に変わるんです」

「それはどうしてそうなったのだ？」

「もちろん、神の手によって」ジュリオがいった。「自然の摂理《せつり》は神の手によるものだ」ジュリオと仕立て屋が視線を交わす。

マエストロはそれに気づいていなかった。けど、フェリペは気づいた。

「ほかにマッテオにあつらえるものは？」フェリペは話をさえぎった。「ジュリオ、急いでくれ。メッセル・ダ・ヴィンチが毛糸の靴下《くつした》を一足一足吟味《ぎんみ》し始めないうちにな」

ジュリオが笑った。フェリペは、ジュリオがマエストロに不信感を抱《いだ》かないように軽い冗談《じょうだん》で話をそらした。

「フェリペがフィレンツェでみつけてきた色物の布地を拝見しよう」グラツィアーノがいった。「上着やズボンに合うかどうかみてみよう」

みんなが布地をあれこれひっくり返していくのをみていて、マエストロも上品だけど斬新《ざんしん》な装いを考えようとしているのに気づいた。マエストロはほかのみんなが思いつかないような色を組み合わせる。暗く深い紅色にピンクや紫《むらさき》、青を合わせたり、暗いグリーンの上着に切れこみをいれ、金色の下地がみえるようにと提案したりする。

「髪《かみ》を切るんだぞ」やっと終わって部屋《へや》を出ていくとき、ジュリオがそう叫《さけ》んだ。

ぼくは城の理髪師《りはつし》に髪《かみ》を切ってもらった。それから、刈《か》りこまれたヒツジみたいになってマエストロの部屋《へや》にもどった。

「おいおい、マッテオ、その髪《かみ》の下には目があったんだな」グラツィアーノがぼくをみていった。

ぼくが作業場にはいっていったとき、みんないっしょに腰《こし》かけにすわっていた。

マエストロはぼくを呼び寄せると、ぼくのあごに手をそえてじっと顔をみた。「この顔つき、肖像画《しょうぞうが》か何かでみた気がするが」マエストロは考えにふけった。「ひたいがひいでて、唇《くちびる》はふっくらしている。それに頬骨《ほおぼね》の形がいい。頬骨《ほおぼね》は年齢《ねんれい》とともに、おまえの顔つきを大きく左右する。高貴な顔立ちになるかもしれない。おまえが望むのならば、だが」

ぼくはうつむいて、マエストロの手から逃《のが》れようとしたけど、部屋《へや》の壁《かべ》にそなえつけられた大鏡の前につれていかれた。マエストロはこの鏡を窓の正面の壁《かべ》にかけていて、部屋《へや》のどこからでも外の景色《けしき》がみえるようになっていた。マエストロは気にいってるみたいだったけど、ぼくは落ち着かなかった。おおいのない鏡の前を行き来するのは苦手だ。

ぼくは鏡が苦手だった。おばあちゃんともこのことでは意見が合わなかった。「どうもおまえは迷信を信じるたちらしいね」ぼくが鏡にはおおいをかけておくべきだっていいはったら、おばあちゃんにやさしくたしなめられた。

けどぼくは、ほかのジプシーたちが野営地の焚《た》き火をかこんで、話すのをきいていた。鏡に映った自分の像は魂《たましい》を吸いとるんだ。

おばあちゃんはこれをきいて声をあげて笑った。「鏡っていうのはね、金属を磨《みが》きあげて鏡として使えるような形にしたものか、ガラス板に液体状の金属を流しかけて乾《かわ》かしたものなんだよ。単純な道理だ。自然の鏡だってある。すべての生命の源である水はそのひとつだ。風のない日に湖面をのぞいてごらん。おまえの顔と背景の空が映っているはずだよ」

「けど」ぼくはいい返した。「ナルキッソスの話は？　水に映った自分をみて、それをだれかほかの美青年だと思ったんでしょ。鏡の相手に恋《こい》してしまって、そこから離《はな》れようとしないで、あらわれるはずがない恋人《こいびと》を待ち焦《こ》がれて暮らした。永遠にその愛は報われず、やつれ果て、その場で死んでいった。そこにはのちにスイセンの花が咲《さ》くようになった、って」

おばあちゃんは首を振《ふ》った。「それは昔の人が考えたお話だよ。スイセン《ナルキッソス》と呼ばれる花がどうして水辺に生えるのか説明しようとしてね」

けどぼくは納得しなかった。この話には何か真実がふくまれてるはずだ。そうでなきゃ水が鏡となり、ナルキッソスを湖のほとりに釘《くぎ》づけにしたなんて話をだれかが思いつくはずがない。

「人間はすべての物事の仕組みがわかっていないくせに」おばあちゃんがいった。「なんとか物事をわかりたくてしょうがないんだよ」

マエストロも同じことをいってたのを思い出した。《人間は、理解しようと懸命《けんめい》に努めるのだ》

「そしてどうしてもわからないときは」おばあちゃんがつづける。「説明のつかないことを説明するような話を作りだすんだ。昔の人間は、この地球は偉大《いだい》な太陽神ラーによって照らされていると考えた。ラーは日ごと赤ん坊《ぼう》として生まれ、夜には老人となって死んでいくとね。ラーの黄金の馬車が天空を駆《か》けぬけていくと信じた。けれど今は、そうじゃないってことがわかってる。そして鏡に映った像は恐《おそ》れなくていいってこともね」

けどぼくは、鏡には何か人を魅了《みりょう》する力があると思っていた。ナルキッソスの話は、鏡のむこう側に永遠にとらわれてしまったという多くの話のうちのたったひとつにすぎない。だからマエストロに鏡の前につれていかれたとき、ぼくはちらっとしか鏡をみなかった。ていうか、ほんのちょっとみるだけのつもりだったんだけど、そこに映った姿に注意をひかれた。思わず鏡をみつめた。

鏡のなかの少年がこっちをみつめ返す。

見慣れない少年だった。よく知らない気もするし、よく知ってる気もする。耳が左右につきだし、大きな目と顔全体がなんとなくごつごつした印象だ。

ぼくの不安げな顔をみて、マエストロがいった。

「いやがることはない。今はちょうど、子どもでもなければ大人でもない微妙《びみょう》な時期なのだ。子どもらしいかわいい体つきはうせたが、まだ大人ではない。むずかしい年ごろだ。だが青年になったら、娘《むすめ》たちの胸を騒《さわ》がすことになるだろうな」

ぼくは眉《まゆ》を寄せて顔をしかめ、わざと変な顔をした。

マエストロが笑ってぼくの頭を軽くたたいた。「他人を寄せつけない顔をしたつもりなら、失敗だな。マッテオ、おまえがけわしい顔をすると、人はかえって興味をもつぞ。怒《おこ》ってにらみつけたりすれば、すごみがただよって、女たちにもてるだろう」

ぼくはもっと顔をしかめて、さっとマエストロから離《はな》れた。

「マッテオ」グラツィアーノがやさしくいった。「おまえはほめ言葉を素直に喜ぶことを覚えないとな」

ぼくは部屋《へや》の隅《すみ》までさがっていって、嚙《か》みつくようにいった。「ほめ言葉だとは思いませんでした」

「たとえほめ言葉でなくても、気にいらないから足を踏《ふ》み鳴らして出ていって、自分の殻《から》にとじこもる、なんてことをしてちゃだめだ」フェリペがいった。

「短剣《たんけん》に手を伸《の》ばすのもやめたほうがいい」マエストロがいった。

はっと息をのんだ。マエストロはぼくがパオロの喉元《のどもと》にナイフを突《つ》きつけたときのことをいってるんだろうか。

「感情を抑《おさ》えることを学ばなくてはな」

「けどそれは自分に嘘《うそ》をつくってことです」

「われわれは人とのつながりのなかで生きているんだ」グラツィアーノがおだやかな声でいった。

「ふるまい方ってものがある」フェリペがいった。「礼儀《れいぎ》作法は人間同士がうまくやっていくための手段だ。しゃちほこばった儀礼《ぎれい》が少々ばからしいこともあるがな」

「なら、なおさら自分の考えるとおりにふるまうべきです」ぼくはいいはった。「ここで感じることが」胸に手をあてた。「本当のことです。そのとおりふるまうべきです」

「だが」マエストロがいった。「感情に動かされず、決定権は自分の手に握《にぎ》っているほうがよくはないか？」

「そしたらそれはもう自分の感情じゃないってことです」

みんなが笑ったけど、マエストロはぼくのいったことを真剣《しんけん》に考えた。よくそういうことがあった。

「そこはたしかにむずかしい。とくに若いときというのは自分に正直であることがとりわけ重要な時期だからな。そしてそうあるべきだ。だがマッテオ、ここのところをわかってくれ。私たちはおまえの感情を否定しているのではない。その感情の結果、おまえがとる行動をあぶなく思っているのだ。感情のままにふるまうと、とりかえしのつかない事態になることがある。おまえ自身にとっても、ほかの者にとってもな。それはわかるな？」

ぼくは小さくはい、と答えた。

「よく考えてから行動するよう心がけろ」マエストロがつけ加えた。「相手に与《あた》える印象が強まり、効果もあがる」

「まるでボルジア家のモットーみたいだ」グラツィアーノがつぶやいた。

フェリペにちらっとみられて、グラツィアーノはすぐ黙《だま》った。

14

古い服はみんな捨ててしまったけど、上着の下にしていた小袋《こぶくろ》のついた細いベルトだけはとっておいた。

外からはみえないベルトで、新しい厚手の服の下ではほとんどわからない。もし何かきかれたら、大切なもらいものなんです、といえばいい。ベルトにくくりつけてある軽い品物は、サンディーノを思い出させたけど、ここしばらくはサンディーノのことをあまり思い返《かえ》さなくなっていた。ペレラからは何キロも離《はな》れているし、ボローニャの南部はサンディーノのなわばりから遠い。

マエストロは軍事的なことにたずさわっていたから、ぼくは礼儀《れいぎ》作法だけじゃなく、軍務や戦闘《せんとう》についても学ぶことになった。鎖骨《さこつ》から手のひらひとつぶんのところが急所。首には長い血管が走り、これに命がかかってる。この血管を切られると、すごい勢いで失血してしまう。

「ナイフ」マエストロがいった。「よく切れるナイフか剣《けん》でここを刺《さ》す」マエストロがぼくの首の横に手を当てる。「人間はものの数秒で命を失う。だから兵士たちの下着のデザインを変えたのだ」

マエストロは新しいデザインのスケッチをみせてくれた。兜《かぶと》から鎖《くさり》で編んだ首巻きがたれさがっている。城の武具師がこの首巻きをせっせと作っているあいだ、マエストロは兵士たちの訓練のようすをみたり、大砲《たいほう》をあつかう砲兵《ほうへい》たちと作戦をねったりしていた。マエストロは巨大《きょだい》な大砲《たいほう》を設計中で、砲身《ほうしん》の大きさと重さを計算しているところだった。自然を愛する人が、人を殺す道具を作ってるのが不思議だった。けど、マエストロには安定した収入があるわけじゃない。私生児だってことは、父親からの援助《えんじょ》がないってことだ。自分と、自分の一行の生活は、だれかがパトロン（経済的に援助《えんじょ》する王侯貴族や資産家）になってくれて初めて成り立つものだ。

それでも、ときどきは田舎《いなか》に出かけていく機会もあって、マエストロはぼくが経験から学んだ植物の知識を興味深そうにきいた。マエストロは、ぼくたちが住んでいるこの世界に関することなら、どんなに細かいことでも知りたがる。おばあちゃんのこと、おばあちゃんの調合する薬のことをたずね、ぼくが覚えてれば処方を書きとめた。けど、ぼくもおばあちゃんの処方を全部覚えてるわけじゃない。処方を書いた本は、おばあちゃんが死んだとき道具といっしょに埋《う》められた。

アヴェルノの城からかなり離《はな》れたところまで遠乗りに出かけた日のこと、朝からお腹《なか》をおさえてはうなっていたグラツィアーノが止まってくれといいだした。道のわきに、ある植物が生えてたのをみたからだ。ぼくたちが馬をおりると、グラツィアーノはその植物の葉っぱをちぎって食べようとした。グラツィアーノはひざをついてたから、横に立ったぼくと同じ目の高さだった。ぼくはとっさにその葉っぱをグラツィアーノの手からとりあげた。まるで小さな子どもが危険なものを口にいれようとしたときみたいに。

「こんなものを食べちゃだめです」ぼくはいった。

「ミントだぞ」グラツィアーノがいい返した。「腹痛を抑《おさ》えてくれるんだ」

「ミントじゃない」ぼくはいった。

「どうした？」マエストロの口調が速くなって、興味をもったのがわかった。

グラツィアーノが笑いながらいった。「子どもにしかられてるところです。マッテオが、この葉っぱを食べたら死ぬっていうんです」

「死にはしません。けど、日が暮れる前にはお腹《なか》が痛くなって、そのあと何日もつづきます」

「もうずっとこのミントを使ってる。いつも腹が痛むんでな」

「ミントじゃないです」ぼくはくり返した。「似てるけど、ちがう」

マエストロがその草を手にとって目をこらす。

「マッテオ、どうしてわかる？」マエストロが興味深げにぼくをみた。「どうしてそう思う？」

ぼくたちのあいだではいつもこういうやりとりがあった。マエストロのきき方には少しも嫌味《いやみ》っぽいところがない。ぼくみたいな子どものほうが、自分よりものを知ってるわけがないなんてあざ笑ったりしない。

「ミントに似てますけど、ミントとはちがったところに生えるんです」ぼくは説明した。

「ミントにもいろいろある」マエストロがゆっくりいった。「色合いもちがう。エメラルドグリーンのものから黄色っぽいものまで。小さな花をつける、オリガヌム・ディクタムヌスと呼ばれるクレタ島原産のものもある。これも、ただ種類がちがうミントだということはないか？」

「ありません。この葉っぱの裏側の模様はミントとちがいます」ぼくはあたりをみまわしてミントの葉をみつけた。「ほら、ちがうでしょう？」

「おまえのいうとおりだ、マッテオ」マエストロが葉っぱを手にとる。「斑《ふ》いりだ」マエストロは、ぼくが覚えられるようにもう一度ゆっくりその言葉をくり返した。「斑《ふ》いりだな」

ぼくはその新しい言葉を覚えた、というふうにうなずいた。

「葉が異なった色味で彩《いろど》られている、という意味だ」マエストロが手のなかで葉を裏返す。

「ミントの突然《とつぜん》変異にちがいない……いや、この植物からミントができたのか？　なんとも興味深い」

「ミントはローマ帝国《ていこく》以前の時代から料理に使われてきたんだ」グラツィアーノがいいはった。「消化を助ける作用はだれでも知ってる」

「これは消化を妨《さまた》げるんです」ぼくも負けずにいいはった。「ぼくたちは、腹をこわした動物に食べたものを吐《は》きださせたいときにこれを食べさせるんです」

「グラツィアーノ」マエストロがいった。「ちょっときくが、腹痛が始まったのはいつだ？」

「いつかですって？」フェリペが笑いながらいった。「グラッツィアーノが年じゅう腹をこわしてるのはみんな知ってるじゃないですか！」

「ミラノ近くの平原に滞在《たいざい》してたころ、夏ばてしたんです。もう二年以上も前です」グラッツィアーノがいった。「湿気《しっけ》がひどくて。ミントの葉を口にふくむといいといわれて、たしかに効き目がありました。それからはミントをみつけると口にいれるようにしてるんです」

「それ以来、何度も腹痛に悩《なや》まされているわけだな」マエストロがいった。「何が起こっているかわかるか？　おまえは具合が悪く、ミントの葉を食べて、症状《しょうじょう》は治まった。だがそれから、おまえは旅に出るたび、このにせもののミントの葉を摘《つ》んで食べるようになり、腹痛を抑《おさ》えるどころか悪化させてきたのだ」

「それから、グラッツィアーノは食べすぎです」ぼくはそうつけ加えた。ほんとのことだった。昨日《きのう》もそうだった。「寝《ね》る直前に食べすぎれば、翌朝具合が悪くなります」

「もっといってやれ、マッテオ！」フェリペが大笑いした。

マエストロも笑いだす。ぼくはふたりを見返した。冗談《じょうだん》をいったつもりじゃなかった。

マエストロがぼくの肩《かた》をたたいた。「子どもの目はごまかせん」

グラッツィアーノがわざとらしく頭をたれ、反省してみせた。「食べるのが好きなことは認めます」

「夜食べる量を減らせば、朝食がうまくなるぞ」フェリペがいった。

「ちょっとこれをスケッチさせてくれ」マエストロがいった。マエストロは岩の上に腰《こし》をおろし、フェリペとグラッツィアーノはやれやれ仕方ない、という顔で視線を交わした。マエストロが顔をあげてふたりをみる。「すぐすむ」

「グラッツィアーノの食事みたいに？」フェリペの皮肉がとんだ。けど、マエストロの邪魔《じゃま》にならないように小声だった。マエストロはもうスケッチにとりかかっていた。

フェリペがフィレンツェからもち帰ったもののなかに、ノートの買い置きがあった。マエストロが腰《こし》のベルトからさげていつも持ち歩けるように製本業者に特別注文したものだ。ノートがスケッチやメモでいっぱいになるのに一日かからないこともあった。だから、マエストロが書いたものの数や順番を覚えておくのはとても大変だった。ぼくたちは、マエストロが描《えが》いたスケッチやメモのことを忘れることはなく、どんなに雑なスケッチだろうとすべてきちんと保管しておかなくちゃならないと知っていたけど、量がすごい。マエストロの頭にはあらゆる知識がつめこまれていて、その知識はスケッチ、物語、たとえ話、それに数え切れないほどのメモに反映されていった。

マエストロはすぐ夢中になる。この植物だけじゃなく、ぼくたちが馬をおりたこの日陰《ひかげ》に生えているあらゆる植物が気になるらしい。結局、ここで一日すごすことになった。フェリペとグラツィアーノは、愛情のこもった目で注意深くマエストロを見守っていた。マエストロがスケッチが終わった葉っぱや花をそこに広げると、フェリペとグラツィアーノが特別な紙のあいだにそっとはさんでいった。水で薄《うす》めたワインとパンは手の届くところに置くよう気をつけていた。ぼくもできることをした。馬に草をはませにいったり、川で水を飲ませてやったり、少しはずれたところの木陰《こかげ》で変わった植物がないかさがしてみたりした。そのうちマエストロが顔をあげた。ぼくを呼んでる。

「この草を知っているか？」

「知ってます。ぼくたちのあいだで――」ぼくはいいかけて口ごもった。ぼくたちジプシーのことをいうときに〈ぼくたち〉というのをやめなくちゃ。「田舎《いなか》では〈ベツレヘムの星〉って呼んでます」

マエストロがノートをみせてくれた。ぼくは目をみはった。葉っぱ、茎《くき》、そして細かな毛が丸まって生えているのが細部までそっくりに描《えが》かれていた。

マエストロのそばに何かがころがっていた。

ぼくがちらっとそれをみたのに気づいて、マエストロがきいた。「マッテオ、これが何かわかるか？」

「化石です。大昔に生きていたものです」

マエストロはノートをめくり、化石をスケッチしたページをみせてくれた。そこにはいろいろな形や大きさの岩もスケッチしてあった。

「マエストロ。あなたはチェーザレ・ボルジアの依頼《いらい》を受け、技術師として城の防備の強化にあたっています。画家でもあるのは知ってますけど、それだけが死体の解剖《かいぼう》をしたりする理由じゃない。医学の知識も得ようとしてる。そして今度は植物や岩です。いったい何が専門なんですか？」

「すべてだ」

「すべてのなんですか？」

マエストロが笑った。「私は何もかもを知りたい。知りたがりやなのだ」マエストロがぼくのひたいに指を置く。「おまえもそうだろう」

いっしょに解剖台《かいぼうだい》にむかっていたとき、マエストロが何をしているのか気になってかがみこんだときのことを思い出した。マエストロは手を止め、腕《うで》をどかすとこういった。「よくみろ、マッテオ。おまえの目には何がみえる？」

マエストロは拡大鏡で舌を調べているところだった。城の作業場に帰ると、マエストロはライオンの舌のスケッチをさがしだし、ぼくにみせてくれた。それから、ミラノ公爵《こうしゃく》に雇《やと》われていたとき、城に檻《おり》があってライオンがいたことを話してくれた。ある日、マエストロが檻《おり》の前にすわって観察していたとき、ライオンがざらついた舌で子ヒツジの皮を舐《な》めとってから肉を食べるのをみた。マエストロはスケッチを指さしていった。「ライオンの舌はそれができるようにできているのだ」

そんなふうにしてマエストロはぼくにいろいろなことを教えてくれた。かわりに、ぼくは木や草のことを教えてあげた。ぼくは教育は受けてないけど、どれが病気を治し、どれが人を殺すかは知っている。治療《ちりょう》に使える薬草もあれば、毒になるのもある。

毒になるのならよく知ってる。

けどその日は、日がかげっていくのをみて、マエストロもノートを閉じた。

植物の標本をしまうと、ぼくたちはアヴェルノにもどった。城でぼくたちを待っていたのはチェーザレ・ボルジアからの呼び出しだった。チェーザレは、冬をすごすイーモラの城から文書を送ってきていた。レオナルド・ダ・ヴィンチとその一行にすぐイーモラにくるようにとのことだった。

15

翌日の晩には、ぼくたちはイーモラにいた。

城壁《じょうへき》にとりつけられた金属製の火鉢《ひばち》のなかでは石炭が燃え、塔《とう》の上ではためくチェーザレ・ボルジアの黒と黄の三角旗を照らしていた。松明《たいまつ》をもった日に焼けた男がぼくたちを出迎《でむか》えた。ぼくたちの馬が音をたてて橋を進んでいき、草をはむ雄牛《おうし》の紋章《もんしょう》の描《えが》かれた旗の下に着いたときだった。

「メッセル・レオナルド」男がいった。「チェーザレ・ボルジア様の側近、ミケロットです。チェーザレ様がすぐお話なさりたいと」

「仰《おお》せのままに」

マエストロはフェリペにちらっと目をやった。フェリペはかすかにうなずくといった。

「それでは私は泊《と》まる部屋《へや》をみつけて荷をほどいておきます」

「マッテオに私のかばんをもたせ、いっしょにこさせよう。公爵《こうしゃく》がご覧になりたい設計図や模型があればマッテオにとりにいかせる」

ぼくたちはミケロットという男のあとについて通路をわたり、イタリア全土でもっとも恐《おそ》れられている男のもとへ通された。城の二階にある部屋《へや》にはいると、テーブルのむこうに腰《こし》をおろしていたチェーザレ・ボルジアが立ちあがり、あいさつにやってきた。まだ三十歳《さい》前で、背は高く、歩き方に気品と意志の強さがあらわれていた。〈フランス病〉と呼ばれる梅毒のせいで顔つきが変わっているけど、浅黒い肌《はだ》に鋭《するど》い目つきをした美貌《びぼう》の持ち主だった。細かい畝織《うねお》りの黒い上着に、黒い半ズボン、革のロングブーツという装いだ。色がついてるのは、左手の中指にはめた指輪だけだ。重そうな金の指輪で、血のように赤い大きなルビーがひとつはめこんである。

「メッセル・レオナルド、われわれは危機に直面している」チェーザレ・ボルジアはマエストロの肩《かた》をつかんでテーブルへ導いた。「スパイたちが」チェーザレが部屋《へや》の隅《すみ》の暗がりにちらっと目をやった。そのときぼくはふたりの男が立っているのに初めて気づいた。「敵の包囲作戦にそなえろといってきた」チェーザレはそういって笑い声をあげた。なぜか、どなり声より恐《おそ》ろしかった。「ここイーモラのこの城で、この私、チェーザレ・ボルジアがかつての部下たちに攻撃《こうげき》されるというのだ。そういうわけで、城の防御《ぼうぎょ》と兵の配置に関して今すぐ助言がほしい」

チェーザレが指を鳴らし、召使《めしつか》いがあわててマエストロのマントをあずかった。ふたりはテーブルにむかい、ぼくはマエストロのかばんをあけて新しい防具や兵器の設計図をとりだした。それからあとはわきに立って、チェーザレとマエストロが図面を広げ、城の見取り図といっしょに検討するのをみていた。何時間ものあいだマエストロはメモをとり、スケッチを描《えが》き、まず最初にとりかかることをふたりで決めた。

チェーザレがいった。「空腹だろう。食事をとれ。話はそのあとだ」チェーザレが手を振《ふ》ってマエストロを下がらせた。

「公爵《こうしゃく》に仕える大尉《たいい》が全員、この陰謀《いんぼう》に加わっているのか？」

ぼくたちは、いくつか部屋《へや》をあてがわれた城の一角にいた。

フェリペがやっときこえるぐらいなかすかな声でマエストロの質問に答えた。「そのようです」

「わが友、ヴィテロッツォも？」

フェリペは戸口のほうをちらっとみてからうなずいた。

マエストロが深いため息をつく。「それでは命を失ったも同然だな」

「少しワインを召《め》しあがってください」フェリペがすすめた。

グラツィアーノが台所から食べ物と飲み物をもらってきた。ぼくたちは腰《こし》をおろして食事をしながら小声で今の状況《じょうきょう》を話していた。

ボルジア家はイタリア全土を手中におさめようとしていて、チェーザレは教皇軍を率いているものの、兵力も武器も十分ではなかった。金で雇《やと》われる傭兵《ようへい》や、自分の野心を支持する者たちの戦力を使わないことには立ち行かない。そういう手助けがあって、ロマーニャの大部分を手にいれた。けど今、チェーザレの野心と無慈悲《むじひ》さにとまどい、自分たちもねらわれるかもしれないと恐《おそ》れをなした大尉《たいい》たちが、チェーザレに失脚《しっきゃく》させられた小君主たちと手を組んで陰謀《いんぼう》を企《くわだ》てたらしい。グラツィアーノが、城の召使《めしつか》いたちからきいたところによると、この陰謀《いんぼう》に加担した者たちは、ボルジア家を転覆《てんぷく》させようとペルージャで会合を開いたということだ。

「マッテオ、そう心配そうな顔をするな」グラツィアーノがほほえんだ。「われわれはチェーザレ・ボルジア様の下で働いている。だが、イーモラの城が落ちるようなことがあっても、反乱軍の大尉《たいい》のひとり、ヴィテロッツォ・ヴィテッリ大尉《たいい》はメッセルの友人なんだから」

それでも、ぼくは落ち着かなかった。前はボルジアの本拠地《ほんきょち》にいればサンディーノもさがしにこないだろうと思って安心してた。けど、チェーザレ・ボルジア本人のいるところだと話は別だ。スパイからの報告があったっていってた。城のまわりでそういう男たちをみかけたし、サンディーノもボルジア家のスパイとして動いていたのを知ってる。サンディーノは、ぼくが盗《ぬす》んだものをとり返そうと今も思ってるはずだ。ぼくをみつけられずにいた何週間ものあいだ、あの悪党が何をしてたかは想像がつく。別の血みどろの悪事に関わってるに決まってる。高い報酬《ほうしゅう》を払《はら》ってくれる相手ならだれでもいい。

その晩、ぼくはよく眠《ねむ》れなかった。そのあともずっとそうだった。チェーザレ・ボルジアは、日中姿をみせることはめったになくて、暗くなると城をうろつき、自分を裏切った者たちに報復をたくらむといわれている。

16

翌日、ぼくたちは夜が明けるとすぐ仕事にかかった。

まず城の総指揮官との打ち合わせがあった。それからマエストロは設計図と調整作業の詳細《しょうさい》を石工と指物師《さしものし》にわたし、仕事にとりかからせた。午後、ぼくはマエストロに呼ばれてイーモラの町にお供した。

その日から、マエストロはイーモラの町のすべての通りを歩きまわった。フランシスコ修道会の教会から川べり、城から大聖堂まで、ぼくと歩きながら距離《きょり》を測っては計算し、メモをとって図を描《えが》いていく。

ぼくは路地裏にはいると寒いふりをしてマントのずきんで顔をかくしながらマエストロの道具を運んだ。午後遅《おそ》く、マエストロは強化された城の防御《ぼうぎょ》を視察にいき、さらに必要な調整をした。夕食後は紙を広げ、イーモラの町の地図作りにとりかかった。

とうとう地図が完成し、チェーザレ・ボルジアはそのできばえに驚《おどろ》き、ひどく喜んだ。

「こんなに詳細《しょうさい》なものはみたことがない」チェーザレはそういって地図をテーブルに広げると、そのまわりを歩きながらあらゆる角度から地図をながめた。「この地図があれば、ワシのように町の全域をみおろせる。なんとも強力な武器だ。たとえイーモラが占拠《せんきょ》されようと、この情報を使って反撃《はんげき》の作戦を練ることができる」チェーザレの目が輝《かがや》いた。「このイタリアの町すべての地図があったら、と思うとわくわくする」

チェーザレはマエストロの地図に大喜びで、その晩はぼくたちに与《あた》えられた部屋《へや》でいっしょに食事をとったほどだった。だから、食事がすんで、マエストロがぼくたちにきかせてくれた話をチェーザレ・ボルジアもきいた。

木の実と鐘楼《しょうろう》(塔《とう》の最上部の鐘《かね》が吊《つ》るしてあるところ)の話だった。

その木の実は、カラスにくわえられて高い塔《とう》の上にある鐘楼《しょうろう》に運ばれてきた。カラスのくちばしから落ちた木の実は、鐘楼《しょうろう》の壁石《かべいし》のすきまにはいりこんだ。カラスに食べられてしまう運命を逃《のが》れた木の実は、鐘楼《しょうろう》にかくまってくれるよう嘆願《たんがん》した。

けれど、その前にまず鐘楼《しょうろう》の美しさをたたえた。なんと立派で、高く力強く建っていることでしょう。

「塔《とう》よ、あなたはなんと気高く美しいことか!」木の実がいった。「優雅《ゆうが》で気品に満ち、空を背景に建つあなたの姿は、だれの目にも美しい」

次に、木の実は鐘《かね》の音とその美しさをほめた。「あなたの美しい鐘《かね》の音は、町中に響《ひび》きわたり、遠くの山々までとどく。多くの者が働く手を止め、その美しい音色に耳をかたむける」

それから、木の実はわが身を嘆《なげ》いた。母なる木から緑の大地に落ちるはずだったのに、と。

「残酷《ざんこく》なカラスにくわえられてここにつれてこられてしまいました。けれど、やさしく寛大《かんだい》なあなたが、その壁《かべ》のうちにわたしをかくまってくれるのならば、ここでじっとしていて命がつきるのを待とうと思うのです」

そしてあわれに思った鐘楼《しょうろう》は、木の実をかくまってやることにした。

時がたった。日々、祈《いの》りの時刻を告げる鐘《かね》の音が鐘楼《しょうろう》から響《ひび》く。木の実は静かにそこにじっとしていた。

だがやがて、木の実が割れ、殻《から》から巻きひげのような根が生え出てきた。根は鐘楼《しょうろう》の壁《かべ》のひびや裂《さ》け目にはいりこんだ。そのうち芽が上に伸《の》び、みるみる鐘楼《しょうろう》より高くなった。枝があらわれ、太くなった。根も太くなり、鐘楼《しょうろう》を形作る石を砕《くだ》いた。

鐘楼《しょうろう》が気づいたときにはすでに遅《おそ》く、内側はぼろぼろだった。

とうとう鐘楼《しょうろう》は崩《くず》れ落ち、廃墟《はいきょ》と化した。

もちろんこれは鐘楼《しょうろう》の話なんかじゃない。他人の人生にうまくはいりこみ、必要なものを与《あた》えられよくしてもらって、最後はその恩を忘れて相手を裏切る者がいる、という寓話《ぐうわ》だった。

チェーザレ・ボルジアは自分の状況《じょうきょう》を重ね合わせ、残忍《ざんにん》な策略《さくりゃく》をめぐらせながらこの話をきいてたんだろうか。昼も夜も使者が出入りしては、かつてチェーザレに仕えた傭兵《ようへい》たちの居所や行動を報告している。

一五〇二年の終わりの数ヶ月、イーモラ以外のイタリア半島内の国家は、この傭兵《ようへい》たちの反乱がどうなるか、ようすをみていた。とりわけ、ロマーニャと国境を接する国家はなんとか情報を得ようと特別使者を送りこみ、チェーザレの意向をみきわめようとした。裕福《ゆうふく》なフィレンツェ共和国は、数年がかりで権力をふるっていたメディチ家を追いだしたところで、メディチ家よりたちの悪いボルジア家がその後釜《あとがま》にすわるような事態は避《さ》けたがっていた。そんなわけで、フィレンツェ評議会はメッセル・ニッコロ・マキャヴェッリを使節としてイーモラに送りこんだ。

このマキャヴェッリという男は機知に富んだおもしろい人物で、ぼくたちの滞在《たいざい》する一角を訪れてからその場の雰囲気《ふんいき》が変わった。マキャヴェッリはマエストロと古典について語り合い、フェリペとは慎重《しんちょう》に政情に関する議論を交わした。ぼくたちをかかえている男、チェーザレ・ボルジアが恐《おそ》ろしい人物だということでふたりの意見は一致《いっち》した。

「反乱軍は、公爵《こうしゃく》が手に入れた町のいくつかを奪《うば》った」マキャヴェッリが教えてくれた。

「そんなことをした傭兵《ようへい》たちを、公爵《こうしゃく》が許すはずがない。公爵《こうしゃく》を怒《おこ》らせた者たちは気をつけたほうがいい」

クリスマスが近づくにつれて、チェーザレの張りつめた感じがゆるみ、クリスマスを晩餐《ばんさん》会《かい》で祝うことが決められた。チェーザレに反論ばかりしてることで知られる中尉《ちゅうい》のひとりも晩餐会《ばんさんかい》に招かれていた。

冷えこみが厳しくなり、仕事をしていても体が震《ふる》えてしょうがなかった。晩餐会《ばんさんかい》の朝、城壁《じょうへき》から下をみおろしていると、その中尉《ちゅうい》が妻とお供の者たちをつれて馬でやってくるのがみえた。今夜は大広間で宴会《えんかい》が開かれる。チェーザレ本人が中庭まであいさつにやってきた。中尉《ちゅうい》の妻が馬車からおりるのに手を貸し、中尉《ちゅうい》夫婦とあたたかいあいさつのキスを交わす。

「あんな歓待《かんたい》を受けて」グラツィアーノがいった。「中尉《ちゅうい》はさぞかし喜んでることでしょう」

「いや」マエストロのかたわらに立っていたニッコロ・マキャヴェッリがつぶやいた。「絶対におかしいと思っているんじゃないか」

17

チェーザレ・ボルジアの目が晩餐会《ばんさんかい》の招待客たちをさっとみまわし、マエストロの椅子《いす》のかたわらに立つぼくに留まった。

「その少年は必要か？」

「スケッチや設計図が必要になったとき、とってこさせるためです、閣下」マエストロがいった。「マッテオはどこに何があるのかすべてわかっているので」

食事が始まった。

ぼくは手を伸《の》ばし、マエストロのワインのカップをとると少し飲んでからマエストロに手渡《てわた》した。

マエストロが驚《おどろ》いて目を見開く。「主催者《しゅさいしゃ》に対する侮辱《ぶじょく》だぞ」マエストロが小声でいった。

ぼくたちはテーブルの上座に目を走らせた。チェーザレ・ボルジアは招待客のほうをむいて話をきいているところだ。相手は今朝《けさ》到着《とうちゃく》した例の中尉《ちゅうい》の妻で、かなりの美人だった。なまめかしいほほえみを浮《う》かべている。チェーザレ・ボルジアは声をあげて笑った。

招待客たちがくつろいだ。

ぼくはくつろげなかった。

チェーザレ・ボルジアはよく食べたけど、酒にはほとんど手をつけなかった。しょっちゅう、招待客みんなに視線を走らせる。娼館《しょうかん》に足を踏《ふ》みいれた男みたいだ。

トランペットのファンファーレが響《ひび》き、デザートがだされた。リキュール漬《づ》けのチェリーに、〈新世界《アメリカ大陸》〉から運ばれてきたぜいたく品のココアがかかってる。そのとき思いついた。ココアを食べたことがある人なんてほとんどいないから、毒をしこんでも気づかれない。

ぼくは身をかがめてマエストロのスプーンをナプキンでふいた。そのすきにささやいた。

「これは食べないでください」

「しっ、マッテオ！」

このデザートは、ひとりひとり別々の皿に盛られて、同時にだされることになっていた。太鼓《たいこ》の音に導かれ、召使《めしつか》いたちが長い列を作って大広間にはいってきた。ひと皿だけ手にして、それぞれの招待客の椅子《いす》の後ろに立つ。

テーブルをはさみ、マエストロのむかいにすわっているのが中尉《ちゅうい》だった。中尉《ちゅうい》はチェーザレ・ボルジアの機嫌《きげん》をそこねていた。そして今朝《けさ》、チェーザレは大げさに中尉《ちゅうい》を歓待《かんたい》し、兵士たちを率いて中庭にあらわれた中尉《ちゅうい》の肩《かた》を抱《だ》いてみせた。

けど今、中尉《ちゅうい》の隊の兵士たちは城からは離《はな》れた兵舎にいる。チェーザレの晩餐会《ばんさんかい》のテーブルについてるのは中尉《ちゅうい》とその妻だけだ。

顔を上げると中尉《ちゅうい》の後ろに立った召使《めしつか》いと目が合った。肺のなかで空気が固まったみたいに息ができなくなった。召使《めしつか》いじゃない。ミケロット、チェーザレ・ボルジアの腹心だ。

チェーザレ・ボルジアが立ちあがって合図した。ぼくの目の前で、チェーザレの腹心がほかの召使《めしつか》いたちと同じように、両手でデザートの皿を中尉《ちゅうい》の頭ごしに前に置いた。召使《めしつか》いたちは両手を皿に添《そ》えたままじっとしている。

招待客たちは、めったにお目にかかれないデザートを前にして歓声《かんせい》をあげた。拍手《はくしゅ》する婦人もいた。中尉《ちゅうい》の妻がチェリーをすくいとり、口にいれる。

「まあ、おいしい！」中尉《ちゅうい》の妻はそういうと挑発《ちょうはつ》するようにチェーザレ・ボルジアのほうに頭をもたげた。「閣下もお召《め》し上がりになって」

チェーザレ・ボルジアは夫人にほほえみかけたけど、食べようとはしなかった。この変わったデザートに不安を抱《いだ》いているのはぼくだけじゃなかった。食べようとスプーンをとった招待客もいるけど、ためらっている客が多い。

居心地悪そうな空気には気づきもしないような顔で、チェーザレ・ボルジアは腰《こし》をおろし、スプーンをとるとデザートをすくった。ひと口、口に運ぶ。チェーザレが食べ終えるとやっと残りの招待客たちも食べ始めた。

中尉《ちゅうい》がスプーンを手にとった。

チェーザレ・ボルジアがうなずき、召使《めしつか》いたちにさがっていい、と手を振《ふ》った。みんな目の前のものをみつめてる。けど、ぼくはちがった。

テーブルのむこう側で、ボルジア家の死刑執行人《しっこうにん》がほほえむのをみていた。ミケロットはさがろうと皿から両手を離《はな》した。その指に巻きつけられた針金が、ろうそくの光で光った。

18

突然《とつぜん》、中尉《ちゅうい》が両手を激しく動かしたと思うとテーブルをつかんだ。

ゴホッという音と喉《のど》をつまらせる音がきこえた。中尉《ちゅうい》の指が何かをつかむように動く。皿がはね飛ばされ、床《ゆか》に落ちて砕《くだ》け散る。

ミケロットは針金をもつ手に力をこめた。

チェーザレ・ボルジアはまったく動じずにとなりの夫人と会話をつづけている。夫人はさっきの物音は何かと床にちらっと目をやった。チェーザレ・ボルジアがほほえみ、夫人のほうに上体をかたむけた。夫人の耳元で何かささやく。

夫人がさっと身を引いた。喉元《のどもと》に手をあてる。

夫人は立ちあがり、けたたましい悲鳴をあげた。けど、夫に警告を与《あた》えるには遅《おそ》すぎた。ほかの招待客たちに何が起こっているのかわかるまでもう数秒かかった。

中尉《ちゅうい》は身をよじって足を蹴《け》りあげた。椅子《いす》が後ろに倒《たお》れ、針金を握《にぎ》る手にさらに力がこめられる。中尉《ちゅうい》は自分の体重でさらにきつく首を締《し》めあげられた。必死で両手を伸《の》ばし、殺人者の顔をひっかこうとしてるみたいだった。そして、抵抗《ていこう》する手がゆるんだ。ミケロットはとどめにもう一度針金を締《し》めあげ、中尉《ちゅうい》の体を投げだすように放した。中尉《ちゅうい》は床《ゆか》の上でけいれんするように動いていたけど、ぶるっと震《ふる》えたかと思うと静かになった。顔色は青黒く、口からは舌がだらしなくのぞいていた。

招待客の何人かが立ちあがった。チェーザレ・ボルジアが指を鳴らし、おつきの護衛兵たちが部屋《へや》に駆《か》けこんできた。剣《けん》をぬいている。全員が椅子《いす》の上で凍《こお》りつき、立ちあがりかけた客も腰《こし》をおろした。

マエストロは沈《しず》みこむように椅子《いす》に腰《こし》かけていた。両手で頭をかかえている。フェリペがマエストロのもとにいって立ちあがらせようとした。

テーブルの上座からチェーザレ・ボルジアが声をあげた。「この部屋《へや》を出ていいとはいっていない」おだやかな声だった。「許可を出すまで席を立たぬよう」

チェーザレ・ボルジアは立ちあがり、中尉《ちゅうい》の妻に近づいた。ヒステリックに泣きわめいている。チェーザレがその頬《ほお》をひっぱたいた。夫人は椅子《いす》のほうによろけ、泣き声を押《お》し殺しながら腰《こし》をおろした。

フェリペがチェーザレにむきあい、落ち着いた声でいった。「主人の具合がよくありません。失礼ながら、閣下、主人を休ませてやってはいただけないでしょうか。明日《あす》、主人が万全の状態で閣下のお役に立てますように」

チェーザレ・ボルジアは数秒のあいだフェリペをみつめていた。

グラツィアーノもテーブルから椅子《いす》をひいたけど立ちあがりはしなかった。フェリペをじっとみている。ぼくは体をこわばらせた。テーブルの上のナイフは手の届くところにあるけど、手を伸《の》ばさないよう自分にいいきかせた。ドア口に立つ兵士は確認した。次に窓までは何歩ぐらいか見当をつけた。けど、逃《に》げられる見こみがない。チェーザレがフェリペの嘆願《たんがん》を侮辱《ぶじょく》ととれば、ぼくたちはだれひとり生きてこの部屋《へや》を出ることもできない。

「メッセル・レオナルド」チェーザレがゆっくりいった。「そなたの仕事は非常に重要なものだ。退出し、明朝の作業にそなえて休むがいい」チェーザレはグラツィアーノをみた。それからフェリペ、そしてぼく。ぼくたちの顔と名前を頭にいれるようにみてから、つづけた。

「供の者たちもつれていくがいい」

すぐさまグラツィアーノとフェリペが両わきからかかえるようにして、マエストロが立ちあがるのを手伝った。ぼくはマエストロのかばんをとりあげる。ぼくたちはできるだけすばやく、そっと部屋《へや》から出ていった。

出ていくとき、チェーザレ・ボルジアが吟遊《ぎんゆう》楽士たちに声をかけるのがきこえた。「クリスマスだというのにこんな暗い雰囲気《ふんいき》ではいかんな。楽士たちよ、明るい曲をたのむ」チェーザレはむせび泣く中尉《ちゅうい》夫人の腕《うで》をとった。「ダンスの時間ですよ」

19

その晩、イーモラの城で眠《ねむ》れた者はいなかった。

マエストロは食べることも読書することもスケッチすることもなく、研究にとりかかることもしなかった。分厚いマントを肩《かた》にかけ、開け放した窓のそばに腰《こし》をおろして夜空をみつめていた。

夜明け前にニッコロ・マキャヴェッリがやってきて、フェリペとしばらく話していた。マキャヴェッリはフィレンツェ評議会に手紙を書き、身に危険が迫《せま》っているから呼びもどしてほしいといってあったけど、希望はかなわずにいた。

「今なら話をきいてもらえるかもしれない」マキャヴェッリがいった。「一刻も早くここを離《はな》れたい」

「なんとかメッセルのボルジア家への奉公《ほうこう》を打ち切りたいのだが」フェリペがいった。「危険を招かずにできるだろうか」

「チェーザレ・ボルジアの頭のなかにはただひとつの目的しかない」グラツィアーノがいった。「その邪魔《じゃま》をする者はだれであれ、叩《たた》きつぶされる」

「その目的というのが何より重要で価値があると思っていて」マキャヴェッリがいった。

「それを実現するためには、どんな手段も許されていると信じている。おもしろい考え方だ」

「反乱軍の大尉《たいい》たちが何をたくらんでいるのか、詳《くわ》しい情報ははいってきたか？」フェリペがきいた。

「部下たちに調べさせてはいる」マキャヴェッリがいった。「最近、暗号によるメッセージもはいってきた。だが、ボルジア家の手を経てはいってきたものだから、チェーザレが私にきかせようと思う情報のみがはいってきてるのかもしれない」そういって肩《かた》をすくめる。

「真偽《しんぎ》のほどはわからないが、フランスがチェーザレに援軍《えんぐん》を送ってくるという情報がある。チェーザレはフランス軍が近くにくるまで待ち、それから大尉《たいい》たちに和解を申し出る。大尉《たいい》たちは、チェーザレが自分たち以外の兵を集めたとは知らないだろうから、数で圧倒《あっとう》されたチェーザレが和解しようとしている、と信じるかもしれない。チェーザレは和解交渉《こうしょう》のための会合の席をもうけようとしている」

「まさかここでじゃないだろう！」フェリペがびっくりしていった。「わざわざ食べられにライオンのねぐらにはいってくるようなものだ」


朝にはたしかな情報がはいってきた。チェーザレ・ボルジアは反乱軍の大尉《たいい》たちと会合を開き、和解条件の交渉《こうしょう》を始める。けど、場所はイーモラじゃなかった。最近、大尉《たいい》たちが支配下におさめて反乱軍の駐屯地《ちゅうとんち》になってるところだ。ぼくたちは旅の支度をしなくちゃならなかった。一時間もしないうちに、チェーザレとその兵士たち、それからお供の者たちがアドリア海に面した町、セニガッリアにむけて出発する。

「反乱軍の大尉《たいい》たち全員が会合に参加するのか？」出かけようというとき、マエストロがフェリペにきいた。本や仕事道具をのせた荷馬車に、マエストロはぼくと並んですわっていた。荷馬車の横で、フェリペとグラツィアーノは馬にまたがっている。

フェリペがうなずく。ふたりとも名前は口にしなかったけど、マエストロの友人ヴィテロッツォ・ヴィテッリのことを考えていた。

六百の山がつらなっているスイスのアルプス山脈を片側にみながら、ぼくたちはボルジア軍といっしょにエミリア街道を南にむかった。雪がふっていた。ひどく寒い十二月も残すところあと数日だ。ゆきすぎる村はどこもまったく人気《ひとけ》がない。村人たちはボルジア軍が近づいているのを知って逃《に》げだし、軍隊が通りすぎてからもどってくるんだろう。ぼくたちはチェゼーナで足を止め、チェーザレを歓迎《かんげい》する舞踏会《ぶとうかい》に参加した。チェーザレはダンスに興じ、婦人たちとたわむれ、心配事なんかまるでないみたいだった。

ところが、マキャヴェッリがひそかに教えてくれた。ボルジア軍はふた手に分かれていて、別のルートを通る軍とはセニガッリアで落ち合うことになってるらしい。

クリスマスの日まで、チェーザレ・ボルジアは豪華《ごうか》な食事と音楽を楽しんでいた。けど同時に復讐《ふくしゅう》も実行した。ロマーニャ地方を治めるラミロ・デ・ロルカ将軍が、祝祭に参加するためやってきたところを逮捕《たいほ》した。拷問《ごうもん》の末、将軍は陰謀《いんぼう》に加わっていたことを白状した。そうして、クリスマスの翌朝、町の広場でラミロ・デ・ロルカは首を切り落とされ、死体はそこにさらされた。その翌日、ぼくたちはセニガッリアに出発した。

20

チェーザレ・ボルジアは反乱軍の大尉《たいい》たちに、敵意がないのであればセニガッリアの城に駐留《ちゅうりゅう》している兵士を引き上げてほしいと要請《ようせい》した。大尉《たいい》たちはこの要請《ようせい》を受けいれた。

そうして、今年《ことし》最後の日に、ミザ川のほとりで反乱軍の大尉《たいい》たちと会見した。荷馬車の上で、ぼくのとなりにすわっていたマエストロは、大尉《たいい》たちが近づいてくるのをみてうめき声をもらした。

グラツィアーノがぼくに小声でいった。「ヴィテロッツォがいる！　メッセルはそれに気づいたんだ！」

ぼくたちは、馬に乗ったチェーザレの一行と反乱軍の大尉《たいい》たちが顔をあわせるのを不安げに見守った。

けど、チェーザレ・ボルジアのようすはすっかり変わっていた。チェーザレはうれしそうに馬を前に進めると、用心深く疑わしげな目をむける大尉《たいい》たちにあいさつした。チェーザレの目は大尉《たいい》たちの顔をみられたうれしさに輝《かがや》き、ひとりひとりの名前を呼んでいった。しばらく会ってない友人に再会したみたいに、馬上で体をのりだし、大尉《たいい》たちをひとりずつ抱擁《ほうよう》した。

大尉《たいい》たちは少し警戒《けいかい》を解いたみたいだった。みたところ、チェーザレは大軍を率いてきたわけでもない。それに、チェーザレの魅力《みりょく》と好意に驚《おどろ》いてるみたいだった。

男たちは、町の手前の大きな村にむかって、橋をわたろうと動きだした。ぼくも手綱《たづな》をとると、フェリペが手を伸《の》ばしてきてぼくの手をおさえた。

フェリペは何もいわなかったけど、ぼくは手綱《たづな》を引いて馬の歩調をゆるめ、みんなのあとについた。メッセル・マキャヴェッリも同じようにしている。

荷馬車の反対側で、グラツィアーノがマエストロを守るように馬を近づけた。

マキャヴェッリがあとで教えてくれたけど、チェーザレは大勢のスパイを先に町に送りこんでいて、自分が使う門以外はすべて封鎖《ふうさ》しておくよう命じてあった。

チェーザレが、ヴィテロッツォとほかの大尉《たいい》たちを導くように先頭に立つ。川にかかった橋をわたり切ると、ボルジア軍の騎兵《きへい》が勢いよく走りでてきて、橋を守るように列を作った。

大尉《たいい》たちがあたりをみまわし、何かつぶやきあうのがみえた。

馬の列がセニガッリアの町にはいったときには、そのまわりを固めているのはチェーザレ側の兵士だけだった。フランスのガスコーニュ歩兵隊とチェーザレ親衛隊。そのなかにはミケロットもいる。

ぼくたちは最後尾《さいこうび》についたお供の者たちといっしょだった。

後ろで門が閉まる。

大尉《たいい》たちの不安が真の恐怖《きょうふ》に変わった。あわてて公爵《こうしゃく》に別れを告げ、町を囲む壁《かべ》の外の自軍のもとへもどろうとする。すると、チェーザレがちょっと待ってもう少し話をしてもらえないかといった。あんまり親しげに、にこやかにいわれて、大尉《たいい》たちはとまどった。チェーザレは、協議に使えそうな家をみつけてある、といった。将来のためにどんな取り決めをしておくべきか話し合おう、といって、チェーザレは馬を進めた。大尉《たいい》たちは、ぼくたちと同じように、まわりを固める兵士たちにせきたてられ、ついていくしかなかった。

チェーザレ・ボルジアがある屋敷《やしき》の前で馬をおり、大尉《たいい》たちもしかたなく同じようにした。フェリペとグラツィアーノは馬からおりなかった。フェリペが意味ありげな顔でこちらをみた。ぼくは自分の推測はまちがってないと思い、屋敷《やしき》の入り口から荷馬車を遠ざけようとした。けど、ものすごい数の兵士がここに集まっていたから、ぼくたちは大群のなかですっかり身動きできなくなってしまった。

チェーザレが中庭にむかって大股《おおまた》で歩いていく。大尉《たいい》たちはあわててあとについていった。屋敷《やしき》の二階に通じる外階段があり、チェーザレはそのまま階段をあがっていった。

大尉《たいい》たちがそのあとにつづく。

すぐさま、ミケロットとチェーザレ親衛隊の男たちが大尉《たいい》たちをとりおさえた。取っ組み合うひまもなかった。大尉《たいい》たちはあっという間におさえこまれ、剣《けん》をぬくことさえできなかった。

しかけられた罠《わな》に落ちて身動きがとれなくなってしまった。

「待ってください！」

若い大尉《たいい》のひとりがチェーザレに呼びかけた。「お願いです」あわれな声で叫《さけ》ぶ。「閣下、せめてわれわれの話をきいてください！」

階段の最上段でチェーザレは一瞬《いっしゅん》足を止めた。敵にまわった大尉《たいい》たちをみおろす。それから背をむけ、屋敷《やしき》のなかにはいっていった。

ぼくたちの後ろにいた兵士たちがいっせいに前に押《お》し寄せた。グラツィアーノとフェリペが、荷馬車を引いてる馬の頭にかかった馬具の革ひもをしっかりつかんだ。マエストロもぼくの手の上から手綱《たづな》を握《にぎ》り、この乱闘《らんとう》から荷馬車をさがらせ門まで後退しようとした。前方にマキャヴェッリがいるのがみえた。マキャヴェッリがぼくたちにむかって大声で叫《さけ》んだ。

「ついてこい！」

マキャヴェッリのあとについて町を囲む壁《かべ》に沿ってまがると、マキャヴェッリの知っている兵士たちが守る門についた。フィレンツェ共和国に雇《やと》われた、マキャヴェッリの部下にちがいない。ぼくたちは何もいわずに門をくぐりぬけ、川べりに出た。そこにはボルジア軍の騎《き》兵隊《へいたい》がキャンプを張っていた。

ぼくたちがそこにいるあいだ、騎《き》兵隊《へいたい》は町を荒《あ》らしまわった。住民たちを叩《たた》き起こし、ボルジア家に逆らった疑いがありそうだと思えば片っ端《ぱし》から殺していく。すっかり夜がふけたころ、マキャヴェッリは情報を集めてくるといってそっとぬけだした。夜明け近くまでもどってこなかった。もどってきたときの顔は苦々しさにゆがんでいた。

反乱軍の大尉《たいい》たちは縛《しば》りあげられ、屋敷《やしき》の地下室にいれられていた。一五〇三年の元日の朝早く、ヴィテロッツォと例の若い大尉《たいい》はベンチの上で背中あわせに縛《しば》られ、ミケロットに絞《し》め殺された。

「申し訳ない。こんなひどい知らせを伝えなければならないとは」マキャヴェッリがいった。「だがこれは知っておいたほうがいい。チェーザレは今朝《けさ》、完全防備で軍を率いていくつもりらしい。今度はペルージャやそのほかの自分に従わない町にむかう。チェーザレの復讐《ふくしゅう》を恐《おそ》れてそのあたりの支配者たちはすでに逃《に》げだしているとのこと。残りの反乱軍の大尉《たいい》たちは捕虜《ほりょ》としてつれていかれるようだが、結局同じ運命をたどるだろう」

フェリペが友人の死を告げにマエストロのもとへいった。もどってきたのは一時間後だった。

「メッセルの具合がよくない」フェリペがいった。「回復にはしばらく時間がかかるだろう。フィレンツェにいって、そこで回復を待とう。チェーザレにはその旨《むね》文書を出しておく。今は復讐《ふくしゅう》で手いっぱいでわれわれのあとを追ってこられないことを願おう。マッテオ」フェリペがぼくのほうをむいた。「馬の準備をしてくれるか？」

馬がわずかに寒さをしのげるように囲われているところにいった。干し草を積みあげてあったけど、町からきこえてくる悲鳴と、町が燃える光景に、どの馬も落ち着かなかった。自分たちがつながれてるロープを揺《ゆ》すぶったり引っ張ったりしている。ぼくが話しかけてやるとおとなしくなった。荷馬車を引く馬のロープをはずしてやろうと手を伸《の》ばしたけど、はっとして手を止めた。木々のすぐむこうでふたりの男が動くのが月明かりでみえた。その姿に見覚えがあった。チェーザレ・ボルジアに初めて対面したとき、部屋《へや》の隅《すみ》にいた男だ。もうひとりはサンディーノの手下だ。

ぼくはしゃがみこんだ。となりで馬が体を動かし、足を踏《ふ》み鳴らすと、ぼくの肩《かた》にさわろうと頭をさげてきた。ぼくは馬の鼻面に手をのせ、鼻先にそっと息を吹《ふ》きかけた。「友だちだろ。裏切らないでくれよ」小声で馬に話しかけた。「ぼくの命はおまえにかかってるんだ」

冷たい夜の空気にのって、男たちの会話がきこえてきた。ふたりが通りすぎるとき、ある言葉が耳を打った。

「……ペレラ……」

ペレラだって！

「……ペレラに……少年が……何週間か前だ」

それから、男の声がはっきりきこえた。「手下たちがすでにペレラにむかっている。サンディーノもチェーザレ・ボルジアに報告したあとすぐにむかう予定だ。砦《とりで》もそこにあるものもすべて焼きつくす」

胃をつかれたような気がして、吐《は》きそうになった。

サンディーノはペレラを攻撃《こうげき》するつもりだ。

21

フェリペとグラツィアーノが夜明けの薄明《うすあ》かりのなかでぼくをまっていた。

ふたりの馬には鞍《くら》を、もう一頭には馬具をつけ、それから小さな荷馬車につなぐ轅《ながえ》をとりつけてある。

「ご苦労だった、マッテオ」グラツィアーノはそういって、持ち物を積みこみ始めた。

フェリペが運んでいた箱をおろした。「メッセルをつれてくる。ほかの者たちが目を覚ます前にここを出なければ」

「ぼくはいっしょにいけません」

「ばかなことをいうな！」フェリペがきつい口調でいった。

「マッテオ、どうしてこんなところにとどまりたいんだ？」グラツィアーノがきいてきた。

「ここにとどまりたいんじゃありません。ペレラにいかなくちゃ。チェーザレの手先の男たちが話してるのを立ち聞きしたんです。ペレラの砦《とりで》を攻撃《こうげき》するつもりです」

フェリペがランプでぼくの顔を照らした。「本当か？」

「そうききました」

「どうしてチェーザレ・ボルジアがそんなことをするんだ？」グラツィアーノがいった。

「デロルテ大尉《たいい》はボルジアの忠実な兵士じゃないか」

「たしかに」フェリペがいった。「だが、忠実な兵士が不当に殺されるということはある」

フェリペがぼくをじっとみる。「どこできいたんだ？」

「馬のそばにいたら、男がふたり馬で乗りいれてきました。チェーザレのスパイでした」

「ペレラに知らせにいくというのは立派だが――」グラツィアーノがいう。

「止めないでください」ぼくはそういった。自分でもうまく説明できない。危険から逃《に》げるどころか、わざわざそのなかにつっこんでいくなんて。けど、サンディーノより先にペレラにいって、デロルテ大尉《たいい》に危険を知らせなくちゃ。砦《とりで》には十分な数の番兵がいるし、大尉《たいい》は戦闘《せんとう》の経験が豊富だから、サンディーノと手下の攻撃《こうげき》にも耐《た》えられるはずだ。だけどそれも、前もって危険を知らされてればの話だ。

「この馬を使え」グラツィアーノがいった。「私はメッセルと荷馬車に乗る」

フェリペがぼくの手をとって何枚か硬貨《こうか》を置いた。「もっていけ。金がいるかもしれない。メッセルには話しておく」

グラツィアーノもぼくの手に長めの短剣《たんけん》を握《にぎ》らせた。「これも役に立つかもしれない」

ぼくが出ていこうとすると、フェリペがいった。「帰ってくる気になったら、いつでも帰ってこい。歓迎《かんげい》するぞ。やれるだけやってこい」フェリペがやさしくぼくの頭をはたいた。

「マッテオ、また会えるといいな」

ぼくはグラツィアーノの馬をキャンプから少しずつ離《はな》していき、見張りからみえないところまでくると、すぐに馬にまたがり、ペレラにむかった。

必死に馬を進めたけど、ふたつの川がであうところに着いたのは翌日の正午だった。検問の見張りが通行料を払《はら》えと叫《さけ》ぶのを尻目《しりめ》に橋を駆《か》けぬけた。丘《おか》を登りきった頂上に砦《とりで》が建っている。
そのとき煙《けむり》が立ちのぼるのがみえた。
砦《とりで》の正門は破られていた。
遅《おそ》かった。

第三部　サンディーノの攻撃《こうげき》

22

馬の横腹を蹴《け》って、とにかく砦《とりで》にむかおうと思った。

けど、そうはしなかった。

馬の歩調をゆるめて城のようすをうかがう。窓のむこうで動くものはないし、戦いの物音もきこえない。ただ、ここで何があったにしろ、つい最近だったのはたしかだ。まだ火がくすぶって、空に煙《けむり》が立ちのぼってる。

砦《とりで》の近くに小さな馬小屋があった。ぼくは馬からおり、馬をつれていった。なかには冬用の飼料が少しある。ぼくは馬にそれを食べさせることにして、馬小屋を出てこっそり砦《とりで》にはいってみた。

砦《とりで》の兵士は惨殺《ざんさつ》されていた。警護についていたその場でめった切りにされていた。不意打ちにあったみたいで、抵抗《ていこう》もまたたく間に封《ふう》じられ、容赦《ようしゃ》なく殺されたようだった。建物のなかにも外にも動くものはない。静まり返ってるのが不気味だった。女の叫《さけ》び声も、男のうめき声もしない。ただもくもくと煙《けむり》が立ちのぼるだけだ。

そのとき、デロルテ大尉《たいい》をみた。

大尉《たいい》の首が、砦《とりで》の後ろにある馬小屋のそばに立てた槍《やり》の先に刺《さ》されていた。そのまわりにばらばらにされた死体がグロテスクに積みあげられている。大尉《たいい》の前に、ロッサナとエリザベッタが重なり合うように倒《たお》れてる。

ぼくはよろよろ進んでいった。

ふたりは生きていた。けど服が破れて、血まみれになっている。ふたりの血なのか、大尉《たいい》のものなのかはわからない。

ぼくは息がつまって声が出なかった。いろいろな死に方をみてきた。人が殺されるところも二度みた。目の前で無防備に殺され、ぼくは何もできなかった。ひとりは晩餐会《ばんさんかい》のテーブルのむこうで首を絞《し》められた。最初にみたのは神父で、サンディーノのこん棒でめちゃくちゃに頭をなぐられて死んだ。けど、これはくらべものにならないくらい残虐《ざんぎゃく》だ。

雪がちらつき始めた。

「ロッサナ」ぼくはささやいた。「エリザベッタ」

《女の子を力ずくで自分のものにするなんてまちがってる。そんなことをする男は獣《けもの》以下だ。女が蹂躙《じゅうりん》されたら、心に大きな傷が残る》

ぼくはふたりの前でひざをついた。手を伸《の》ばし、ふたりの顔に触《ふ》れる。ロッサナをみたけど、目を合わせようとしない。顔をそむけられた。ぼくもうなだれた。恥《はじ》だと思った。ロッサナのじゃない、ぼくの恥《はじ》だ――ロッサナが男にこんな目にあわされたのをみて、自分も同じ男であることが恥《は》ずかしかった。

けどエリザベッタは、長いあいだロッサナの陰《かげ》に隠《かく》れて生きてきたおとなしい妹は、ぼくから目をそらさなかった。軽蔑《けいべつ》をふくんだ強気な視線はこういってるみたいだった。《男が女にどんなひどいことをするのか、この目でみた。あれが男の強さだというのなら、そんなものにわたしは負けなかった。そんなことができる男というものを心底軽蔑《けいべつ》する。この先、そんなものにも、ほかのものにも絶対ひるんだりしない》

エリザベッタの挑《いど》むような視線に、ぼくはたじろいだ。

そのとき、エリザベッタが落ち着いた声でいった。「マッテオ、わたしは自分に起こったことを恥《は》じて、目をそらしたりなんかしない」

ふたりと無邪気《むじゃき》に遊んでいたのはほんの何週間か前だ。それなのに、今、ふたりの子ども時代がこんなふうに終わらせられたのをみなくちゃならないなんて。

ぼくのせいだ。

ぼくがふたりに水を運んできて飲ませると、エリザベッタが何があったのか話してくれた。

「男がひとり、砦《とりで》にやってきた。ボローニャまで旅をしているんだけど、腹痛で体調を崩《くず》して、近所の農場で、お母さまが腹痛に効く膏薬《こうやく》をもってるってきいてやってきた、って。お父さまもお母さまもやさしいから、男をなかにいれてやった。男は衛兵所の床《ゆか》の上の寝床《ねどこ》で横になっていたんだけど、わたしたちが夕食をとっているあいだに、門番を刺《さ》し殺して正門をあけたの。門の外では仲間が待っていた。この砦《とりで》で武装している番兵はふたりだけしかいなくて、わたしたちを守ろうと必死で戦ってくれたけど、殺されてしまった。騒《さわ》ぎがきこえてきて、お父さまが窓から下をみおろし、何が起こってるのかみてとった。お父さまはダリオをお母さまに抱《だ》かせ、わたしたちをつれて砦内《とりでない》の小さい礼拝堂にいくようにいった。それからパオロをどこかにつれていった。わたしたちは礼拝堂にいって、そこに立てこもった。戦いの音がきこえてきたけど、何が起こってるのかはわからなかった。礼拝堂の窓は峡谷《きょうこく》に面していて、中庭のようすはみえなかったから。しばらくして、静かになった。それからやつらがやってきて、礼拝堂の扉《とびら》をあけるようにいってきた。お母さまは断った。パオロをさしだせば命は助けてやる、といわれたわ。でもパオロはわたしたちといっしょじゃなかった。

やつらは、パオロを渡《わた》さないと、どんな恐《おそ》ろしい目にあうか並べたてておどした。お母さまはとても勇敢《ゆうかん》で、ここは聖域だから私たちに手出しをしてはならないと大きな声でいった。でも、相手は礼拝堂の扉《とびら》を破ろうとし始めた。そのとき、お母さまがわたしたちを窓のところにつれていって小声でこういったの。お父さまは殺されたにちがいない、そうでなければこんなことにはなっていないだろうから、って。お母さまは、ダリオといっしょに峡谷《きょうこく》に飛びおりるといった。どちらにしてもダリオは殺される。男の子は家族のために復讐《ふくしゅう》しようとするから生かしておくはずはない。そんなのには耐《た》えられないから、って。それに、やつらが扉《とびら》を破ってはいってきたら自分がどうなるかわかっているから、といった。わたしたちも同じようにしたほうがいいと思うけど、自分たちで決めなさいといった。そしてお母さまはダリオを腕《うで》に抱《だ》くと窓枠《まどわく》の上にのって、そして――そして」エリザベッタが口ごもった。「死んでしまった。わたしたちふたりはそこに残された。それから扉《とびら》がついに破られて、それから――それから」

「エリザベッタ」ぼくはエリザベッタの手をとった。「それ以上話さなくていい」ぼくはさっとあたりをみまわした。「そいつらはまだここにいるのか?」

エリザベッタが首を振《ふ》った。「さがしてるものがみつからないとわかって、どこかへいってしまった」

やつらがさがしてるもの……。

ベルトに手がいった。

エリザベッタがそれをみて勘違《かんちが》いした。「マッテオ、短剣《たんけん》なんかじゃ歯が立たないわ」

けど、手の先にあったのはグラツィアーノがくれた短剣《たんけん》じゃない。ベルトにつけた小袋《こぶくろ》をたしかめようと、無意識に手が動いていたのだ。サンディーノがほしがってるものだ。このために手下たちをここに送りこんだ。そして、ぼくがこれをもってるせいで、この場所にとんでもない災厄《さいやく》をもたらしてしまった。

雪が風に吹《ふ》きつけられていた。ロッサナとエリザベッタを屋根のあるところにつれていかなくちゃ。

「立てる?」ぼくはきいた。「手を貸すよ」

「ロッサナはあれからひと言も口をきかないの」エリザベッタはロッサナの顔をやさしくなでた。ロッサナはエリザベッタに目をむけたけど、何もわかってないみたいだった。

「わたしのこともわからないみたい」エリザベッタがつづける。「わたしがだれなのか。自分がだれなのかもわかってないみたい」

エリザベッタが立ちあがった。ふたりでロッサナを支えながら、砦《とりで》のなかにはいった。ぼくはパンをみつけた。ワインにひたしてふたりのもとへもっていく。エリザベッタは少し食べたけど、ロッサナは手をつけようとしなかった。

「パオロはどこにいる？」ぼくはきいてみた。

「みつけられなかったの」エリザベッタがいった。「やつらがやってきたとき、パオロはお父さまといっしょで、何かいい合ってたわ」

「何を？」

「わからない」

ぼくはふたりをそこに残してパオロをさがしにいった。死体のなかにパオロの姿はなかった。けど、パオロが逃《に》げだしたりするはずはない。パオロ・デロルテに限ってそれはない。どこにいったんだろう？

ぼくはもどってもう一度エリザベッタにきいた。「お父さんとパオロがいってたことで何か覚えてない？」

エリザベッタは首を振《ふ》った。けど、それからこういった。「ひとつだけ。でもわけがわからないの」

「何？」

「お父さまがパオロに何か指示したとき、いきなり、ふたりがいい合いを始めたの。パオロは『嫌《いや》だ！』って叫《さけ》んだ。すごく反発してた。お父さまはいった。『これに関しては私に従え』って。それから『メッセル・レオナルドがおまえを守ってくれる』って」

エリザベッタは首を振《ふ》った。

「その言葉の意味がわからないの」

23

ぼくにはその言葉の意味がわかった。

ほんの一瞬《いっしゅん》、なんのことかと思った。けど、砦《とりで》を守ろうと剣《けん》をベルトに下げ、パオロの腕《うで》をつかんだデロルテ大尉《たいい》が、何を考えていたのか思い当たった。

隠《かく》し部屋《べや》だ。

大尉《たいい》は長男をレオナルド・ダ・ヴィンチが作った、自分たちしかその存在を知らない場所に隠《かく》そうと考えたんだ。高潔な大尉《たいい》は妻と幼い子どもたちは礼拝堂の聖域が守ってくれると信じた。けど、パオログらいの年の男の子が見逃《みのが》してもらえることはない。砦《とりで》がもたないのはすぐわかったんだろう。だから息子《むすこ》に隠《かく》し部屋《べや》にいくよういいきかせ、命を救おうとした。マエストロがデロルテ大尉《たいい》にこの隠《かく》し部屋《べや》の設計図をみせているとき、ぼくはわらを積んである馬小屋の梁《はり》の上からふたりをみおろしていた。だから、パオロがどこに隠《かく》れてるのかわかっていた。

パオロは隠《かく》し部屋《べや》の床《ゆか》の上で子どもみたいに丸くなっていた。隠《かく》し部屋《べや》の壁《かべ》は分厚くて、何もきこえなかった、といった。ろうそくはとっくに燃えつきてたけど、父親にいわれたとおり暗闇《くらやみ》のなかにいたらしい。

エリザベッタがパオロのとなりに腰《こし》をおろし、砦《とりで》で何があったのか話してきかせた。

パオロは、父親が殺されたことをきいたときはまだ自分をおさえていた。けど、妹たちに起こったこと、母親と弟が死んだことをきくと大声で泣いた。

「父さんは、ダリオみたいな子どもや、女にはやつらも手を出さないと思ったんだ。自分が死ぬのは覚悟《かくご》してたけど、こんなことになるなんて考えてなかった」

パオロが涙《なみだ》にぬれた、懇願《こんがん》するような目でぼくをみた。自分のしたことはまちがってなかった、ってぼくにいってほしいみたいな必死な目だった。「ぼくは死ぬ覚悟《かくご》ができてる、って父さんにいったんだ。父さんは、ここの男で生き残れるのはおまえひとりだっていった。隠《かく》し部屋《べや》のことはだれも知らない。みんなが隠《かく》れられるほど大きくないし、それにどちらにせよ、みんなをそこに隠《かく》せば、やつらは女子どもがいないのをあやしんで、この砦《とりで》を徹底的《てっていてき》にさがしまわる、って。父さんに、ここにずっと隠《かく》れているようにいわれた。父さんの剣《けん》に誓《ちか》え、父さんの名誉《めいよ》と、命と、デロルテ家の名前、そして父さんの愛する者すべて——母さん、妹、弟、それにぼく——それらすべてがこの剣《けん》にかかってる、って」

「母さん、妹、ダリオ」パオロがすすり泣き始めた。「母さん、妹、ダリオ」

ぼくとエリザベッタは何もいわずパオロをみつめ、気がすむまで泣かせた。それからパオロは立ちあがり、涙《なみだ》をぬぐった。父親の死体があるところまでいき、その剣《けん》を手にとった。

「この剣《けん》で、いつかきっと復讐《ふくしゅう》する」パオロが宣言した。

こうして暴力が新たな暴力を生む。それはだれにも止められない。戦争が起こると、だれもが引きずりこまれ、内側から食いつくされていく。

「パオロ」エリザベッタがいった。「ひとついわせて。そして許してちょうだい。パオロがどこに隠《かく》れているのか知ってたら、わたし、きっとやつらに教えてしまってたと思う」

パオロは、すぐに妹のもとにいってキスした。エリザベッタの手を引き、ロッサナが立っているところに引き寄せ、ふたりを両手で抱《だ》き寄せた。「おまえたちふたりを見逃《みのが》してもらえるなら、喜んでこの命をさしだしていたと思う」

「そんなことをしてもふたりは見逃《みのが》してなんかもらえなかった」ぼくは容赦《ようしゃ》なくそういった。

「やつらはきみをみつけだして殺し、それからふたりにも手を出しただろう」

「マッテオ、どうしてそんなことをいうの？」エリザベッタがきいた。

「この数週間のあいだ、ここを襲《おそ》った連中の仲間とすごしてたんだ。まだセニガッリアで何があったのかきいてないと思うけど、チェーザレはかつて自分に仕えた大尉《たいい》たちを冷酷《れいこく》に殺した。チェーザレは大尉《たいい》たちの裏切りを許すふりをして、和解しようともちかけたんだ。そうやってだまし討ちにした。そのあと、兵士たちに町を襲《おそ》わせ、口にするのも恐《おそ》ろしい暴《ぼう》虐《ぎゃく》の限りをつくした」

エリザベッタが身震《みぶる》いした。「でも、わたしたちを襲《おそ》ったのは、兵士たちっていうより山《さん》賊《ぞく》みたいだった。それに、さがしてるものがみつからないってわかって、こわがってるみたいだった。頭領に会って、うまくいかなかったなんていったら、頭領の怒《いか》りを買う、って」

その言葉をきいて、恐怖《きょうふ》がこみあげてきた。そいつなら知ってる。やつならもっと残虐《ざんぎゃく》だったはずだ。エリザベッタもロッサナも生かしておかなかっただろう。それに、手下たちが報告に帰ってきて、砦《とりで》をくまなくさがしたといっても満足しないはずだ。自分でたしかめにやってくる。

ぼくはやつよりほんの数時間早くここに着いたらしい。

そのとき、砦《とりで》の塔《とう》のてっぺんからウズラクイナの鳴き声がした。ぼくたちは胸壁《きょうへき》に駆《か》け寄った。銃眼《じゅうがん》からのぞくと、砦《とりで》にやってくるための橋までみわたせた。遠くから馬に乗った男たちの一団が近づいてきている。

先頭の男は仲間から少し離《はな》れ、馬をとばしている。ふいに体が震《ふる》えだした。サンディーノだ。

24

ぼくが立ちふさがらなかったら、パオロは外に駆《か》けだしていただろう。

「待て」ぼくはいった。パオロが反論しようとしたので、ぼくはいった。「エリザベッタとロッサナはどうなる？」

「どうしてもどってきたのかしら」エリザベッタがいった。

「さがしてたものがみつからなかったからじゃないか？」パオロがいう。

「でも、ここには何もないわ。金のお皿も銀の食器も、宝石もない」

ロッサナが震《ふる》えだした。

「今すぐここを出よう」ぼくはパオロにいった。「ふたりを安全なところにつれていかなくちゃ」

「どこにいくの？」エリザベッタがあたりをみまわす。「道は一本しかない。すぐにつかまっちゃうわ」

「別のルートを通るんだ」ぼくはロッサナの腕《うで》をつかんで砦《とりで》の外に駆《か》けだした。ふたりがあとについてくる。「峡谷《きょうこく》をつたいおりていく」

「そんなのむりだ」パオロがいった。「子どものころにためしたことがあるけど、下まではとてもいけなかった」

このとき、ぼくたちは砦《とりで》の側面にまわりこんでいた。足元ではわずかな地面が砦《とりで》のふちを囲んでいて、そこから下に石がころがり落ちていく。

「ほかに道はない」ぼくはいった。「しっ。やつらが門のところにきた」

ぼくたちは黙《だま》った。冬の透《す》きとおった空気がきき覚えのある声を運んできた。

「父親をもう少し生かしておきゃよかったんだ」サンディーノが部下たちを大声でしかりつけている。「娘《むすめ》たちを救うために小僧《こぞう》をさしだしてただろうに」

「頭領がいってた隠《かく》し部屋《べや》ってなんのことなんです？」サンディーノの部下のひとりがきいた。「そこに隠《かく》れてるかもしれないって」

「ごく最近知ったんだが、チェーザレはすべての要塞《ようさい》に隠《かく》し部屋《べや》を作ったらしい。どの城にいても身を隠《かく》せるようにな。滞在中《たいざいちゅう》に包囲攻撃《こうげき》にあい、城が落ちた場合にそなえてだ。この砦《とりで》のどこにその部屋があるのかはわからん。だが、そんなのはかまわん。ここでキャンプを張ってれば、そのうち腹が減って部屋《へや》から出てくる。辛抱《しんぼう》強く待とうじゃないか。これまでずっと待ってたんだから、それがあと数日増えたところでどうってことはない」

ぼくは体をかたむけてパオロに耳うちした。「崖《がけ》をおりる」

パオロが首を振《ふ》って小声で返事した。「むりだ」

するとエリザベッタが小さな声だけどきっぱりといった。「それしか方法はないわ」

まずぼくがおりた。両手で崖《がけ》にへばりつくようにして足場をさがす。エリザベッタがつづく。ぼくがエリザベッタの足を足場にもっていってやり、今度はエリザベッタがロッサナを助けてやる。父親の剣《けん》を背負ったパオロが最後につづいた。

そうして少し崖《がけ》をおりていくと、ひと息つける岩棚《いわだな》があった。エリザベッタは全身が震《ふる》えてたけど、ロッサナはこの状況《じょうきょう》にも無頓着《むとんちゃく》だった。生きたいと願う者と、命なんてどうでもいいと思う者のちがいだ。

「さあ、いこう」ぼくはいった。

エリザベッタがふちから下をみおろし身を引いた。「ここにもう少しだけいられない？」

「だめだ」そう答えた。ここにいたらこわくなって動けなくなる。

「マッテオ、この岩棚《いわだな》は上にむかって張りだしている」パオロがいった。「岩棚《いわだな》の下にぶらさがるようにしてその下にもぐりこむなんて、妹たちにできるか？」

「パオロ、たしかにそうだ。けど、うまくいけば砦《とりで》からみられずに、谷底までおりていける」

ぼくは岩のふちまで這《は》うようにゆっくり進んでいった。「こっちにくるとき」エリザベッタにいった。「下をみないように。ぼくがどこに足を進めたらいいか教えるから」

ぼくは崖《がけ》のくぼみに体を押《お》しこむ。風が体を揺《ゆ》さぶる。片頬《かたほお》は崖《がけ》の表面にくっつきそうだ。真冬だというのに岩の裂《さ》け目に小さな花が咲《さ》いている。小石が上から落ちてきて、ひたいにあたった。だれかが砦《とりで》の城壁《じょうへき》に立って、下をみおろしてる。ぼくは崖《がけ》にぴったり身をつけた。横を水がつたい落ちていった。男が上で用を足していた。希望がわいてきた。こんなところから逃《に》げていくとは思ってないってことだ。でなきゃ小便じゃなくて煮《に》えたぎる松やにが頭にふりそそいでいるはずだ。

しばらく待ってから、ぼくは短剣《たんけん》を使って岩のあいだの土を掘《ほ》り、爪《つめ》でかきだした。長いあいだ崖《がけ》にしがみついていたせいで、両脚《りょうあし》がけいれんしてきた。ぼくが落ちたら、みんな死んでしまう。どうすべきか考えなくてすむのはある意味、楽でいい。

汗《あせ》で手がすべる。けど空をわたる太陽は低くなっていて、谷を照らしていた光はもう底までは届かなくなってた。下半身を浮《う》かせるようにして足場をさがした。ブーツの先で穴を掘《ほ》って足がかりを作る。今度はエリザベッタの番だ。

土を掘《ほ》ってくぼみを作り、まわりの土をかきだして石が突《つ》き出るようにしておいたから、つかまりやすいはずだ。エリザベッタはぼくより軽いし、体も柔軟《じゅうなん》だ。エリザベッタが体を伸《の》ばしたり縮めたりしながら、ぼくのとなりまでやってきた。

「うまい」ぼくはささやいた。

エリザベッタの口元がかすかなほほえみを作った。

ふいに突風《とっぷう》が吹《ふ》いて、エリザベッタの頭のわきから鳥が飛びだした。エリザベッタが手をすべらせて下に落ちていった。

エリザベッタの悲鳴はほんのかすかだった。悲鳴をあげかけたものの、大声をだしたらどうなるか、気づいて声をおさえたみたいだ。

「お母さま！」エリザベッタのうめくような声がきこえた。

ぼくは手を伸《の》ばした。けど、空気をつかんだだけだった。

いや、空気だけじゃない。エリザベッタの髪《かみ》の束が指にからみついた。ぼくは髪《かみ》をぐっとつかんだ。

エリザベッタが痛みに歯を食いしばる。体の重みで、すぐにも髪《かみ》が抜《ぬ》けるかもしれない。

「エリザベッタ、ぼくの腰《こし》につかまれ！」

「届かない」エリザベッタがあえぐようにいった。

「じゃあ、脚《あし》だ。つま先でもいい。なんでもいいからつかまれ」

「マッテオ、そしたらあなたも落ちちゃう」もうあきらめた声だった。

「落ちない。ぼくの足場はしっかりしてる。早く。今すぐ！」ためらってるエリザベッタにどなりつけた。

小さな手がぼくの足首をつかむ。

けど、ぼくは嘘《うそ》をついていた。ぼくの足場はしっかりなんてしてなかった。

ぼくがつかまってる岩のひとつがぐらつき始めた。まわりの土が崩《くず》れてる。小石がパラパラ落ちていく音がした。

「足をかけられそうなところがない？」エリザベッタにきいた。

ぼくの下で、エリザベッタが足場をさがしてる。

「あったわ」それと同時にぼくを引きずり落としそうだった重みが少し軽くなった。「少しだけ突《つ》きでてるところがあって、両足をのせられた」

ふたりともそのままじっとしているあいだ、ぼくはどうしたらいいか考えた。

ぼくの足元にエリザベッタがつかまれるスペースはない。エリザベッタもそれはわかってる。

そのとき、パオロの顔がぼくの上にあらわれた。両手をさしだしている。「マッテオ、つかまれ」

ぼくは首を振《ふ》った。「パオロ、きみはぼくより大きいし、力もあるけど、ふたり分の重みは受け止められない。きみを谷底に道連れにすることになる」

「ベルトの留め金を岩肌《いわはだ》に固定して、ロッサナをそこにくくりつけた。ロッサナはぼくの後ろで背中を岩にくっつけてぼくの足首をつかんでる。放したりしない」

「ぼくを引っ張りあげられなかったらエリザベッタも死ぬぞ」

パオロがいった。「仕方ない」

「パオロのいうとおりよ」足元あたりからエリザベッタの声がした。「マッテオ、もしこれがうまくいかなかったら、わたしたちいっしょに死にましょう。神様の思《おぼ》し召《め》しだわ」

ぼくはあいてるほうの手をパオロのほうに伸《の》ばした。パオロが精一杯《せいいっぱい》手を伸《の》ばし、ぼくも同じように手を伸《の》ばす。パオロはぼくの手首をつかまなくちゃならない。ところが手ふたつ分ぐらいの距離《きょり》があって、ぼくたちの指先さえ触《ふ》れなかった。パオロががっかりして息をつくのがきこえた。

「もう一度考えてみよう」ぼくはいった。

けど、この方法をためしてみたおかげで、別の方法を考えついた。エリザベッタの勇気にかかってる。「よくきいてくれ」ぼくはエリザベッタにささやいた。「足場はしっかりしてる？」

「ええ。小さな岩棚《いわだな》にのってるわ」

「エリザベッタ、ぼくはきみの体の上に重なるように下におりる。まず片足を下ろすから、その足をつかんでくれ。わかったかい？」

「わかったわ、マッテオ」

「そしてきみの肩《かた》にのせてくれ。ほんの一瞬《いっしゅん》、ぼくの重みをこらえてくれたら、ぼくはきみのとなり、同じ岩棚《いわだな》の上におりられる。できる？」

「できるわ、マッテオ」エリザベッタがいった。固い決心がうかがえる声だった。エリザベッタが緊張《きんちょう》して身がまえるのが伝わってきた。

ぼくは小声でパオロを呼んだ。「パオロ、ベルトは岩肌《いわはだ》にくくりつけたままにしておいてくれ。エリザベッタとぼくが岩棚《いわだな》におりたら、それを使ってロッサナと下におりてくればいい。あとはぼくたちが指示するから」


四人そろって谷底におりたときには日が沈《しず》みかけていた。

砦《とりで》の礼拝堂のほぼ真下だ。

パオロがぼくをわきに引っ張っていった。「母さんとダリオが本当に死んだかどうか、この目でたしかめてくる」

「ぼくもいく」

フォルトゥナータ夫人は首が折れていた。幼いダリオは、落ちるときにその腕《うで》からすっぽり抜《ぬ》けたにちがいなかった。少し離《はな》れたところの岩にぶつかったらしく、頭が無残にも砕《くだ》けていた。

パオロがかがんでダリオをかかえあげようとした。

「そのままにしておかないと」ぼくはいった。

「母さんといっしょにしてやりたいんだ」

「遺体を動かせば、上にいる兵士たちにぼくたちがここを通ったって知らせることになる」

パオロが泣き始めた。「死んでさえ、わが子をその腕《うで》に抱《だ》くなぐさめも得られないっていうのか？」

「しかたない」

パオロは身をかがめて、母親の唇《くちびる》にキスした。「ふたりをこんな目にあわせたやつに復讐《ふくしゅう》してやる」

ぼくはパオロをうながした。でないといつまでもここにいそうだった。サンディーノがぼくたちの跡《あと》をみつけるまで一日、もしかしたら一日もないかもしれない。みつけ次第やつは後を追ってくる。

25

ぼくはフェリペがくれたお金を船頭に握《にぎ》らせて、平底荷船にのせてもらった。この船は、砦《とりで》から川を五キロほど南にくだったところに停泊《ていはく》していて、そこで夜をすごすつもりだったらしい。

戦乱の時代だったから、ぼくたちみたいな逃亡者《とうぼうしゃ》を通りや川沿いでみかけることはめずらしくない。それでも、エリザベッタとロッサナのようすが普通《ふつう》じゃないのは見過ごしようがなかった。とくにロッサナだ。船頭に金をわたす先から、これじゃあ口止め料にならないことはわかっていた。サンディーノとその部下たちがこのあたりでぼくたちのゆくえをたずね始めたら、すぐ口を割るだろう。金のためか、命惜《お》しさかはわからないけど。

ロッサナは凍《こお》りついたみたいに身動きしなかった。なんの不平ももらさないけど、意識はますますどこか遠くにいってるようで、まるで魂《たましい》が体からぬけてしまったみたいだった。ロッサナの脳に何か傷があるせいなんだろうか。マエストロが調べてみたら、脳の一部が損傷してるのがみつかるのかもしれない。

三人をつれていける先はひとつしか思いつかなかった。

夜、以前、マエストロとおとずれたアヴェルノの病院付きの霊安室《れいあんしつ》につづく門の扉《とびら》をたたいていた。

門番はぼくを覚えていて、中庭にとおしてくれた。チェーザレのごく最近の暴虐《ぼうぎゃく》をきいていて、ぼくをいれてくれたにちがいない。

ベネディクト修道院長がやってきたのはしばらくしてからだった。「なんの用があって今夜、ここへきたのだ？」

「修道院長、ぼくたちを助けてほしいんです」

修道院長がロッサナ、エリザベッタ、パオロをみる。それから視線はロッサナにもどり、そこに留まった。

「何か悪いことが起こったようだな。どこの子どもたちだ？」

「ペレラのデロルテ一家です。両親と、幼い弟は卑劣《ひれつ》なやり方で殺されました」

ベネディクト修道院長がパオロに声をかけた。「ご両親のことは知っている。毎年、秋に収穫の一部を送ってくださっていた。寛大《かんだい》な父上と気品のある母上だった」

エリザベッタが両親の話をきいて唇《くちびる》を震《ふる》わせた。けど、ロッサナは何をいわれたかもわかってないみたいだった。修道院長がロッサナをみて顔をくもらせた。

「この子に何があったのだ？」

だれも何もいわなかった。それからぼくはいった。「チェーザレの兵士たちがやってきて、ペレラの砦《とりで》を襲《おそ》ったのです。夫人と娘《むすめ》たちは礼拝堂にこもりましたが、聖域は役に立ちませんでした」

「それで今度はここにきたのか？」

「修道院長。ほかにどこにもいくところがなかったんです」

修道院長が何かいう前におもての門を激しく叩《たた》く音がきこえてきた。

「ここをあけろ！　チェーザレ・ボルジアの使いでやってきた！　チェーザレ・ボルジアの名において命令する。この門をあけるのだ！」

26

パオロが父親の剣《けん》をぬいた。

「やっとあの殺人鬼《さつじんき》どもと対決できる！」パオロが声をあげた。

「静かに！」ベネディクト修道院長が鋭《するど》い声でいった。「その剣《けん》をしまうのだ。ここは神の慈悲《じひ》をたまわる場だ」

「家族をあんな目にあわせたやつらに復讐《ふくしゅう》する！」

「その場で殺され、おまえの復讐《ふくしゅう》など何にもならない」

「死ぬ前にひとりぐらい殺してみせます！」

「おまえの妹たちはどうなる？」ベネディクト修道院長が問いつめる。「どんな目にあわされると思うのだ？　ここの僧侶《そうりょ》たちはどうなる？　われわれの世話する患者《かんじゃ》たちは？　あの兵士たちがおまえたちがここにいるのをみつければ、この病院内にいる者を皆殺《みなごろ》しにするだろう」

修道院長は門番にくるよう合図した。早口で兵士たちをなかにいれるのをなるべく遅《おく》らせるようにいう。それから今夜この門をくぐった者はいない、というように指示した。「あの兵士たちはボルジアの記章をみせて、あれこれきいてくるかもしれんが、答えてはならんぞ」

門番の目はおびえた馬みたいに落ち着かない。

修道院長は片手を門番の肩《かた》にのせた。「エルコレ、おまえは正しいことをするのだ。この私、ベネディクト修道院長が、おまえにこの嘘《うそ》をつくようにいっている。外の男たちはこの子どもたちに危害を加えようとしている……すでに卑劣《ひれつ》な行いをしたというのにだ」修道院長の声がやわらいだ。「ここにくる前の生活を覚えているか？　そうした虐待《ぎゃくたい》がどんなにおぞましいものか、おまえは知っているはずだ。それをくり返させるわけにはいかない。この子どもたちを助けるのを手伝うのだ。立派な行いをする機会はだれにでも与《あた》えられているわけではない。だが今、そうするようおまえは神に選ばれたのだ」

ベネディクト修道院長の言葉に、門番は落ち着きをとりもどしたみたいだった。修道院長が門番の目をみつめる。それから片手をあげ、親指で門番のひたいに十字を描《か》いた。「汝《なんじ》の罪は赦《ゆる》された」修道院長が静かな声でいった。「エルコレ、われわれはみないつか死ななければならない。もしこれがそのときだとしたら、おまえは殉教者《じゅんきょうしゃ》（信仰《しんこう》のために命を落とした人〉の清廉《せいれん》な魂《たましい》をもって主の前に立つことになる」

エルコレの顔をみると、何か不思議な感情に満たされているのがわかった。エルコレは頭をたれた。

ぼくはエルコレが門に小走りでむかっていくのをみつめた。命をかけてまでぼくたちを救おうとしてくれるんだろうか。エルコレの信じるものによれば、そうすることは天国への通行許可証になるものらしかった。

《人がその友のために命を捨てるという、これよりも大きな愛はだれももっていません――ヨハネによる福音書、十五章十三節》

この神の言葉を信じる心だけで、目の前に迫《せま》る危険をのりこえられるんだろうか。カトリック教会にはもうひとつのやり方のほうが効果的なんじゃないか――教会から破門され、地獄《じごく》の業火《ごうか》で永劫《えいごう》に焼かれる、って脅《おど》すやり方だ。ボルジアの恐《おそ》ろしさの上をいく恐怖《きょうふ》を頭に植えつける。

パオロも似たようなことを考えてたにちがいない。「ひと言でも変なことをいったら、ぼくに喉《のど》を掻《か》き切《き》られるっていえばいいのに」

「そんなことはしない」修道院長がいった。「エルコレはこの病院の真の友人だ。何年も前に残酷《ざんこく》な主人に虐待《ぎゃくたい》されているところを私が救った。エルコレはそのときほんの子どもにすぎなかった。私がいったとおりにしてくれるだろう」

「兵士をみたとたん、ぼくたちをさしだすに決まってる」パオロがいい張った。

「私はエルコレを信じている」修道院長がぼくたちにほほえんだ。「エルコレの心には愛がある。そしてその力はとても強い」

こんな状況《じょうきょう》でほほえむことができるなんて。ボルジアの手から逃《のが》れてきた者たちをかくまったことがわかったら、修道院長も惨殺《ざんさつ》されるっていうのに。扉《とびら》を叩《たた》く音がさらに激しくなった。外にいる男たちは斧《おの》か槍《やり》で木の扉《とびら》を叩《たた》いてるみたいだ。

「ちょっと待て！　今いく！　今いく！」エルコレがそう叫《さけ》ぶ声がしたけど、歩く速さはゆっくりのままだった。

「殺すって脅《おど》されて、しゃべってしまうに決まってる」パオロが絶望した顔でいった。「恐《きょう》怖《ふ》は人を思うがままにするんだ」

「愛の力のほうが強い」ベネディクト修道院長がいった。「だが今は、そんなことを議論しているゆとりはない。おまえたちみんなを隠《かく》せる場所をみつけなければならない。ついてくるのだ」修道院長はパオロの腕《うで》を荒《あら》っぽくつかんでその場から引っ張っていった。「剣《けん》をおさめるのだ。やつらを許せないというのなら、今は復讐《ふくしゅう》のときではないといっておく」

ぼくたちは修道院長のあとについて病院にはいった。「病院のなかをくまなくさがしまわるだろう。戸棚《とだな》や物置のなかもだめだ。患者《かんじゃ》のふりをさせようかと思ったが、四人もいるとなるとむずかしい。それに」修道院長がロッサナをちらっとみた。「やつらが近づいてきて調べられるのには耐《た》えられないだろう」

「礼拝堂は？」パオロがいった。「礼拝堂がいい。聖域の神聖な掟《おきて》があれば、やつらも聖域を侵《おか》したりしない」

「ペレラで聖域は守られなかった」エリザベッタがパオロに思い出させるようにいった。

「結局、お母さまに死を選ばせることになって、わたしたちは陵辱《りょうじょく》されたわ」

修道院長がエリザベッタにすばやく視線を投げ、それからぼくをみた。

「本当です」ぼくはエリザベッタのいったことを認めた。「もっとも野蛮《やばん》な行いが聖櫃《せいひつ》（カトリック教会で、ミサで使う〈聖体〉と呼ばれるパンをおさめた箱状の容器）の前でなされました」

修道院長が大きく息を吸いこんだ。「どこの傭兵《ようへい》がそんなことを？　ほんの子どもにそんなおぞましいことをするとは、見下げはてた連中だ」

「だから戦いたいんです」パオロがいった。「ぼくをいかせてくれてたらひとりぐらいは殺してみせたのに」

「では、どこにも安全な隠《かく》れ場所はないのですか？」エリザベッタの声は震《ふる》えていた。

「落ち着くのだ」修道院長がいった。「今夜われわれが生きるにしろ死ぬにしろ、神は別の方法を考えておられるようだ」

修道院長は壁《かべ》の松明《たいまつ》を手にとり、ぼくたちを霊安室《れいあんしつ》につれていった。地下には修道院長と尼僧《にそう》たちの手で埋葬《まいそう》の準備がととのった遺体が安置されている。マエストロが解剖《かいぼう》をおこなうのに与《あた》えられた小部屋《こべや》の先だった。廊下《ろうか》のつきあたりに、下におりていく階段があった。その先の通路が扉《とびら》につづいている。扉《とびら》には鉄のかんぬきがかけられていた。

「手を貸してくれ」修道院長がいった。

修道院長とパオロが鉄のかんぬきをつかんで、横にずらした。ぼくたちはなかにはいった。松明《たいまつ》の光が、窓のない部屋《へや》のなかの壁《かべ》やアーチ形の低い天井《てんじょう》にぼくたちの影《かげ》を大きく映しだす。ここには十ほどの死体がいくつかの台の上に並べられていた。屍衣《しい》につつまれた死体からは強いアンモニアの臭《にお》いがしている。

「ここはいったいなんなのです？」エリザベッタはおびえていた。

「ここも霊安室《れいあんしつ》だ」修道院長がためらった。「もうひとつの部屋《へや》にはいりきらなかった遺体がここに置かれている」

「でも、どうしてここの死者たちはかんぬきをかけた扉《とびら》の先に置かれているのですか？」

「それには理由がある」修道院長がいいよどんだ。「ここの死者たちは特別で、いま埋葬《まいそう》する許可がおりるのを待っているところなのだ」修道院長はパオロも質問しようとするのをみて、急いでつづけた。

「ひとりずつ、屍衣《しい》の下に隠《かく》れるのだ。横向きに、遺体に体を寄せるようにしてな。遺体の足のほうに頭をむけるといい。おまえたちをここに隠《かく》したら、私はここを離《はな》れ、扉《とびら》にかんぬきをかけていく。追っ手はこの扉《とびら》もあけろというだろうし、なかにもはいってくるかもしれん。だがなんとか説得してみよう。もし連中がはいってきたら、なるべくじっとしているように。少しでも物音をたてれば、われわれはおしまいだ」

ロッサナがぶるっと体を震《ふる》わせた。エリザベッタにもたれるように身を寄せる。

「だいじょうぶ、できるはずだ」ベネディクト修道院長がはげますようにいった。エリザベッタの顔を正面からみすえる。「気をたしかにもつよういってくれ。聖母に守ってくださいと祈《いの》るのだ」

ぼくが先にやるしかなかった。でなきゃ、だれも修道院長のいうとおりにしそうにない。パオロはまだ怒《いか》りがおさまらずかっかしてるし、エリザベッタとロッサナは恐怖《きょうふ》と嫌悪《けんお》で今にも気を失いそうだ。ぼくは遠くの壁《かべ》のそばに横たわる死体から屍衣《しい》をひきはがした。船頭の服を着た老人だ。「エリザベッタ。ロッサナにどうやったらいいか見本をみせてあげて。目を閉じて。ぼくが手伝うから」

エリザベッタがぼくをじっとみつめる。

「お願いだ」ぼくはささやいた。「時間がない」

エリザベッタがぎゅっと目をつぶった。ぼくはエリザベッタを両腕《りょううで》でかかえあげると老人の死体のとなりにおろした。エリザベッタはかすかに声をあげたけど、それから唇《くちびる》を噛《か》んだ。「横向きになるんだ。顔を死体の足のほうにむけて、死体に体を合わせるように。きみは細いからこれをかければ外からはわからない」

エリザベッタはぼくのいうとおりにした。体を動かしながら、目をあけ、ぼくをみつめた。ぼくを信じきってる目だ。ぼくはエリザベッタにキスしてやりたくなった。男と女がするキスじゃなくて、勇敢《ゆうかん》に正しいことをしてみせた妹に、兄がほめてやろうとするときのキスを。

ぼくはエリザベッタを屍衣《しい》でおおい隠《かく》した。「ベネディクト修道院長のいうとおりだ」ぼくはいった。「エリザベッタがあのなかにいるなんてぜんぜんわからない。これなら、この場をしのげるかもしれない」

それ以上いわなくてもパオロが動いてくれた。パオロがそのとなりにある死体の屍衣《しい》をめくりあげ、ロッサナをそこに横たわっている死体のとなりにあがらせた。ロッサナはひと言もいわずそこに横になり、おおいをかけられた。

「ここに子どもの死体がある。部屋《へや》の隅《すみ》だ」修道院長がパオロに小さな死体が横たわってるところを示してみせた。「この子どものかたわらに横になるといい。これならそうかさばらずにすむ」修道院長がパオロに手を貸し、それからぼくの元へやってきた。

ぼくはすでに目星をつけてあった台の上にあがった。死体が男なのか、女なのか、子どもなのかはみなかった。

「これでよし」ベネディクト修道院長がぼくの屍衣《しい》を直す。「私は上の霊安室《れいあんしつ》にもどって何かしているふりをしなければ。兵士たちが病院にはいってきたとき、私は仕事で忙《いそが》しいところを邪魔《じゃま》されたというふりをする。じっとしているのだぞ。私がひとりでもどってきて、動いてもだいじょうぶだというまでな」

修道院長のサンダルの音が、急ぎ足で遠ざかっていくのがきこえ、扉《とびら》が重そうにしまる音とささやき声がつづいた。「なんとかこらえるのだ。神の思《おぼ》し召《め》しのあらんことを」

重い鉄のかんぬきが差され、扉《とびら》が封鎖《ふうさ》される。

静寂《せいじゃく》と暗闇《くらやみ》につつまれた。

ぼくたちはとじこめられた。


部屋《へや》のなかはまっ暗だった。死体の足が顔のすぐ近くにあるのはわかってたけど、暗闇《くらやみ》のなかでは何もみえなかった。

そのまま何分か待つうちに、遠くで騒々《そうぞう》しい物音がきこえ、やがて声がだんだん大きくなり、ブーツの足音が石の通路をやってきた。

「マッテオ、わたし、こわい」エリザベッタのうめくようなささやき声がきこえた。

そのときは気づかなかったけど、エリザベッタがぼくを呼ぶ声は、まるで兄を呼ぶみたいだった。

「だいじょうぶ」なんとか落ち着いた声をだそうとした。

「体がぶるぶる震《ふる》えるの。きっときこえちゃう。みんな巻きぞえになっちゃう」

エリザベッタが恐怖《きょうふ》のあまりパニックになりかけてるのが声でわかった。

「だいじょうぶ、そんなことにはならない」ぼくはいい切った。「修道院長がいったことを思い出すんだ。聖母様に祈《いの》るんだ。〈ロザリオの祈《いの》り〉をささげて」

「むりよ。頭がはたらかないの。お祈《いの》りの言葉も思い出せない」

ぼく自身、不安でどうしようもなくなってるときに、どうやってエリザベッタを落ち着かせられるっていうんだろう。頭のなかをいろんな思いが駆《か》けめぐっている。フェレットを送りこまれ、巣穴から散り散りに逃《に》げだしていくウサギみたいだ。いざ身を守ろうというときになったら、ぼくとパオロにどんな武器がある？　ぼくとそう変わらない年の少年に剣《けん》が一本と、短剣《たんけん》だけだ。どちらも接近戦でしか使えない。けど、もしここでみつかったら、やつらはわざわざ戦ったりしない。入り口でわらを燃やしてぼくたちをあぶりだすか、飢《う》え死にするのを待つかだ。ぼくたちには行き場がない。

扉《とびら》のむこうから、修道院長の声と、それから問《と》い詰《つ》めるような男の声がきこえてきた。

「何か別のことを考えて」ぼくはエリザベッタにいった。

「むりよ」

「そんなことない」ぼくは必死で、エリザベッタの気持ちを今起こってることからそらせそうな、楽しいことを考えようとした。「覚えてる？　ペレラの川の下流にベリーの茂《しげ》みがあって、そこにみんなで今年《ことし》最後のベリーを摘《つ》みにいった。きみとロッサナは縫《ぬ》い物をしなくちゃならなくて、パオロとぼくは真鍮《しんちゅう》の馬具を磨《みが》いて、新しい鞍《くら》に蜜蠟《みつろう》をすりこんでおくようにいわれてた。けど、あの日の午後はとても暑くて、大人たちが昼寝《ひるね》して休んでるあいだに、砦《とりで》をぬけだして川べりに出かけていっただろ？　覚えてる？」

「覚えてる、と思う」エリザベッタがささやいた。

「秋だったけど、夏の気配が残っててあたたかかった」ぼくはつづけた。「ぼくたちはそっと馬小屋の前の囲い地を横切って、砦《とりで》を離《はな》れて、草原に出ていった。覚えてる？」

「ええ」エリザベッタがささやいた。

「そして、ベリーがたくさんなってる場所をきみが教えてくれたんだ。きみとロッサナのエプロンからあふれるほどベリーを摘《つ》んだ。それからぼくたちはそれをみんな食べちゃわなくちゃならなかった。ベリーをもって帰ったら、いいつけられた仕事をサボってベリー摘《つ》みにいったのがばれるから。みんな口が赤く染まっちゃって、川の水につけた布きれで、顔をふきあっただろ？」

「覚えてるわ」

「あのときのことを考えるんだ。そのことだけ。ほかのことは何も考えないで」

かんぬきが大きな音をたてて引きぬかれた。修道院長は、ぼくたちに静かにしろと合図するようにわざとぐずぐずしてみせている。

ぼくとエリザベッタの話をパオロとロッサナもきいていてくれたらいいと思った。とくにパオロは、父親の剣《けん》を手に飛びだすんじゃないかと心配だった。あの日ペレラですごしたときの思い出がみんなの頭のなかで広がって、じっとしていてくれますように。

ぼくの頭のなかでも、燃えるように赤いベリーに囲まれたロッサナのことが思い浮《う》かんだ。頭にかぶっていた布がとれ、たらした髪《かみ》がキイチゴの茂《しげ》みにからまった。髪《かみ》をはずそうとすると、よけいにからまって、ロッサナはぼくに助けを求めた。

あの瞬間《しゅんかん》がよみがえってきた。髪《かみ》がからまって困った自分をぼくといっしょに笑うロッサナには、どこか本人は意識してない女っぽさがあった。あんなに女の子のそばに寄ったことがなかったぼくは、ちょっとどぎまぎしていた。太陽がまぶしく輝《かがや》き、小さな谷間をあたたかく照らす。そしてぼくの指にからまるやわらかくつややかな髪《かみ》。あれは九月八日の聖母生誕祭の前日だった。

あの日の晩、ぼくはデロルテ一家に町でおこなわれる盛大なお祭りのようすを話してきかせた。ご馳走《ちそう》、通りをゆく行列、ダンスパーティもあればいろんな催《もよお》しものもあって、見物したり参加したりできる。デロルテ夫妻は砦《とりで》でもささやかな謝肉祭を催《もよお》すことにして、豚《ぶた》を一頭さばき、中庭でゲームをした。ロッサナとエリザベッタはあの地方の伝統衣装に着《き》替《が》えて地方に伝わるダンスを披露《ひろう》してくれた。いろんな物語をきいたりきかせたりして、マエストロはリュートを奏で、歌い、それから——。

霊安室《れいあんしつ》の扉《とびら》が勢いよくあけられた。

27

屍衣《しい》の下でぼくは短剣《たんけん》に手をかけた。

「ここはなんなんだ？」

ぼくは目をあけた。木綿《もめん》の屍衣《しい》のむこうに、戸口に立つ男の姿がぼんやりみえた。

男の後ろから、ベネディクト修道院長が冷ややかにいう声がきこえた。「みてのとおり。霊安室《れいあんしつ》だ」

「何か忌《い》まわしい儀式《ぎしき》でもしてるんだろう。こんなかんぬきのかかった扉《とびら》のむこうに死体を隠《かく》したりして」

「くだらない呪術《じゅじゅつ》や降霊術《こうれいじゅつ》の話のききすぎだ。ここは修道院であり、僧侶《そうりょ》たちが患者《かんじゃ》の世話をする病院でもある。この敷地内《しきちない》で忌《い》まわしい儀式《ぎしき》などおこなわれることはない」

「じゃあ、ここの死体はなんだ。なんでほかの死体と別にしてある？」

「埋葬《まいそう》するのに特別な手続きがすむのを待っている」

「特別な手続きだと？」

ブーツを履《は》いた足がずかずかなかにはいってくるのがきこえた。息が詰《つ》まる。ぼくは口をあけて息を吐《は》きだした。修道院長が咳払《せきばら》いをした。

布がこすれる音がした。男が入り口近くにあった死体の屍衣《しい》をひきはがしたにちがいない。

「この女は農民だ。貴族じゃない」男がかみついた。「農民に〈特別な手続き〉など必要ない。なんでこの死体はほかとは別にされている？　死体は死後三日以内に埋《う》めることになっている。法でそう決まってる」

「チェーザレ・ボルジア本人の命令により、遺体はここに置かれ、墓掘《はかほ》りを引き受ける者が出るまで埋葬《まいそう》されるのを待っているのだ」ベネディクト修道院長の声の調子が変わった。

「それ以上、このあわれな者たちに手を出さぬよう」修道院長が権威《けんい》のある声でいった。

「なぜだ？　何を隠《かく》している？」

「この部屋《へや》は小さい。台の下やむこうにあるものもよくみえる。この部屋《へや》には遺体しかない」

「じゃあ、こっちにきて案内しろ」

「私はこの部屋《へや》には必要なとき以外はいらない。手袋《てぶくろ》をしていて何よりだったな。さっき屍衣《しい》に触《ふ》れただろう？」

男の声にためらいがにじんだ。「どういう意味だ？　どうしてなかにはいってこない？」

「長居する場所ではないからだ」修道院長がゆっくりといった。「ここの者たちの命を奪《うば》った病を考えると、この部屋《へや》の空気はなるべく吸いたくないのでな」

「病だと？　なんだったんだ？　こいつらはなんで死んだ？」

「あわれなこの者たちは、神が人間に与《あた》えられた罰《ばつ》により命を落とした」ベネディクト修道院長は落ち着きはらった声でいった。「苦しみあがいた末、死んでいった。みなペストの犠《ぎ》牲者《せいしゃ》だ」

男は大きな悲鳴をあげ、後ろに飛びすさった。次にきこえてきた声はくぐもっていて、手で口をおおっているみたいだった。

「この町でペスト患者《かんじゃ》が出たのか？」

「残念ながら。神はわれわれにこの災厄《さいやく》をお与《あた》えになった。しかし祈《いの》ってあがなえば苦しみを受けいれることができる」

「当局に報告してないのか？」

「報告ずみだ。法に従い、判事には即刻《そっこく》通知した。だが総司令官チェーザレ・ボルジアの命により公表されないことになり、公にすることは禁じられた。進軍中に、住民たちがこの地方から逃《に》げだすのは避《さ》けたいとのお考えだ。公にすれば通りは避難民《ひなんみん》であふれかえっていたことだろう。軍をとどこおりなく進められるよう、通りをあけておきたかったのだ。われわれは、ペストで命を落とした者たちの遺体は別の場所に錠《じょう》をかけて保管しておき、夜中に町の外にこっそり埋葬《まいそう》するように指示された。ペストが発生したことはだれにも知られてはならない。この命令には従っておいたほうがいいと思うが」

「すぐその扉《とびら》を閉めろ！」

「喜んで」

扉《とびら》がきしりながらしまった。かんぬきが差し直され、足音が遠ざかっていくのがきこえた。

扉《とびら》のかんぬきがもう一度引きぬかれるまで、二時間以上あったと思う。

「うまい作戦でしたね」パオロが、修道院長に病院のなかへ案内されながらいった。「ペストで死んだことにして、連中をこわがらせて追いはらうなんて」

修道院長はぼくたちを小さな物置部屋《べや》に案内し、扉《とびら》をしめた。ぼくたちの前に立つ。

「パオロ」修道院長の声は重々しい。「あれは策略ではない。嘘《うそ》ではないのだ。おまえたちがとなりに寝《ね》た遺体はみなペストで死んだ者たちだ」

パオロが恐怖《きょうふ》に口をあける。エリザベッタはロッサナの体をつかんで、支えてやった。

「ペスト患者《かんじゃ》ですって！」エリザベッタがいった。「わたしたちはペスト患者《かんじゃ》のとなりにいたのですか！」

「あそこ以外、兵士たちの捜索《そうさく》をまぬがれそうなところはなかった。連中は病院じゅうひっくり返していった。戸棚《とだな》の中身はすっかり外にだし、煙突《えんとつ》は槍《やり》でつつきまわし、患者《かんじゃ》たちをベッドから追いだして下を調べていった。あそこに隠《かく》れたからこそ、命があるのだ……今のところはな」

パオロが両手を顔にやった。「殺されずにすんだけど、今度は別の理由で死ぬかもしれない」

「そのとおりだ」修道院長が静かにいった。「この病がどうやって感染するのかは、まだよくわかっていない。死天使がおまえたちのことを見過ごし、生き延びさせてくれるかもしれない。すでに天使が一度、おまえたちを見過ごしたように。とにかく今は急がねばならない」修道院長はぼくとパオロに小さな麻布《あさぬの》の袋《ふくろ》を手わたした。「これから先をいくのにわずかなパンしかやれないが、もっともたせてやるには台所の者を使うことになり、おまえたちがここにいることがわかってしまう。おまえたちのことを知っているのは、私とエルコレのふたりだけにしておくのが一番だ」

「これから先、ですか、修道院長？」エリザベッタがいった。「わたしたちをここに置いてはくださらないのですか？」

「今すぐここを出なければならない。町中をさがしてもおまえたちがみつからないとなれば、もう一度さがしなおすだろう。そのときは徹底的《てっていてき》にさがす。どちらにせよ、もう真夜中になる。ペスト患者《かんじゃ》たちのための墓穴を掘《ほ》ってくれる慈悲深《じひぶか》い者たちが、埋葬《まいそう》しようと遺体をひきとりにやってくる時間なのだ。できるだけ早くここを出たほうがいい」

「でも、どこにもいくところがないんです！」

「行き先を教えよう」

修道院長はしゃがんで土の床《ゆか》に指で簡単な地図を描《か》いた。「エルコレがおまえたちを病院の外に案内してくれる。トンネルを抜《ぬ》けると川に出る。エルコレと別れたら上流にむかうのだ」

「上流って」パオロがいった。「ぼくたちがきた道ですよ！」

「そう。そのほうがずっと安全だ。二キロほどいったところで道は川から離《はな》れる。だからペレラまでもときた道をもどるわけではない。山にはいるのだ。けわしい山道を一日かけて登るとメルテという高台の町に出るが、そこに女子修道院がある。そこがおまえたちの聖域となる」

「聖域？」エリザベッタが修道院長の言葉をくりかえした。「その言葉はもう信じられなくなってしまいました」

「信じるしかない」修道院長がいった。「さて、よくきくのだ。エルコレは川までしかいっしょにいけない。早くもどってきて、墓堀《はかほ》りの者たちがやってきたときに病院をいつもどおりの状態にしておかなければならないからな。それに、兵士たちがもどってくるかもしれん」ベネディクト修道院長は床《ゆか》に描《か》いた地図を指さした。「アヴェルノのむこう側にある田園地帯を知っているか？」

パオロが首を振《ふ》った。

「知ってます」ぼくはいった。

修道院長が一瞬《いっしゅん》、こちらをみた。ぼくがメッセル・ダ・ヴィンチのお供としてここにきたのを覚えてるのはまちがいなかったけど、今晩おおっぴらにそれに触《ふ》れることはなかった。

「よろしい。では、マッテオにこの女子修道院までの道筋を教えよう。地図をしっかり頭にいれるのだ。描《か》いてすぐ消してしまうからな。地図や手紙など紙に書いたものはもたないほうがいい。危険だ。よからぬ者の手にわたってしまったら、病院に危険がおよぶ。だが、いったんメルテに着けば、手紙は不要だ。あの女子修道院の院長は私の妹だ。私に送られてきてかくまってほしいといえばいい。いれてくれるはずだ」

「信じてもらえなかったら？」ぼくはきいた。

「妹は、四人の子どもがやってきて、断るようなことはしない」

「子どもじゃありません」パオロが怒《おこ》ってそういった。

「たしかに」修道院長が悲しげにいった。「おまえたちはもう子どもではなくなってしまった」

「わたしたちはいれてもらえるかもしれませんが、女子修道院は青年に近い男の子がふたりいっしょなのを理由に断るかもしれません」エリザベッタが指摘《してき》した。

「ああ、なるほど。そうか……では、われわれが子どものときにあったことを話そう。私と妹しか知らないことだから、それをきけば私のもとからやってきたとわかるだろう」修道院長は間を置いてから、つづけた。「聖母像を飾《かざ》る花輪を作るのにバラの花を摘《つ》んだのは妹だった。だが、そのせいで父親の庭師からおしおきを受けたのは私だった」

「その話をします」エリザベッタがいった。「それから、わたしたちがペスト患者《かんじゃ》の遺体のある部屋《へや》にいたことも話したほうがよくありませんか？」

「うむ、話さねばならん」修道院長がうなずいた。「その話を妹にするまではだれにも近づかないようにすること。それから服に触《ふ》れられないように。ペストがどう感染するのかはわかっていない。最初の感染者はくず拾いだった。これは重要な点かもしれん。衣服について感染が広がるという者もいるのでな。だがそのあとここに運びこまれた感染者ふたりは、品物や食料を輸送する平底荷船で働いていた者たちだった。ネズミが仲立ちをしてペストが広がるともいう。穀物のはいった袋《ふくろ》をあの小さな害獣《がいじゅう》がかじり、そこからわれわれの口にはいるというのだ。たしかなことはだれにもわからん。とにかく、妹に自分たちがペスト菌《きん》をもっているかもしれないことを伝えるように。どう対処すればいいかは妹が、神のご加護とみずからの判断で決めるだろう」

「家族に代わり、ご助力に感謝します」パオロがかしこまってお辞儀《じぎ》した。

「これ以上何もしてやれないのが残念だ」ベネディクト修道院長がため息をついた。「おまえの妹のロッサナには手当てが必要なのだが、一刻も早くここを出ないと危険だ。だがなぜこんなふうにしてまで追ってくるのだ？」

「何か貴重なもののことを話していました」エリザベッタがいった。「財宝か何かをさがしているみたいなのです」

「誤解です」パオロがいった。「うちには財宝なんてない」

「本当にそういっていたのか？」修道院長がきいた。

「はい」エリザベッタが答える。

「砦《とりで》から逃《に》げだすとき、家宝か何かをもってきたのか？」

パオロがあざけるような笑い声をあげた。「デロルテ家には宝石も、銀器も、金貨もありませんでした。父さんはずっと兵士でした。砦《とりで》の近辺でとれる農作物でぼくたち家族と召使《めしつか》いたちを養っていたんです」

「おまえをあの場で殺しておきたがった理由は簡単だ」修道院長がつづけた。「息子《むすこ》が父親の仇《かたき》をとろうとするとわかっていて、生かしておかないのが得策だと考えたのだろう。だが、どうしてそこまでしておまえたちを追っているのかがわからない。ほかにおまえたちを恐《おそ》れる理由があるか？　親戚《しんせき》で兵力をあてにできる者は？　仇《かたき》を討つのに手を貸してくれそうな者はいるのか？」

パオロは首を振《ふ》った。「母さんの兄がミラノの近くに住んでいますが、その伯父《おじ》のことはほとんど知りません。母さんとはときどき手紙をやりとりしていました。金持ちだとは思いませんし、戦力になる兵士もいないと思います」

「わからないことが多いな」修道院長はゆっくりいった。それからエリザベッタをみる。

「連中が財宝のことを話すのをきいたのだな？」

エリザベッタがうなずいた。「とても価値のある宝だと。たしかにそういっていました」

ベネディクト修道院長が顔をしかめた。みたことのある表情だった。眉間《みけん》に一本しわが走っている。修道院長と初めて会った翌日に、マエストロが見事に描《えが》きとってみせた表情。この眉《まゆ》のあいだのしわは、修道院長が何か考えにふけってることを示している。

全身に冷や汗《あせ》がにじんできた。エリザベッタとパオロが思い出さずにいてくれるといいんだけど。ふたりは、ぼくにあの悪党どもがいった言葉を教えてくれていた。

「正確には財宝ではありません」エリザベッタがいった。「パオロが財宝をもっている、とはいいませんでした。パオロが財宝をみつけだす鍵《かぎ》になるといってました」

「パオロ、心当たりはないのか？」修道院長がたずねた。「宝箱をあける鍵《かぎ》があったのではないか？」

「うちに財宝なんてありませんでした。父さんがぼくに隠《かく》していたか」

「父上から何か指示はなかったか？　メッセージか、書き置きはないか？」

パオロが首を振《ふ》った。「何度も考えてみたんです。けど、そんなものはありません」

「父上は死を覚悟《かくご》していた」修道院長が今きいたことをじっくり考え始め、ぼくはそわそわしてきた。「妻と三人の子どもを砦内《とりでない》の礼拝堂にやり、兵士たちが聖域を侵《おか》さないことを願った。あんな下劣《げれつ》な男どもには期待するだけむだだったが。そして、長男は隠《かく》すことにした。子どもといえる年ではなくなっている長男は殺されるだろうとわかっていたからだ」ベネディクト修道院長はパオロを鋭《するど》くみた。「パオロ、もし財宝があるのだとしたら父上はおまえにそのことを話していたな？」

「修道院長」パオロが答えた。「父さんは財宝のことなど何もいいませんでした。ただ母さんと弟」パオロの声が少し震《ふる》えた。「そして妹たちの面倒《めんどう》をみるように、と。それから名誉《めいよ》を大切にしろと」

修道院長はエリザベッタをみた。「もう一度、連中のいっていたことをいってみてくれ」

エリザベッタは少し考えてから答えた。「こういいました。『小僧《こぞう》をみつけるんだ。お宝につながる鍵《かぎ》をもっている』」

修道院長の眉間《みけん》のしわが深まった。「パオロの名前は出なかったのか？」

恐怖《きょうふ》で胃がしめつけられる。きっとばれる。この鋭《するど》い修道院長が気づかないはずがない。

エリザベッタが話しだした。「考えてみると――」

扉《とびら》がひらき、エルコレがはいってきた。片手にランプをもち、もう片方の手には長い金属の棒をもっている。「院長様、病院は静かになりましたし、おもての通りにも人影《ひとかげ》はありません。今のうちにここを出ないと」

修道院長はわきによけ、ぼくたちを通した。「エルコレのあとについていき、私のいったとおりにするのだ」

物置部屋《べや》を出ていくとき、修道院長がぼくの肩《かた》に触《ふ》れた。「おまえの主人に、窮地《きゅうち》に陥《おちい》っているから助けが必要だといっておいてほしいか？」

「いいえ」ぼくはそう答えた。「フィレンツェで合流するといってあって、今もそのつもりです。それに、マエストロはチェーザレ・ボルジアの元で仕事をしています。デロルテ大尉《たいい》はなぜかチェーザレの怒《いか》りを買って、家族ごと襲《おそ》われました。それなら、マエストロはこの件にはかかわらないほうがいいです。メルテの女子修道院まで三人をつれていき、それからぼくはフィレンツェにむかいます」

「そうだな、それが賢明《けんめい》だろう」修道院長はうなずいた。「だがマッテオ、どういうわけでおまえはこの一家とかかわることになったのだ？」

「去年の秋、旅の道中でお世話になったんです。ぼくは――大尉《たいい》に危険が迫《せま》ってるってきいて――危険を知らせようとやってきたんです。けど、遅《おそ》すぎました。生き残った三人といっしょにいて、手を貸すことしかできませんでした」修道院長にこの質問をされるだろうと思ってたから、答えは用意しておいた。頭のなかでくり返しておいたけど、ちょっとつっかえてしまった。けど、修道院長はぼくの話を信じたらしい。

「おまえの親切心は天国で報われるだろう」

修道院長がぼくの頭の上に手を置いた。ぼくは恥《は》ずかしくてまっ赤《か》になった。

ぼくたちが外の回廊《かいろう》に着くと、修道院長が別れの言葉を告げ、ぼくたちひとりひとりのために祈《いの》りの言葉をとなえてくれた。

「では、私は礼拝堂にいって祈《いの》りをささげるとしよう」

「剣《けん》が相手では祈《いの》りは役に立ちません」パオロがつぶやいた。

「もし私が死ぬ運命にあるのなら、礼拝堂以上にうってつけの場所はない」修道院長が落ち着いた声でいった。「妹に、私が代わりに受けたおしおきのことはもう怒《おこ》ってないと忘れずに伝えてくれ」修道院長がパオロの胸に触《ふ》れた。「おまえの胸は憎《にく》しみで満ちている。神のお言葉をいれるだけの場所を作るのだ。《『復讐《ふくしゅう》はわたしのすることである』と主はいわれた――ローマ信徒への手紙、十二章十九節》」

パオロは修道院長にきこえないところにいくまで待ってから、こうささやいた。「主のいわれるように、ぼくもこういう。この聖なる剣《けん》に、そしてデロルテ家の名誉《めいよ》にかけて誓《ちか》う。わが家族の命を奪《うば》った者に、容赦《ようしゃ》ない死を」

パオロは父親の剣《けん》をさやからぬくと、高くかかげ、刃《やいば》に口づけした。

「父と、母と、弟の血にかけて。パオロ・デロルテは復讐《ふくしゅう》する」

28

エルコレのあとについて病院のなかを通りぬけていった。患者《かんじゃ》たちが眠《ねむ》る縦長の病棟《びょうとう》につづくいくつもの出入り口の前にさしかかると、エルコレはランプにおおいをかぶせ、ぼくたちは順番にその前をさっと通りすぎた。小さな灯がアーチ形の出入り口にそれぞれともっていたけど、明かりはかすかなものだった。寝《ね》つけない患者《かんじゃ》が出入り口のほうをみても、回廊《かいろう》の暗闇《くらやみ》しかみえてないことを願った。

エルコレのあとについていくつも廊下《ろうか》をぬけ、病院のまわりに建つ、低い屋根の作業場や離《はな》れ屋までやってきた。洗濯室《せんたくしつ》もあった。物干し竿《ざお》や大きな流しがあり、床《ゆか》には排水口《はいすいこう》がいくつも口をあけている。巨大《きょだい》な桶《おけ》が石の台の上にいくつものせられ、寝具《しんぐ》や衣類が煮沸《しゃふつ》消毒できるよう、下に火をくべられるようになっていた。この桶《おけ》の一番奥《おく》に細いらせん階段があった。エルコレはランプを高くあげ、この階段をおりていった。目がまわって頭がくらくらしてきたころ、階段が終わった。そこは小さな部屋で、大きな格子戸が石の床《ゆか》にはめこまれている以外、何もなかった。エルコレはランプを下におろすと、もってきた金属の棒を両手にもった。

「何をする気だ？」パオロの手が剣《けん》にのびる。「ぼくたちを殺すためにここにつれてきたのか？」

エルコレは返事もしなかった。部屋を横切り、金属の棒の先端《せんたん》を格子戸のふちの下にねじこむ。うなり声とともに、格子戸のふたを少しだけこじあけて横に押《お》しやろうとした。

「ふたり。手伝え」エルコレはぼくとパオロをにらみつけた。

ぼくたちはエルコレに手を貸し、なんとか重いふたを回転させ片側に押《お》しやった。下では水が勢いよく流れる音がきこえる。

「はいれ」エルコレが床《ゆか》に口をあけた穴を指さしていった。「全員。はいれ」

「ここは洗濯室《せんたくしつ》の真下だ」ぼくはいった。「病院には洗濯桶《せんたくおけ》の水やたくさんの患者《かんじゃ》たちの汚《お》物《ぶつ》を始末するための大きな排水溝《はいすいこう》が必要だ」

「排水溝《はいすいこう》を歩いていくのか？」パオロがエルコレにきいた。「この下は排水溝《はいすいこう》なのか？」

「水だ。川」エルコレが答えた。

「溺《おぼ》れるかも」エリザベッタがいった。

エルコレがエリザベッタをみる目は、ぼくやパオロをみる目よりやさしげだった。エルコレが首を振《ふ》る。「溺《おぼ》れない。出口」エルコレがパオロを指さした。「おまえ、先」パオロがためらっていると、エルコレがいった。「いけ。下から助けろ」

パオロがぼくをみた。いいたいことはよくわかった。《妹たちを残していくから、こいつが変なことをしないように気をつけてくれ》

ぼくはうなずいた。パオロは床《ゆか》の格子戸までいき、ふちにすわって足をたらした。エルコレがランプをもってきて、パオロの頭の上から下を照らしだす。穴の壁《かべ》に両手両足をつっぱるようにして、パオロは暗闇《くらやみ》のなかにおりていった。

「トンネルがある」パオロがぼくたちにそう叫《さけ》んできた。「立って歩けるぐらいの幅《はば》がある。それにぬれてない。水流の上だ」

「こい」エルコレがロッサナの手をとった。驚《おどろ》いたことに、ロッサナはエルコレに穴のふちまでおとなしくつれていかれた。「すわれ」エルコレが格子戸の反対側にしゃがんで両手をさしだす。ロッサナが腰《こし》をおろす。エルコレが手首をつかむと、ロッサナは穴のふちからなかへすべりこんだ。下からパオロの声がした。「よし、つかんだ」

エリザベッタは何もいわれなくても格子戸のふちにいって腰《こし》かけた。エルコレがエリザベッタが下におりるのを手伝ってやる。

そしてぼくの番になった。

「いっしょにきてくれるんですか？」ぼくはエルコレにきいた。「案内できるように」

エルコレはうなずいた。

ロッサナとエリザベッタがやすやすとやってのけたことをぼくもしなくちゃならない。けど、足がいうことをきかなかった。床《ゆか》に口をあけた穴、底のみえない暗闇《くらやみ》にむりやり足をつっこむ。エルコレがこちらをじっとみてる。ぼくはうつむいて、おびえた顔をエルコレにみられないようにした。エルコレが両手をさしだす。なんとかエルコレのむかい側にひざまずくところまではできた。暗闇《くらやみ》がぼくを飲みこもうとしてる。手や顔にじっとり汗《あせ》がにじんできた。体が震《ふる》えだす。

「目をつぶれ」エルコレがうなるようにいった。「手をだせ」

ぼくは目をつぶった。

下からエリザベッタの声がきこえてきた。声をひそめてるけど、水音にかき消されるほどじゃない。「マッテオ、ここにはみんな立てるだけの広さがあるわ」

ぼくは目をつぶったまま両手を前にさしだした。

エルコレのたこができた指がぼくの手首をしっかりつかんでぼくを前にひっぱった。一《いっ》瞬《しゅん》、ぽっかりあいた暗闇《くらやみ》に宙ぶらりんになった。それから、エルコレは手をゆっくりおろしていった。ぼくはあわてて、両足で必死に穴の壁《かべ》を蹴《け》った。けど、エルコレがしっかりぼくの手首をつかんでいた。

「つかまえたぞ」パオロの力強い腕《うで》がぼくの体を抱《だ》きかかえ、ぼくは蹴《け》るのをやめた。パオロはぼくを安全なところに立たせると耳元に口を近づけてきた。「あいつがその気になれば、このまま格子戸をしめてぼくたちをとじこめることもできる」

ぼくは首を振《ふ》って、そんなことを考えないようにした。けど、そんなことはないって信じてもいた。エルコレはここにおりてきて、ぼくたちが逃《に》げるのを手伝ってくれる。修道院長が請《う》け合ってくれたとおりに。「だいじょうぶだよ」ぼくはパオロにいった。「ほら」

かすかな明かりがぼくたちの前で揺《ゆ》れていた。エルコレがベルトにランプをくりつけて、上から這《は》いおりてくるところだった。ランプのかすかな明かりのせいでぼくたちのまわりの闇《やみ》がいっそう深くみえる。ロッサナとエリザベッタの顔は白く浮《う》かびあがり、目は顔にあいた黒い穴みたいだった。

「こっちだ」エルコレがぼくたちのわきをすりぬけていく。「一列になれ」

ロッサナの歯がかちかち鳴っている。ぼくは歯をかみしめて同じ音をたてないようにした。

「おまえ」エルコレがぼくを指さした。「抜《ぬ》け目のないおまえ、おれの後ろにつけ。それから、おまえ」パオロを指さす。「戦いたがるおまえは最後だ。だれか追ってきたら、その立派な剣《けん》で何ができるのかみせてもらう」

パオロがたじろぐのがわかった。汚《きたな》い排水溝《はいすいこう》のトンネルで後ろから襲《おそ》いかかられるのは、パオロが望む戦い方じゃなかった。

エルコレにいわれたとおりに列になって、ぼくたちは排水溝《はいすいこう》のなかを進んでいった。

以前、ぼくが知ってた恐怖《きょうふ》は、生々しい、内臓を切り刻まれるような感覚で、暴力的に殺されるとか、血がほとばしったり、苦痛の悲鳴があがったりするたぐいのものだった。けど、ここで感じるのはじわじわしのび寄ってくる恐怖《きょうふ》だ。音もたてずにそっと近づいてくる。ぼくたちは足早に地面の下を進んでいく。ぬるぬるしたものでおおわれた壁《かべ》と、糞便《ふんべん》、その汚《よご》れ、それから病院のごみの臭《にお》いのなか、足元でバシャッという音がして、ネズミの目が赤く光った。

排水溝《はいすいこう》のトンネルは病院の敷地内《しきちない》をぬけると、町の通りの下を走った。頭の上では、人の足音、木が打ち砕《くだ》かれる音、扉《とびら》がひきはがされる音、そして金属と金属がぶつかり合う音がした。

「待て」エルコレが数分してから足を止めた。

目の前に別の格子戸があった。汚物《おぶつ》の破片が格子にこびりついている。エルコレはためらいもせず両手を格子戸にかけ、少しもちあげると戸をひねるようにして押《お》しあけた。

「そっと出ろ」エルコレに小声でいわれ、ぼくたちはすがすがしい外の世界へ出ていった。

「おい、おまえ」エルコレが汚《よご》れた指をぼくの鼻先につきつけた。「今度、おまえが最後だ。何かみえたりきこえたりしたら、フクロウの鳴きまねで知らせろ」

目の前には洗濯《せんたく》をする女の人たちが踏《ふ》みしめた小道があった。洗濯《せんたく》にやってきて、ここにシーツを広げて乾《かわ》かしたりするんだろう。

エルコレがランプを消した。「手を握《にぎ》れ」エルコレがそう指示した。「ここから先、暗いところを進んでいく」

ぼくはロッサナと手をつないだ。女の子と手をつなぐのは初めてだった。やわらかい手袋《てぶくろ》みたいだ。ロッサナの指は細くて、手は冷たかった。こんなときに好き合ってる男の子と女の子が初めて手を触《ふ》れ合うなんて最低だ。普通《ふつう》は市場とかお祭りとかでたわむれてるとか、月明かりのなか散歩してるとか、庭で腰《こし》をおろしてるときとかにひとりがもうひとりにむかって手を伸《の》ばすものだ。ロッサナは何を考えてるんだろう？　月が雲からちらっと顔をだしたとき、ロッサナの顔が涙《なみだ》にぬれているのがみえた。

川に着くと、エルコレはぼくたちが進む方角を指さした。「あっちだ。止まらずに、できるだけ速く歩け」エルコレはロッサナをみて、何かいおうとしたけど、ただうなずいただけで、ひき返していった。

29

ぼくたちは川を離《はな》れ、山に続く道へはいった。

暗いなか外を歩くのには慣れてたから、木や茂《しげ》みの影《かげ》はこわくなかった。修道院長の描《か》いてくれた地図を頭のなかで広げてみる。本能的になんとなく道がわかるところもあった。いつも耳をすませて、追っ手がきてないかたしかめる。パオロといっしょに、エリザベッタとロッサナに手を貸してやらなくちゃならないことが多くなった。ふたりがはいていたタイツは破れ、山を上へ上へと這《は》いあがっていくにつれ、ぼくたちの手は切り傷だらけになった。

一時間くらいして、パオロが休憩《きゅうけい》しようといいだした。

「妹たちは疲《つか》れきってる」

ぼくは仕方なく同意した。「じゃあ、数分だけ」

ぼくたちは立ったまま、木に寄りかかってパンを少し食べた。ぼくはみんなをすわらせなかった。一度すわったら、二度と立ちあがれなくなってしまうんじゃないかと心配だった。

山の上のほうの雪には足跡《あしあと》がなかった。ぼくたちの足跡《あしあと》が残っていくのはわかってたけど、どうしようもない。夜が明け、寒く美しい朝がきた。ぼくたちが山のふもとをみおろすと、消えていく夜明けの霧《きり》のなかから町と川があらわれた。

「急ごう」ぼくはせっぱつまった声でいった。「太陽が昇《のぼ》ったとき、谷底からみえるとまずい」

山の壮大《そうだい》な頂《いただき》が、雪のマントをかぶって目の前にそびえていた。小さな森をぬけると、あとは木も生えていなかった。雪も深い。もう一度だけちらっと下をみてみた。小さな点が川のあたりを動きまわってる。平底荷船の船頭たちが荷物を積みこむ準備をしてるんだろうか？　それともぼくたちの追っ手が集まって山狩《やまが》りをするところだろうか。

ぼくたちは歩きつづけた。雪が深くなるにつれて進むのも遅《おそ》くなった。町もはっきりはみえなくなり、修道院病院の輪郭《りんかく》と教会の鐘楼《しょうろう》ぐらいしかわからなくなった。

「こちらから相手がみえないなら、むこうからもみえないはずよ」エリザベッタがあえぎながらいった。

ぼくは何もいわなかった。ぼくは雪のなかで狩《か》りをしたことがある。白い雪のなかで黒っぽいウサギが走っていれば、二キロかそれ以上離《はな》れたところからでもわかる。

エリザベッタとロッサナは、ときには腰《こし》まで雪に埋《う》もれもがきながら進んでいる。休憩《きゅうけい》をいれずにこれ以上進むのはむりかなと思い始めたとき、パオロがぼくも思っていたことを口にした。「マッテオ、この道で本当にメルテに着くのか？」

ぼくたちは足を止めた。ベネディクト修道院長にいわれた道順に従ってきたつもりだけど、たしかなことはわからない。正直にいうしかない。

「そう思う」ぼくはいった。「ただ、今ごろはもう頂上のむこうにつづく道がみえてもいいはずなんだ」

ぼくたちは上をみあげた。山の背には、それらしいくぼみもひだもみえない。

「でも、最近の雪のせいで埋《う》もれてるのかもしれないわ」エリザベッタが指摘《してき》した。「山道が冬のあいだ閉ざされてしまうのはよくあることだから」

じゃあ、ぼくたちの逃《に》げ道もふさがれてしまってるってことだ。

きた道を引き返すことはできない。それに、今から別の方角にむかう体力は残ってない。

「あの山の背をくだったところに黒っぽい点がみえる」ぼくはいった。「ここから一キロも離《はな》れてない。ほら穴みたいだ。あそこに避難《ひなん》して、どうするか考えよう」

そのほら穴まであと百メートルぐらいというときだった。ビシッとひびがはいるような音が響《ひび》いた。あたりの空気が割れたみたいだった。

エリザベッタが悲鳴をあげ、後ろを振《ふ》り返る。

パオロもぎこちなく振《ふ》り返った。剣《けん》をさやからぬこうとしたけど雪に囲まれて思うように動けない。

ロッサナは顔をあげ、上をみあげた。ぼくはロッサナの視線を追い、音は後ろからじゃなくて前からきこえてきたのがわかった。

山の頂上の雪の塊《かたまり》が揺《ゆ》れてるのがみえた。

「なだれだ！」ぼくはみんなにきこえるよう叫《さけ》んだ。「なだれだ！」

30

ぼくはロッサナの手をつかみ、ほら穴の入り口に引っぱりこんだ。

スカートに足をもつれさせながら、エリザベッタがあとにつづく。雪がなだれてくる先にパオロはとり残されている。

息がつまりそうで、目もあけていられないような烈風《れっぷう》が山を駆《か》けぬけていく。ぼくは振《ふ》り返るとほら穴から飛びだし、パオロにおおいかぶさった。なだれにつかまり、体を打たれ、流されていくときもパオロを放さなかった。そのまま木にぶつかり、ぼくたちは離《はな》ればなれになった。

それから何時間も意識がなかった。

エリザベッタとロッサナが下までおりてきて、なんとかぼくたちをほら穴まで運んでくれた。パオロは腕《うで》を骨折し、ぼくはあざだらけで全身の感覚がなかったけど、ふたりとも無事だった。エリザベッタがペチコートを引き裂《さ》いた布でパオロの腕《うで》を固定し、ぼくたちはくっつきあって残っていた食料を食べた。けど、ロッサナだけは何も口にしなかった。

夕暮れが近く、日が落ちるとまた雪がふり始めた。パオロがいった。「デロルテ家は神に呪《のろ》われてるんだ」

「ううん、神さまはわたしたちを助けるためになだれを起こしてくださったのかもしれない」エリザベッタがいった。「川からここまでのわたしたちの足跡《あしあと》を消してくれたし、山のむこうへつづく道をきれいにしてくれた。外に出ていたとき、むこう側につづく道がみえたの。まだ雪がふってるうちに急いでいかなくちゃ。わたしたちの道筋の最後の部分も雪が隠《かく》してくれるわ」

ぼくはエリザベッタが兄にそういうのをみていた。エリザベッタは変わった。ロッサナが口もきけなくなってしまってから、強くものをいうのはエリザベッタになっていた。

ぼくたちがまた歩き始めると、エリザベッタがきいてきた。「どうしてわたしたちをアヴエルノにつれていったの？」

「あそこに病院があるって知ってたから」

「あの修道院長がわたしたちをかくまってくれるってどうしてわかったの？」

「〈キリスト慈悲《じひ》の修道会〉の僧侶《そうりょ》たちが寛大《かんだい》なことはみんな知ってる。どこにもいくあてがない者でも面倒《めんどう》みてくれるって有名だ」

「あの病院の修道院長はマッテオの友だちなんじゃないの？」

ぼくは首を振《ふ》った。

「でも、修道院長はマッテオのことを知ってた」

「それはないと思う」

「いえ、そうよ」エリザベッタがいった。「名前を知ってたわ」

たしかにそうだった。思い出した。地図を描《か》いてるとき、ベネディクト修道院長はぼくの名前を口にした。

「あそこにいったことがあったんだ」ぼくは、もごもごいいわけした。「マエストロといっしょに。マエストロは死体を解剖《かいぼう》する許可をもらってて、そのお供をしたんだ。けど、そのことは話さないようにっていわれてる。マエストロのしていることを誤解する人がいるから」

エリザベッタがうなずき、ぼくは目をそらした。そのとき、エリザベッタがすごくよくいろんなものをみてるのに気づいた。ぼくは、前はそんなこと考えもしなかった。自分より活発な双子《ふたご》の姉の横でおとなしくしてるのに満足しているみたいだったからだ。けど今、かつての明るい星が輝《かがや》きを失い始め、エリザベッタが輝《かがや》き始めた。エリザベッタが頭を働かせて、ベネディクト修道院長がエリザベッタとパオロに財宝のことをきいたときの話を考え始めるのも時間の問題かもしれない。どうして自分たちが追われてるのか。兵士たちが情報を集めてるのは〈小僧《こぞう》〉についてで、パオロの名前は出なかった。そのことを思い出してしまうかもしれない。そのとき、もうひとり、あいまいな理由でデロルテ一家を訪れていた少年がいたことを思い出すだろうか。名字のない、身の上話も穴だらけの少年こそ、兵士たちがさがしている〈小僧《こぞう》〉で、自分たちの兄じゃないって。

エリザベッタ、ロッサナ、パオロが気がつくのはいつだろう。自分たちの両親と弟を殺したのはボルジアの兵士たちじゃなく、ぼくをさがしに送られたサンディーノの下劣《げれつ》な手下どもだって。

このぼく、マッテオがデロルテ家に破滅《はめつ》を招いたんだ、って。

31

夜のお告げの祈《いの》りの時刻を知らせる鐘《かね》が鳴り響《ひび》くなか、ようやくメルテの村に着いた。ベネディクト修道院長の妹の女子修道院はすぐわかった。山道のわき、切り立った山壁《やまかべ》に寄りそうように建つ小さな建物だった。修道院の壁《かべ》は高く、足がかりもなく、ひとつだけある入り口の上に小さな灯がともっている。その明かりが表札を照らしだし、ここが聖クリストフォロス女子修道院だとわかった。

「聖クリストフォロス」エリザベッタが顔をしかめた。「旅人の守護聖人だわ。今回はそのお慈悲《じひ》をいただけるといいけど」エリザベッタが前を歩く。

「用心しなくちゃ」ぼくはいった。

「ぼくがいく」パオロがいった。「こわくなんてないからな」

「用心するってことはこわがってるってことじゃないわ」エリザベッタが兄をいさめた。

「わたしがいったほうが警戒《けいかい》されずにすむと思う」

「男が扉《とびら》をあけるよういったほうがきいてもらえるものだろ」パオロは妹にいさめられて驚《おどろ》いている。

「相手は女子修道院の尼僧《にそう》よ」エリザベッタが説明した。「尼僧《にそう》たちが会う男の人といったら、ミサをとりおこなう地元の神父か、祝祭の日にたずねてくる男の親戚《しんせき》ぐらいのものだわ。こんな夜に見知らぬ男が鐘《かね》を鳴らしても、こわがられていれてもらえないかもしれない。わたしがいって、門番をしている尼僧《にそう》に修道院長に会わせてもらえないかたのんでみる」

「断られるに決まってる」パオロが反論した。「おまえはほんの子どもじゃないか。帰って大人といっしょにこいっていわれるのがおちだ」

「アヴェルノのお兄さまから緊急《きんきゅう》の言づてがあるから、修道院長にふたりきりでお会いしたい、っていうわ」

パオロがぼくをちらっとみた。「エリザベッタがひとりでいくのが一番だよ」ぼくはパオロにそういってからエリザベッタのほうをみていいかけた。「修道院長はこういうようにって――」

「マッテオ、修道院長がいってたことは覚えてるわ。わたしが女だから覚えてないって思ってるんでしょうけど、ちゃんと覚えてる。こういうわ。『お兄さまは、あなたが聖母像を飾《かざ》るためにお父さまのバラを摘《つ》んで、そのおしおきをお父さまの庭師から自分が代わって受けたことを怒《おこ》っていない、とおっしゃっていました』って」

ぼくたちは後ろにさがって見送り、エリザベッタが戸口の鐘《かね》を鳴らすひもをひっぱるのをじっとみていた。しばらくしてから、戸口の格子窓が引きあけられた。

エリザベッタは扉《とびら》のむこうの相手に話しかけた。格子窓がしまり、何分かして開いた。それからすぐに扉《とびら》もあいた。そこには尼僧《にそう》が立っていたけど、外に踏《ふ》みだしてこようとはしなかった。修道院の決まりで、尼僧《にそう》たちは修道院の敷地《しきち》を区切る敷居《しきい》をまたいじゃいけないことになっている。尼僧《にそう》になると誓《ちか》ったら、生涯《しょうがい》そこにとどまり、死んだら修道院の敷地内《しきちない》に埋葬《まいそう》される。

尼僧《にそう》は体をかがめてエリザベッタと話し、エリザベッタが指さすほうに目をやった。

ぼくはパオロをこづいた。「まっすぐ立つんだ。尼僧《にそう》にぼくたちがみえるように。それからぼくたちは危害を加えるつもりなんかないってわかってもらわないと」

パオロは姿勢を正したけど、ロッサナはできなかった。パオロがけがしてないほうの手で妹を自分のほうに引き寄せた。小さな子どもを守るみたいに。

修道院長がぼくたちにくるよう合図した。ぼくたちひとりひとりをみて、それからいった。

「それで、私の兄は元気？」

「最後にお話したときはお元気でした」ぼくは返事した。「たいへんな危険をおかしてぼくたちをかくまってくれました」

「それなら、私も同じだけのことはしなくてはね」修道院長はそういってぼくたちをなかに招きいれた。

「お知らせしなくちゃならないことがあります」パオロが口を開いた。「ぼくたちはペストにかかったかもしれません」

門番の尼僧《にそう》があとずさったけど、修道院長は動じなかった。

「そんな状況《じょうきょう》で、兄があなたたちをここへ送ったのなら、よほどのことね」

修道院長は扉《とびら》を大きくあけ、ぼくたちをなかにいれてくれた。

修道院長は、ぼくたちを建物の地下の貯蔵室に案内した。この部屋は山に切りこむように作られていて、修道院のほかの建物からはかなり離《はな》れていた。

「服をすべて脱《ぬ》いで」修道院長がいった。「みんな焼いてしまわないと。それから硬《かた》いブラシでおたがいの体をよくこすって。髪《かみ》も剃《そ》ってしまって」

エリザベッタが自分の巻き毛に手をやった。

「ごめんなさいね」修道院長がエリザベッタをみた。「でも、感染を防ぐためにはそうするしかない。着替《きが》えの服がないかみてくるわ。ここではあらゆる階位の聖職者の法衣を縫《ぬ》っているの——司教や枢機卿《すうきけい》のものもね。衣類かごをさがしてみて、あなたたちが着られそうなものがないかさがしてみるから」

「ぼくたちがひどい目にあったのは、教皇庁の高官たちのせいです」パオロがいった。「その教皇庁に属する衣服を着るのはいやです」

「それなら、托鉢僧《たくはつそう》はどう？」修道院長は真面目《まじめ》な顔でいった。

そういう修道院長の顔にはほほえみが隠《かく》れていた。ぼくはそれをみて、兄と同じように勘《かん》の鋭《するど》い女の人なんだと思った。

そういうわけで、メルテに滞在中《たいざいちゅう》、パオロとぼくとエリザベッタはフランシスコ修道会の灰色の衣を身にまとっていた。そしてこの格好で、山をぬけイタリアの反対側まで旅することになった。

ロッサナは、このアッシジの聖人、フランチェスコの信奉者《しんぽうしゃ》の法衣を着ることはなかった。ぼくたちの着ていた服を脱《ぬ》がせたとき、修道院長はロッサナの体をよく調べた。それからあたたかい毛布を手にもどってきて、ロッサナの小さな体をつつんでやると、そのまま修道院の診療所《しんりょうじょ》へ抱《だ》きかかえていった。

そして二日後、その診療所《しんりょうじょ》で、ベッドの両側のぼくとパオロに見守られ、エリザベッタに手を握《にぎ》られながら、ロッサナ・デロルテは息をひきとった。

32

冬の風がまだ山を吹《ふ》きぬけていたけど、修道院の軒先《のきさき》の長いつららがとけ始めていた。修道院長がそろそろ出発したほうがいいだろうといったのはそんなときだった。

「雪がとけ始めているわ。あと一日か二日もすれば、ふもとからここまで登ってくる道も通れるようになる。ボルジアの兵士がそんなに躍起《やっき》になってあなたたちを追っているのなら、アヴェルノで待っていて、山道が通れるようになったらすぐさがしにくるつもりでいるのかもしれない」

ぼくたちはロッサナのお墓にお別れにいった。ぼくたちがここにいたことを隠《かく》すために、ロッサナの名前を刻《きざ》んでやることはできなかった。ロッサナの眠《ねむ》る場所を示す、飾《かざ》り気《け》のない木の十字架《じゅうじか》にロッサナの名前は書かれていない。ここの尼僧《にそう》たちと同じように、別の名前を与《あた》えられた。エリザベッタが選んだ名前だ。

「ペレラの砦《とりで》の寝室《しんしつ》からこの山がみえるんです」エリザベッタが修道院長にいった。「ロッサナとわたしはよく話していました。神さまのいらっしゃる天国に近いこの山には、天使が住んでいるにちがいない、って。ロッサナは今、その天使たちに迎《むか》えられました。ですから、ロッサナの十字架《じゅうじか》にはシスター・アンジェラ（アンジェラは〝天使〟の意味）という名前を刻み、天使が仲間のひとりとしてロッサナを天国に迎《むか》えてくれるようにしたいんです」

修道院長は山の羊飼いをひとり呼び寄せて、ぼくたちを案内するようとりはからってくれた。

ミラノに住む伯父《おじ》のもとにむかうパオロとエリザベッタは、ぼくにもいっしょにくるよういってくれた。

ぼくは首を振《ふ》った。「いや、フィレンツェにいって、マエストロと合流するよ」

この家族にはさんざん迷惑《めいわく》をかけた。ここで別れたほうがふたりにとって安全だと思った。

「ぼくたちは伯父《おじ》をさがす」パオロは自分たちが身にまとっている法衣をみていった。「ふたりづれの托鉢僧《たくはつそう》ならそう注意を引くこともないだろう」

「元気で」ぼくはいった。「もう二度と会うことはないと思うけど」

「会うに決まってるだろ」パオロがきっぱりといった。「何年もあとのことになるかもしれないけどな。マッテオ、ぼくたちにはやり残したことがある。ぼくがもっと強くなって、兵を集め、戦場で戦えるようになるまで、しばらく時間がかかる。けど、準備がととのったら、きみをさがしにいく。そうしてあいつらをみつけだすんだ。マッテオ、そうするって今ここで誓《ちか》ってくれ」

パオロにこういわれて、なんて答えられただろう。うんというしかなかった。

パオロがぼくの腕《うで》をつかむ。「じゃあ、それまでのあいだまわりの情勢をみておいてくれ。フィレンツェはいろんな情報がはいってくる。それに、きみは有名な人物といっしょなんだ。ぼくに代わっていろんなものに目をむけ耳をかたむけておいてくれ。メッセル・レオナルド・ダ・ヴィンチの工房宛《こうぼうあて》に手紙を書くよ」

こうして、ぼくたちは別れた。

ふたりはミラノへむかい、ぼくはフィレンツェにむかった。ふたりは悲しみと復讐《ふくしゅう》を、ぼくはさらなる罪悪感を胸に秘めて。

それから、すべての元凶《げんきょう》となったものを首にぶらさげて。


ぼくたちが着ていたものを燃やすとき、ぼくが小袋《こぶくろ》のついたベルトを離《はな》さずにいるのをみて、修道院長は聖遺物（聖人や殉教者《じゅんきょうしゃ》の遺骸《いがい》やゆかりの品などで、崇敬《すうけい》の対象となった）がはいってるのかときいてきた。

これを手放したくない説明にもってこいだと思った。聖遺物を肌身離《はだみはな》さずにもち歩く人はたくさんいる。帽子《ぼうし》やマントに守護聖人の記章をつける人もいる。ぼくはうなずいてみせた。

「ペスト菌《きん》がはいりこまないように念をいれなければならないの。マッテオ、新しい小袋《こぶくろ》を作ってあげます。それを貸して。どの聖人の骨がはいってるにしろ、アンモニウム塩できれいに洗ってしまうから」

「自分でやります」ぼくはいった。

「洗ったからといって聖遺物の効力が薄《うす》れたりするわけじゃないのよ」修道院長はぼくが渡《わた》

したがらない理由を誤解してそういった。「信仰心《しんこうしん》はものに宿るのではなく、あなたの心に宿り、魂《たましい》を導くの」

「わかります」ぼくはいった。「けど、自分でやります」

修道院長はアンモニウム塩ののった皿と水のはいった瓶《かめ》をもってきてくれた。それからぼくにひものついた革の小袋《こぶくろ》をくれた。巡礼者《じゅんれいしゃ》たちが首からさげてるようなやつだ。ぼくは修道院の庭の隅《すみ》にいって、ベルトと小袋《こぶくろ》を燃やした。それから、袋《ふくろ》のなかにはいってたものを新しい隠《かく》し場所に移した。

けどその前に、目をこらしてよくみた。これがぼくの手にはいってから、死と暴力の連鎖《れんさ》が始まった。

純金でできていて、ふちには文字が刻まれている。イタリアでもっとも力のある一家のひとつを示す紋章《もんしょう》だ。六つの玉が誇《ほこ》らしげに盾《たて》にくっついているデザインは、この世でその影響力《えいきょうりょく》を知らない者はない銀行家の一族の紋章《もんしょう》だ。イタリア各地の領主たちとバチカンの教皇庁に金を貸し、権力闘争《とうそう》と征服《せいふく》が絶《た》えることのないフランス、ドイツ、イギリス、スペインにも金を貸してやっている一族。

サンディーノがぼくに盗《ぬす》ませたもの。チェーザレ・ボルジアが大金を約束して手に入れようとしたもの。
偉大《いだい》なるメディチ家の金印だ。

第四部　筆記屋シニストロ

（フィレンツェにて、二年後——一五〇五年）

33

作業開始が金曜日の十三時に予定されてることなんか、だれも気にしてなかった。

ただ、ぼくと、錬金術師《れんきんじゅつし》のゾロアストロは別だ。

「大がかりなプロジェクトを始めるべき日じゃない」ゾロアストロは小声でぼくにいった。

ぼくたちはほかのみんなといっしょにマエストロがやってくるのを立って待ってるところだった。

今日が何曜日なのかは知っていた。金曜日だ。魚売りたちが通りに出ている。肉を食べない小斎《しょうさい》の金曜日に毎週みられる光景だ。キリスト教徒は肉食の快楽を控《ひか》え、救世主キリストの苦難をしのぶことになってる。イエス・キリストが十字架《じゅうじか》にはりつけにされたのは金曜日だった。金曜日は、キリスト教徒以外の人々にとっても呪《のろ》われた日と思われていた。

「金曜日だから？」ぼくはきいてみた。

「金曜日だからだ」ゾロアストロがぼくのいったことをくり返して答えた。「今日は金曜日だ。しかもメッセル・レオナルドは壁画《へきが》に絵の具を塗《ぬ》り始めるのは十三時からだといっている」

ぼくははっと息をのんだ。

ゾロアストロが真面目《まじめ》な顔つきでぼくにうなずいてみせる。「こんな重要作品にとりかかるべき日でも時間でもない」

「マエストロに話してみました？」ぼくはきいた。

「昨晩、話したさ。延期しましょうといったがきいてもらえなかった。作業を始めなくちゃならないという。どちらにせよ、作業員たちには金を払《はら》わなくちゃならないから、仕事にとりかからせないわけにはいかないと。それに、フィレンツェ共和国の評議員たちがしびれを切らし始めている、といわれたらしい。メッセルがこの壁画《へきが》の下絵を描《か》き終えてからずいぶん時間がたっていると文句をいってるそうだ。書記官のひとりは、もし今日色付けを始めなかったら、評議会はさらに一週間の遅《おく》れとみなし、処罰《しょばつ》するかもしれない、といったらしい」

ぼくもゾロアストロも、フィレンツェ評議会、とくに議長のピエロ・ソデリーニがこの壁《へき》画《が》のことをどう思ってるのかは知っていた。評議会はマエストロの才能を認めていないのか、マエストロにしょっちゅう文句をいったり、うるさくいってくる。マエストロがフィレンツエ共和国と契約《けいやく》を結んでから、そろそろ二年になる。

「マッテオ、メッセルがきたらおまえからもいってくれ」ゾロアストロがつづけた。「こんな時間に作業開始するなんて不運を招くと」

「マエストロはゾロアストロ様を高く買ってます」ぼくは返事した。「ゾロアストロ様がいってもだめなら、ぼくがいっても考えを変えたりしないでしょう」

「まあな。メッセルはわたしにまかせている実用的なことに関しては、私の意見を買ってくれる。金属加工や金属材についての知識、それぞれの力と特性、絵の具の準備……だがそのほかのこと、霊的《れいてき》な予兆なんてことにかけてはどうか？　何をいおうが、知性をもった者が耳をかたむける価値のない戯《ざ》れ言だと思われるだけだ。昨晩、どうか延期してほしい、嫌《いや》な予感がするといったら、メッセルは笑った。声をあげて笑ったんだぞ」ゾロアストロは太くて黒い眉《まゆ》の下からぼくをにらんだ。「人間には、はかり知れないことがある。それを笑ったりするもんじゃない」

ぼくたちは近づいて声を落として話した。ぼくたちは得体の知れないものに対する畏怖心《いふしん》で結ばれてた。ほかの作業員たちはその辺に立って、おしゃべりしている。暗黙《あんもく》の了解《りょうかい》で、ぼくもゾロアストロも、自分たちの感じてる恐怖《きょうふ》のことはだれにも話さなかった。そんなことをしたらばかにされてたと思う。ここフィレンツェのヴェッキオ宮殿《きゅうでん》の大会議室に集まり、マエストロの指示を待っているのは、ほとんどが熟練の職人だった。腕《うで》のいい職人、弟子、画家がいりまじっている。高い教育を受けていて、宗教や芸術、古典文学に精通している人もいる。そのひとりで、ひときわ才能にあふれているのがフラヴィオ・ヴォルチ——十五歳《さい》で、ぼくより二、三歳《さい》年上なだけだけど、しっかりした教育を受けてて、ラテン語もギリシア語も読める。ぼくやゾロアストロを不安にさせる直感なんて、笑って気にもしないだろう。カトリック教会の考え方に忠実なフェリペみたいな人たちなら、そんな迷信みたいなものは信じないだろうし、祈《いの》りの力が邪悪《じゃあく》なものを遠ざけてくれるって思ってる。それから、人間をこの世界の中心にすえて考える人たちも、そんな魔法《まほう》みたいな力なんか信じようとしない。

そんななかで、ぼくはこのずんぐりした小柄《こがら》な男、ゾロアストロに共感できるところがたくさんあった。ゾロアストロとはここ数年フィレンツェで暮らすうちに親しくなった。ぼくたちはふたりとも、この世界に存在する自然と超自然《ちょうしぜん》の力を信じていた。

「なるべく長くメッセルをひきとめておくんだ」ゾロアストロがいった。「なんとか十三時をすぎるまでは。できるだけのことをしてメッセルを守るんだ」

ゾロアストロは赤いひもをブドウ搾《しぼ》り器の支柱に結んでいた。マエストロ特注の色を作りだすとき、顔料の塊《かたまり》を砕《くだ》いて粉にするのに使う。この赤いひもは邪悪《じゃあく》な精霊《せいれい》を寄せつけないためのおまじないだ。これにはある伝説がもとになってる。はるか昔、まだこの世界が始まったばかりのころ、闇《やみ》と寒さのなかで暮らすのが嫌《いや》になった人間が、天国から火をとってきたっていう伝説だ。うちや仕事場に赤い色があると、邪悪《じゃあく》な精霊《せいれい》はその人間が火をおこし自分を燃やしてしまうと思って近寄らないといわれてる。

この大会議室には、ゾロアストロの道具のほかに、台と足場がサンタ・マリア・ノヴェッラ教会の工房《こうぼう》から運びこまれ、組み立てられていた。蠟《ろう》や粘土《ねんど》で作った人間や馬の模型、それに下絵もある。ほとんどはまだ木の枠《わく》にはりつけられてる。今年になって、壁面《へきめん》をととのえるために、スポンジ、松やに、漆喰《しっくい》がひととおり運びこまれ、先月は壁《かべ》の中央部の下絵が壁《かべ》に写された。フィレンツェ共和国軍の勝利に終わった、有名なアンギアーリの戦いのようすは、フィレンツェ評議会の秘書官、ニッコロ・マキャヴェッリに雇《やと》われた筆記屋と語り部が物語にし、マエストロがそのようすを描《えが》くことになっている。この物語からマエストロは戦いの主要場面、〈騎《き》兵《へい》連隊旗をめぐる戦い〉を考えだした。自由と専制的な独裁者への非服従、という理想をもつフィレンツェ共和国精神を体現するものだっていわれている。この壁画《へきが》全体の中心になるもので、下絵をみた人はみんな、これが完成したら世界中が目をみはるだろうと確信してた。

実際、最初にこれをみたときぼくは目をみはった。

絵に引きこまれてしまったのだ――馬と兵士たちがからみあい、体をねじまげ格闘《かくとう》している。馬は後ろ脚《あし》で立ちあがり、横腹は恐怖《きょうふ》に震《ふる》え、鼻孔《びこう》をふくらませてる。兵士たちの顔はゆがみ、馬のひづめが激しく地面を蹴《け》るのにあわせ、上体をねじってる。すべての動きがいっしょになって激しく渦《うず》をまいてるみたいだ。

この絵の隅《すみ》では、騎兵《きへい》が馬からひきずりおろされ、頭を割られている。馬のひづめがこの騎兵《きへい》やほかの落馬した男たちを襲《おそ》い、負傷して地面を這《は》いずりまわってる兵士を踏《ふ》みつけていく。この乱闘《らんとう》と殺戮《さつりく》のなかに描《えが》かれる男たちは、一瞬《いっしゅん》の恐怖《きょうふ》に悲鳴をあげ、口をあけて待ちかまえている死を前に歯を食いしばっている。兵士たちは、騎兵《きへい》連隊旗を奪《うば》いとろうとつかみあい切りあっている。たしかにすばらしい勝利の瞬間《しゅんかん》なのかもしれないけど、ここには人間の残虐《ざんぎゃく》さが描《えが》かれていた。目的を達成するために戦い、殺しあう姿が。

下絵の輪郭《りんかく》が大会議室の壁《かべ》に写された晩、人一倍冷静にものをみるフェリペがその前に立っていた。それからマエストロにたずねる。「ここにやってくる人々にこんなに恐《おそ》ろしい光景をみてほしいのですか？」

「フェリペ、この壁画《へきが》をみてそう考えるのか？」

沈黙《ちんもく》があった。マエストロが本心を口にしないのはみんな知っていた。それから、マエストロが戦争を嫌悪《けんお》してることも。けど、生活のためにはだれかの庇護《ひご》を受けなくちゃいけなくて、そういうパトロンたちは戦争のための器具デザインを要求してくることが多かった。マエストロは、この絵画を使って戦いのおぞましい現実を伝えようとしてるんだろうか。

「この絵をみられるのなら」とうとうマエストロがいった。「みるがいい」

この絵をみていると、頭のなかにペレラでの光景がちらつく。地面に広がった血の臭《にお》い。無残に首を切断されたデロルテ大尉《たいい》の死体。ぼくの手に、あのとき馬をつなごうと握《にぎ》った革の手綱《たづな》が汗《あせ》ですべった感触《かんしょく》がよみがえった。足元の地面には馬のひづめの跡《あと》に血がたまっている。たしかに、この壁画《へきが》はみる人を圧倒《あっとう》する。けど、人は自分の経験に重ね合わせてこの絵画を読みとるのだ。

「これはこれは、ゾロアストロ殿《どの》！」

ぼくたちは振《ふ》り返った。マエストロが知らないうちに階段をあがってきていた。

「ごきげんいかがかな？」マエストロは上機嫌《じょうきげん》でぼくたちにあいさつした。「みんなも。仕事にかかる準備はいいか？」

マエストロの工房《こうぼう》の者も職人たちもにこやかにあいさつを返す。

「マッテオ、おまえはどうだ？」

「だいじょうぶです」

「じゃあ、始めるとするか」

ゾロアストロがちらっとぼくをみた。

「外はどんよりくもっています」ぼくはすぐにいった。ゾロアストロの提案どおり、なんとかマエストロを十三時すぎまで引きとめたかった。そうすれば少しはましだろう。「明かりが足りません」

「わかっている。フィエーゾレの丘《おか》の上空に雲が集まり始めている。それに、アルノ川を通りすぎたとき、川の流れもずいぶん急だった」

「待ったほうがいいんじゃないでしょうか」ぼくはいってみた。

「いや、それはむだだ」マエストロは帽子《ぼうし》をぬぐとベンチの上に置いた。「もし嵐《あらし》がやってきているのなら、もっと暗くなる。待っても明るくはならない」

六月だから、この時間帯は明るいはずだった。けど、今日はくもっていて、それなのにひどく暑かった。暑苦しいくらいだ。

「けど、この暗さじゃ色の具合がよくみえません」

「とにかく、とりかかりたいのだ」マエストロはぶっきらぼうにそういった。

「けど――」

「マッテオ、いいかげんにしてくれ」

ぼくはあきらめ顔でゾロアストロと顔をみあわせた。

みんなが一ヶ所に集まった。この重大な瞬間《しゅんかん》のために、マエストロは絵画の中心部の真下を選んだ。フラヴィオ・ヴォルチがワインをつぎ、ぼくたちはマエストロを祝して乾杯《かんぱい》した。

外はさっきより暗くなっていた。画家たちとその弟子たちが顔をみあわせる。「もっと明かりがいるのはたしかです」ひとりが思い切ってそう口にだした。

「では、ランプとろうそくをもってくればいい」マエストロがいう。

ゾロアストロはぐっと口をひきむすんでいる。

ぼくと同じようにこう叫《さけ》びたいんだ。「やめろ！　ここまで明らかな警告が出てるときは、それに耳をかたむけるべきだ」って。けど、忠実なゾロアストロは、友人の批判にきこえるようなことをおおっぴらに口にしたりしなかった。ゾロアストロは、みんなの目の前でマエストロといい争うようなことはしない。

ぼくはさっさと部屋《へや》の片隅《かたすみ》に積んであったランプとろうそくをとりにいった。いくつかに灯をともして、あたりに並べる。それから、一番明るいランプを手にマエストロのもとにいき、並んで立った。

マエストロははけを手にとると、自分の調合どおり混ぜあわされた絵の具がはいったボウルにつけた。壁《かべ》に最初のひと塗《ぬ》りをして、それからみんなでワインをひと飲みするつもりなんだろう。はけは重苦しい灰色に染まってる。土の色、死の色だ。

「さあ」マエストロは片手にもったワインのカップと、もう片方の手にもったはけをかかげた。「この一年ほど、みんなよく働いてくれた。おかげで下絵をしあげ、この中心部の下絵を壁《かべ》に写すことができた。それでもこれから先、まだ何ヶ月もかかる。だが今はこの瞬間《しゅんかん》を楽しもうではないか」

マエストロが前に踏《ふ》みだした。

そのとき、風が強まった。川のほうから吹《ふ》いてきてるみたいだった。風がシニョリーア広場に吹《ふ》きこみ、窓の留め金をがたつかせ、踊《おど》り狂《くる》う修道者《デルヴィーシュ》（イスラム教の禁欲苦行派の修《しゅう》道僧《どうそう》で、激しい踊《おど》りや祈禱《きとう》で法悦《ほうえつ》状態にはいる）がなかにはいろうとするみたいに窓ガラスを激しく揺《ゆ》さぶるのがはっきりきこえた。

マエストロはためらった。ゾロアストロは困ったように眉《まゆ》をさげ、うつむいた。短いあごひげがつきだすような格好になった。胸の前で腕《うで》を組んだけど何もいわない。

部屋《へや》の上のほうでガチャンと音がした。木の枝かタイルが風で吹《ふ》き飛ばされ、窓ガラスにぶつかったらしい。みんなが上をみあげる。風はうなりをあげていた。夏のそよ風というより冬の強風だ。外を吹《ふ》き荒《あ》れてるのがきこえる。

それからふいに、窓の留め金がゆるんだ。いきなり大会議室に風が吹《ふ》きこんできた。ろうそくの火を守る間もない。火は今にも消えそうに揺《ゆ》れたかと思うと、みえない手にはたかれたかのように消えた。町に鐘《かね》の音が響《ひび》き始めた。

「今日はやめるべきです」ゾロアストロが小声でささやいた。

マエストロはきこえなかったふりをしている。

陰気《いんき》な警告の鐘《かね》が鳴らされ、住民に避難《ひなん》するよう告げている。おもての建物の入り口のアーチの下や、張り出しの下に人が集まってきて、あれこれ話してるのがきこえてきた。川べりでは洗濯女《せんたくおんな》たちが洗濯物《せんたくもの》を集めてるところだろう。サンタ・クローチェ教会のあたりでは、縮絨《しゅくじゅう》職人たち（毛織物の仕上げの工程で、組織を緻密《ちみつ》にし、また毛端《けはし》を絡《から》ませてフェルト状にする作業を縮絨《しゅくじゅう》という。その作業をする職人）が仕事をやめ、少年たちが染料のはいった大桶《おおおけ》におおいをかけようと駆《か》けだしてるはずだ。川べりの今にも倒《たお》れそうな小屋に住む貧しい女たちは、子どもたちを集めて避難《ひなん》しようと高台によじ登っていってるところだろう。フィレンツェの住民ならみんな、増水したときのアルノ川は母親の手からなんなく赤ん坊《ぼう》をもぎとっていくことを知ってるからだ。

風が勢いを増した。ゆるんだ窓の留め金は完全にはずれ、ガラスは外側の壁《かべ》にあたって砕《くだ》け散ってしまった。

「聖人たちよ、われらをお守りください！」フラヴィオ・ヴォルチが叫《さけ》んだ。

まるで生き物のような激しい風が、外で渦《うず》を巻き、なかに吹《ふ》きこんでくる。煙突《えんとつ》の灰を巻きあげ、扉《とびら》をこじあける。ものすごい風がうなり声をあげて大会議室を吹《ふ》きぬけていく。

下絵を留めている留め金がゆるみだした。マエストロはかん高い叫《さけ》び声をあげてそちらに駆《か》けだした。手にもっていたはけを落とし、ワインのカップも落ちた。ぼくはそれを拾いにいった。そのとき木のベンチにちょっとあたって、水のはいった水差しがベンチからすべり落ちた。ゾロアストロがそれを受けとめようと飛びだす。ゾロアストロの指先をかすめ、水差しは下に落ちて割れた。

ゾロアストロはかすかにうめいた。小声で独り言をいうのがきこえた。

水差しが割れて
水がこぼれた
水をもどせ
悪魔《あくま》がくるぞ

おばあちゃんが同じことをいうのを何度もきいたことがある。すぐしなくちゃいけないことがある。自然の慈悲《じひ》深い恵《めぐ》みを拒否《きょひ》したわけじゃない、って示さなくちゃならない。水はなかでも一番大切なものだ。水なしには生きられない。ゾロアストロとぼくは急いでそこにいって両手で水をすくいとって飲もうとした。けど、その前に見習いのひとりが布切れをみつけてふきとってしまった。

ゾロアストロはどうしようもないというふうに両手をあげた。

ぼくはがっくりひざをついた。下にこぼれた水滴《すいてき》だけでもなめられないだろうか。けど、水はみんな吸いとられたか、しみこんでしまったらしく、水滴《すいてき》もみあたらない。水滴《すいてき》を口につけて、こぼれた水もありがたいと思ってることを示せなかった。まったくのむだにならないよう、水滴《すいてき》をなめることもできなかった。ぼくは立ちあがり、そこを離《はな》れた。

マエストロは少し落ち着いたみたいだった。だれかが足場の上にあがって窓に板張りをし、別のだれかが戸口の扉《とびら》をしっかり閉めた。マエストロとフラヴィオが下絵をしっかりピンで留めなおす。

「こぼれてしまったのは水だ」マエストロがいらだたしそうにぼくたちをみた。「黄金を失ったわけではない」

「水は黄金より貴重です」ゾロアストロが低い声でいった。

「水差しが割れて水がこぼれたんです」ぼくはせっぱつまった調子でいった。「それが地面に吸いとられてしまって、一滴《いってき》もすくえませんでした」

「だからなんだというのだ？」

「私は今日《きょう》はここで仕事をするのはやめておきます」ゾロアストロが宣言した。

ゾロアストロという名前で通っているトマゾ・マズィニは小柄《こがら》で、とても変わっていた。マエストロといっしょに仕事をしている画家や見習いたちはその奇妙《きみょう》なふるまいには慣れていたから、ゾロアストロのいったことはほとんど無視した。けど、今日《きょう》はいつもとちがった。ゾロアストロをみて、ちょっとみてみろというようにだれかをこづいたりしている。

「鍛冶場《かじば》へいく。マッテオ、きて手伝ってくれ」

ぼくはそうしようとして、足を止めた。マエストロが怒《おこ》ってる。

見習いたちがひそひそささやきあっている。教育を受けた人たちでも、目の前に凶兆《きょうちょう》の証拠《しょうこ》をつきつけられれば不安になるものだ。雨がふりだしていた。どしゃぶりで、すごい音をたてながら屋根をたたいている。

けど今、めったにないことだけどマエストロは腹を立てていて、何をいってもきいてもらえそうにない。

「マッテオ、ここに残れ」マエストロが冷ややかな声でいった。「ゾロアストロ、おまえは私に雇《やと》われているわけではないのだから、好きにすればいい。だがマッテオは私のもとで働いている。私のいうとおりにせねばならん」

ゾロアストロはあわてて「私も残ります」といった。「あなたの気を変えられなかったからといって、見捨てたりはしません。ひとりで苦しませたりはしない。してしまったことはしてしまったこと。生も……死も、みなつながっている」ゾロアストロはあきらめ顔になった。「運命は定められてしまった」そして、次の言葉をいうゾロアストロの声は、不安そうに震《ふる》えていた。「われわれの運命はもう絡《から》みあっていて、この世のどんな力をもってしてもそれをほどくことはできない」

34

「マッテオ、ちょっと話がある」

それから何週間かたったときだった。出だしは順調とはいえなかったけど、壁画《へきが》の作業は進みだし、美しく色が塗《ぬ》り始められていた。ゾロアストロとぼくの心配も無用だった。少なくともそんなふうにみえた。マエストロの指示のもとで、日を追うごとに描《えが》かれた情景が命を帯びて広がっていく。馬や騎兵《きへい》が輪郭《りんかく》から浮《う》かびあがって、塗《ぬ》られた色を震《ふる》わせ、頭のなかに鼓動《こどう》がきこえてきそうだった。絵をみてると、騎兵《きへい》たちの体に汗《あせ》がにじみ、戦いのさなかのうめき声や悲鳴がきこえてくるような気がする。絵の一部には、ただよう煙《けむり》が巧《たく》みに描《えが》きだされていた。遠近感をだすのがむずかしい壁画《へきが》では、描《えが》けるものにいろいろな制約があったから、煙《けむり》を描《えが》くなんてだれもしたことがない。けどマエストロは、絵に描《えが》かれてないところで砲撃《ほうげき》があり、その煙《けむり》が壁《かべ》の下のほうをただよっているようにみせる画法を考えついた。

このじとじと湿《しめ》っぽい夏のあいだじゅう、ぼくたちは大会議室に着くとすぐに仕事にとりかかった。ぼくの仕事は同じことのくり返しが多かったけど、嫌《いや》じゃなかった。ぼくははけをもたせてもまるでだめで、単純な線に色をつけることもできなかった。もう十三歳《さい》になってたけど、ぼくは背が低くて体も細かった。だから足場をすばやくのぼりおりして、いわれるままに職人たちに必要な道具を届けた。先のとがった短い棒は画家たちが下絵の輪郭《りんかく》に沿って穴をあけていくのに使う。絹の袋《ふくろ》は下絵の線を転写するための〈粉打ち《スポルヴェロ》〉に使う。この袋《ふくろ》には色のついた粉がはいってて、袋《ふくろ》の粗《あら》い生地ごしに粉が画面にほんの少しこぼれるようになってる。ぼくは一日十回以上粉をつめ足した。暑さのなかで一日仕事をしたあとは、ほかのみんなと同じようにへとへとになってて、休みたかった。それでも、この壁画《へきが》は見飽《みあ》きない。ぼくはすっかり魅了《みりょう》されていた。暇《ひま》をみつけては絵の前に立つと、いつもおもしろい発見があった。今も、ほかのみんながほとんど片づけを終えて引きあげていったけど、ぼくは残ってマエストロが今日《きょう》しあげた部分をみつめていた。

あの兵士の名前はなんていうんだろう？　あそこで哀《あわ》れに死んでいこうとしてる。仲間も気づいてない。うちには奥《おく》さんや子どもがいるんだろうか。そもそもあの若者はどうしてここにきたんだろう？　毎日の生活に飽《あ》き飽《あ》きして？　それとも、パオロ・デロルテみたいに家族を虐殺《ぎゃくさつ》された復讐《ふくしゅう》がしたかったんだろうか。ほかの兵士たちと同じように、従軍を呼びかける演説家の言葉をきいてきたんだろう。どんな言葉が戦いの意欲をかきたてたんだろう。報酬《ほうしゅう》を期待して？　それとも崇高《すうこう》な目的を達成する手助けをしたいっていう純粋《じゅんすい》な気持ちで？　為政者《いせいしゃ》が戦争をするのにはいろんな理由がある。土地とか富を求めてっていうときもあれば、個人的な欲望や名誉欲《めいよよく》を満たすためのこともある。けど、どうしてこの兵士たちは戦うことにしたんだろう。

「マッテオ！」

ぼくは跳《と》びあがった。壁画《へきが》のなかの兵士たちの人生を想像するのに夢中になってて、マエストロが近づいてきてるのに気づかなかった。

マエストロが手をのばし、やさしくぼくの髪《かみ》をなでた。「この頭は何を考えていたのだ？」

ぼくは肩《かた》をすくめた。以前ならだれかにこんなふうにさわられたら、警戒《けいかい》して身を引いたものだ。この二年で他人といることにすっかり慣れた証拠《しょうこ》らしい。「この絵の兵士たちのことを考えてたんです。どういう人なんですか？」

「フィレンツェ共和国軍の兵士だ」

「名前はなんていうんです？」

「名前？」

「あそこの兵士です」マエストロが何かいう前にあわてて説明する。「地面に倒《たお》れてる男の人。あの人は生き延びられるんですか？」

マエストロは壁《かべ》に近づいて、倒《たお》れた兵士の体に目をこらした。「むずかしいだろうな。深手を負っている。しばらくして死ぬだろう。戦場で傷を負った大半の兵士はそうだ」

「顔にあきらめの表情が浮《う》かんでるみたいです」ぼくはいった。「生きる気力がないんだと思います」

「どうしてだ？」マエストロはからかうような表情でぼくをみた。

「帰るうちがないのかな。うん、そうなんだと思います。帰らなくても、だれも悲しむ人がいないんです」

「それは悲しい」マエストロがいった。「生きようが死のうが、気にかける者がないとは」

「その一方で」ぼくはまん中で剣《けん》をもった手を振《ふ》りあげ、敵に切りつけようとしてる男を指さした。「この人は名誉《めいよ》を求めていて、死も恐《おそ》れていません。そう、きっと死ぬことで自分の名前が語り継《つ》がれるなら、死んだほうがいいって思ってるのかも」

「そういう者もたしかにいるな」

「古代ギリシアでもっとも堂々として勇気があったアキレウスはそういう男だったといいま

す。トロイア戦争にいけば死ぬ、けどその行いは歌となり物語となって永久に語り継《つ》がれる、って予言されてました。そして、うちに残っていれば、老人になるまで生きながらえるけど、その名を知られることはない、って。アキレウスはオデュッセウスといっしょに戦争にいき、ヘレネを助けだすために戦うことにした。アキレウスは勇士ヘクトルをトロイアの城門の前で倒《たお》したけど、スカイアイ門でパリスに殺されました。そして、予言どおりアキレウスの名前は忘れられませんでした。もしかしたらあの男の人も同じことを考えてたのかも。騎兵《きへい》連隊旗を勝ちとれば、自分の名前が忘れられることはない、って」

「絵画には、みる者の数だけの解釈《かいしゃく》がある。多くの者は、絵画は流れる時間の一瞬《いっしゅん》を切りとったものだと考える」

「ぼくは、描《えが》かれた瞬間《しゅんかん》の前やあとに何があったのかに興味があります」

「なるほど、物語だな。アンギアーリの戦いを語るものがいる。実際、このフィレンツェ共和国軍がミラノ公国軍と対決した戦いを語る物語は数多くあるのだ。しかし、実際に何があったのかに関しては、語り手によってずいぶんちがう。フィレンツェ人は、敵をたたきつぶした偉大《いだい》な勝戦と考えている。だが、友人のニッコロ・マキャヴェッリは、あの戦いではひとりしか死んでいないと主張している。それも、蛇《へび》に驚《おどろ》いた馬が後ろ脚《あし》立《だ》ちになったせいで、落馬して石で頭を打って死んだ、というのだ。メッセル・マキャヴェッリは機知に富んだ男だ。これも、あの男なりの解釈《かいしゃく》なのかもしれない。

「ぼくは、この人たちがこのあとどうなったのか知りたいんです」

「マッテオ、おまえは鋭《するど》い目をもっている。だからこそ、おまえと話したいと思ったのだ。部屋に帰る前にこっちにきてくれ。ふたりだけで話したい。話しておきたいことがある」

マエストロはぼくを大会議室のまん中につれていった。

「おまえがフィレンツェにきた最初の年の秋のことだ。ふたたび私のもとで働くようになったときのことを覚えているか？」


覚えていた。

一五〇三年のことで、ほとんど夏になっていた。メルテの聖クリストフォロス女子修道院からいくつもの山を越《こ》えて、何週間も旅してやっとフィレンツェについた。レオナルド・ダ・ヴィンチは有名人だから居場所をつきとめるのにそう時間はかからなかった。マエストロは留守で、十月までフィレンツェにもどらないのがわかった。十月に、ピエロ・ソデリーニとフィレンツェ評議会に依頼《いらい》された壁画《へきが》制作を始めるために工房《こうぼう》をたちあげることになっていた。

野宿してもだいじょうぶなぐらいあたたかかったから、ぼくはアルノ川の堤防《ていぼう》で雨風をしのげそうな粗末《そまつ》な小屋を作ってそこをねぐらにした。

八月の終わりにかけて、ローマからのニュースがはいってきた。ボルジア家の教皇、アレクサンデル六世が死んだ。夕食後、ひどく具合が悪くなって、そのまま回復しなかったらしい。イタリアではかつてない暑さがつづいていて、ローマは周辺の沼地《ぬまち》に住む虫が運んでくる熱病に苦しんでいた。けど、ほとんどの人は、教皇は毒殺されたと思っていた。だれかに毒をもられたか、自分であやまって飲んでしまったか。ひどい苦しみようだったらしい。それまでにしたことを考えると、しかたないような気もする。

しばらくのあいだ、教会と教会の偉《えら》い人たちは大混乱だった。次の教皇、ピウス三世が急死してしまったからなおさらだ。けど、そのうち新しい教皇、ユリウス二世が選ばれた。自分自身も戦いの指揮をとったことのあるユリウス二世は、チェーザレ・ボルジアと張り合わずにすむよう、チェーザレを教皇軍の総司令官の座からはずし、自分が総司令官になった。ヴァレンティノ及《およ》びロマーニャ公爵《こうしゃく》というチェーザレの地位を認めず、チェーザレが征服《せいふく》したロマーニャ内の都市も教皇庁に返還《へんかん》するよう要求した。命の危険を感じたチェーザレ・ボルジアは、スペインに亡命した。こうしてボルジア家は力をなくし、ぼくはもう安全だと思った。サンディーノがメディチ家の金印を売りつけようとしてたのはチェーザレ・ボルジアだったからだ。

サンディーノにフェラーラのアルビエリ神父に会うようにといわれたとき、金印のことなんか知らなかった。そのときは、ルクレツィア・ボルジアの婚礼《こんれい》のお祝いに参列する神父のひとりが鍵《かぎ》のかかった箱のありかを知っていて、その箱にほしがってるものがはいってる、といわれただけだ。ぼくが神父をみつけ、神父はその箱のあるところにぼくをつれていくことになってた。ぼくの仕事は、その箱の錠《じょう》をあけて中身をとりだし、また錠《じょう》をかけて、だれにも箱があけられたことがわからないようにすることだった。アルビエリ神父に、箱を隠《かく》してあるフェラーラのある家につれていかれ、ぼくはなんなくその仕事をこなした。その品物がなにか教えてくれたのは神父で、肌身離《はだみはな》さずもっているようにいわれた。神父は金印をベルトについた革の小袋《こぶくろ》にいれると、ぼくの腰《こし》に巻きつけた。子どもに盗《ぬす》みをはたらかせて後ろめたかったんだろう。サンディーノと合流する前に、どうしてもぼくの罪を赦《ゆる》し、祝福の祈《いの》りをささげるといった。

おめでたい神父だ！　ぼくより自分の告解をするべきだった。このあとすぐ神のもとにいくことになってたんだから。けど、神父もぼくも、サンディーノと落ち合ったときやつに裏切られることになるとは思ってもいなかった。

サンディーノがあいさつすると、まず神父が口をひらいた。「おまえのさがしているものをもってきた。たいへんな財宝だ」

サンディーノが勝ち誇《ほこ》ってにやっと笑った。部下のひとりにむかってこういった。「これで金貨をたんまりもらえる！　チェーザレ・ボルジアはメディチ家の金印をさぞ高く買ってくれることだろう」

「ボルジアだと！」アルビエリ神父があとずさった。「おまえはメディチ家に雇《やと》われているといったではないか。だからこそ私は手を貸したのだ」

「知ってるとも」サンディーノがささやくようにいった。「本当のことをみんな話してたら、そんなお宝を手にいれられなかっただろうからな」

そういって、サンディーノはこん棒を振《ふ》りあげ、神父を殴《なぐ》り殺した。あそこで逃《に》げられなかったら、ぼくも同じ目にあってただろう。

そもそも、どうしてサンディーノがぼくたちを殺そうとしたのかがよくわからなかった。最初は、分け前をとられたくなかったのかと思ったけど、ぼくたちが口を割るかもしれないからだったんだとあとでわかってきた。メディチ家の金印の価値は、純金でできてることだけじゃないってわかったのは、しばらくたってからだ。この金印を押《お》すと、どんな文書も権《けん》威《い》のある本物の公文書になる。書類がメディチ家の手によるものだと信じてもらえる。権力を得ようとしていたチェーザレは、これを使って資金をたくわえられただろうし、文書を偽《ぎ》造《ぞう》して様々な策略をめぐらすこともできたはずだ。そうやってメディチ家をおとしいれられた。だけど今、チェーザレ・ボルジアがイタリアを去っていき、ぼくがこの金印を盗《ぬす》んでから丸一年以上たった。サンディーノだって、もうぼくを追ってこれをとりもどそうとは考えてないんじゃないか？

だから、新教皇ユリウス二世がチェーザレ・ボルジアをイタリア半島のどこへも足を踏《ふ》みいれさせないだろうときいて、ぼくは平気で人前に出るようになった。フィレンツェの市場で仕事をみつけ、わずかなお金や残飯とひきかえに配達をした。名前や住所を覚えるのは、前にもやったことがあったから、慣れたものだった。

ある日、仕事がないかと通りをうろついてたら、肩《かた》をつかまれた。フェリペだった。レオナルド・ダ・ヴィンチがフィレンツェの町にもどってきて、フェリペは新しい工房《こうぼう》の作業員たちに必要なものを注文にきていた。マエストロは、チェーザレ・ボレジアのもとを離《はな》れて元気をとりもどし、絵を描《か》くのを再開したとのことだ。フェリペは、マエストロたちが作業し寝泊《ねとま》りしているサンタ・マリア・ノヴェッラ教会にぼくをつれていった。

「また使ってくれてありがとうございます」マエストロに改めてお礼をいった。

マエストロは、ゾロアストロの作業台のわきにあった腰《こし》かけにすわった。大会議室のなかに残ってる作業員たちからは離《はな》れていて、ぼくたちの会話がきこえることはない。「マッテオ、礼をいってほしくて、おまえが私のもとにもどってきたときのことをきいたわけではないのだ。一五〇三年の秋、われわれがサンタ・マリア・ノヴェッラ教会にいたときのことを覚えているか？」

「ええ、よく覚えてます」ぼくはいった。画家の工房《こうぼう》で働く者たちの生活はとても興味深かった。工房《こうぼう》のみんなはマエストロにきた仕事の依頼《いらい》に興奮していた。この先数年は定期的な収入がみこめて、大がかりな仕事にとりかかれる可能性があるからだ。そのときゾロアストロにも会った。工房《こうぼう》に加わったゾロアストロは教会の庭に鍛冶場《かじば》を設けて、寒い冬のあいだこの大計画の準備のためにみんなといっしょに仕事をしていた。「どうして、あの秋のことなんですか？」

「あのとき、いまからもう二年前になるが、おもえも知っている絹織物商人の妻、リザ夫人が死産したからだ。ズィッタという乳母《うば》のことを思い出してくれ。リザ夫人の子どものころの乳母《うば》で、以来あの家で働いていた」

ズィッタは年配の女の人で、リザ夫人の子どもたちと、夫の前妻の子どもたちの面倒《めんどう》をみていた。ズィッタに初めて会ったのは、ふたりの小さな男の子をつれて、サンタ・マリア・ノヴェッラ教会の修道士の兄を訪ねてやってきたときだ。男の子たちは鍛冶場《かじば》でゾロアストロが仕事をするのをながめるのが大好きだった。

「その乳母《うば》なら覚えてます」

「乳母《うば》はわれわれにこういった。リザ夫人が赤ん坊《ぼう》を死産したのは、十一月一日の万聖節の日、教会にいく途中《とちゅう》で太ったヒキガエルが夫人の目の前に飛びだしてきたからだ、と。覚えているか？」

「はい、覚えてます」

「ヒキガエルがそこに居座って動かないものだから、リザ夫人はカエルをまたがなければならなかった。そのせいで、リザ夫人の腹のなかにいた赤ん坊《ぼう》は死んでしまった、といった」

ぼくはうなずいた。「リザ夫人のうちにいった晩、乳母《うば》と話をして、そういうのをききました」

「そして」マエストロがつづけた。「ヒキガエルが子宮のなかの赤ん坊《ぼう》の呼吸を止めてしまった。だから、死んでしまった赤ん坊《ぼう》が生まれた」

ぼくはうなずいた。

「マッテオ、この話を信じるか？　リザ夫人がヒキガエルをまたいだせいで胎内《たいない》にいた子どもが死んでしまった、という話を」ぼくはためらった。

「どうだ？」マエストロは重ねてきいた。

「そうじゃなさそうです」ぼくはしぶしぶいった。

「マッテオ、信じるのか信じないのか？」

「信じません、けど――」

「信じるのか、信じないのか？」

ぼくはあいまいに首を振《ふ》って、マエストロの要求してるような答え方をするのを拒《こば》んだ。

「マッテオ、論理的に考えてみろ。いいか。ヒキガエルが妊娠中《にんしんちゅう》の女の目の前にすわっていた。それがどうして腹のなかの子どもが死ぬ原因になる？」

「おばあちゃんは、古いいい伝えは真実のかけらからできてるっていってました」

「たしかにそうだ。もしかしたら、妊婦《にんぷ》がカエルやヒキガエルを食べると、母体や腹のなかの子に悪影響《あくえいきょう》があるのかもしれん。避《さ》けるべき食べ物があることはよく知られている。とりわけ女の体によくない食べ物というのもある。おまえはそれをよく知っている。グラツィアーノににせもののミントのことを教えてやり、グラツィアーノは永遠の腹痛に悩《なや》まされずにすんだのだからな。もしかしたら、ヒキガエルを食べたり、手に触《ふ》れるだけでも、何かの感《かん》染症《せんしょう》にかかり、腹のなかの赤ん坊《ぼう》によくない影響《えいきょう》があるのかもしれない。そしてそれがこの話のもとになっているのかもしれん」

「だったら、マエストロは自分のいったことと反対のことをいってるじゃないですか！」

マエストロは両眉《りょうまゆ》をあげてみせた。「そうか？」

「そうです。だって、たった今マエストロは、ヒキガエルがそういう不幸の原因になりうることは否定できない、っていったんですよ」

「まったく手に負えない困ったやつだな！」マエストロが声をあげた。

ぼくは不安になってマエストロをみたけど、マエストロは声をあげて笑っていた。

「ですから」ぼくはつづけた。「妊娠《にんしん》してる女の人はそういうものは全部避《さ》けたほうが安全なんです。だから、乳母《うば》のいったことには本当のこともはいってるんです」

「マッテオ、いいか」マエストロは両手でぼくの顔をつつんだ。「何か原因があって赤ん坊《ぼう》は死んでしまった。だがその原因があったほうが都合がいい。そうすればだれも責められることはない。子どもを作った父親でもなければ、妊娠《にんしん》していた母親でもない。食事を作っていた召使《めしつか》いでもないし、母親の面倒《めんどう》をみていた乳母《うば》でもない。母親についた産婆《さんば》のせいでもなければ、呼び寄せられた医師のせいでもない。だれもとがめを受けずにすんだ。なぜならそれはヒキガエルのせいだったからだ。便利な話だと思わないか？」

「わかります」

「だが、ヒキガエルのせいにしてしまうと」マエストロはつづけた。「本当の原因をさがさなくなってしまう」

マエストロはそこで間を置いた。

ぼくは何もいわなかった。

「マッテオ、これはどういうことだと思う？」

「わかりません」

「手を貸そう。同じことがまた起こる。どこかでまた死産がある。またひとり、母親がこの悲しみを味わうことになる。ヒキガエルがいようといまいとな。だが、心配ない。なぜならヒキガエルがいなくても、この悲劇をもたらしたほかの原因があげられることになるからだ。こうして……」マエストロはぼくを期待するような目でみた。

「同じことがくり返される」ぼくはゆっくりいった。「そして本当の原因はわからないままになる」

「もし本当の原因がわかれば？」マエストロはたたみかけてたずねた。

「また同じことが起こるのを防げるかもしれません」

「マッテオ、それが論理的思考だ」マエストロが深くうなずいてぼくをみた。「では次にこれについて考えてみるのだ」そういって何かをみるように合図した。マエストロがすることにはいくつもの目的があることが多い。ゾロアストロの作業台にぼくをつれてきたのも偶然《ぐうぜん》じゃなかった。マエストロはブドウ搾《しぼ》り器のあちこちからたれさがっている赤いひもにさわった。「これはなんだ？　ヒキガエルを寄せつけないようにするためか？」

ぼくは赤くなった。

「論理的に筋のとおったことか？　どうしてゾロアストロは赤いひもなんかをここにぶらさげていると思う？」

「古いいい伝えです。ぼくたちの先祖の先祖から伝わったものです。とても効果のあるしるしなんです」

「しるし？」

「はい」

「何のしるしだ？」

「火のかわりになるしるしです。火は赤いですから。火があれば人間は身を守れます。教会でも火が悪魔《あくま》を追い払《はら》う力をもっている、って教えます」

「そのとおり」マエストロは声をあげて笑った。「ピエロ・ソデリーニのような悪魔《あくま》を追い払《はら》うのに火が役に立つなら」マエストロは、この壁画《へきが》をしあげろとうるさくマエストロにせっついてるフィレンツェ評議会の議長の名前をあげた。「松明《たいまつ》は何より役に立つことだろう。だが赤いひもはどうだ？　ソデリーニを追い払《はら》うことはできないだろう。風が吹《ふ》いたり、雨がふったりするのを止めることはない。それはわかるな？」

ぼくはうつむいた。

「マッテオ、考えてみるのだ」

「考えてます」ぼくは思わず強い口調になってしまった。

「おまえの信じているものは恐怖《きょうふ》からきている。恐怖《きょうふ》は無知から起こる。無知は教育を受けていないことが原因だ」

「おばあちゃんから教育を受けました」

「おまえが祖母から教わったことは、おまえのかつての生活を送るために必要な知識だった。今はちがう生活を送っている。今は知らないが、手遅《ておく》れにならないうちに知っておくべきことがある」

「人間には永久にわからないことがあります。説明がつかないことが」

「すべて説明できるはずなのだ」

「すべて、じゃありません」

「いや、すべて説明ができるはずだ」

異端信仰《いたんしんこう》だ。

「アヴェルノの修道院長は、人間が知るようには定められていないこともある、というようなことをいってました」

マエストロが立ちあがった。「人間にわからないこともあるが、それは知るための道具がまだできていないからだ。かつて、人間は月を間近に観察することはできなかった。だからさまざまな伝説が生まれた。自分たちの目の前で起こっているが、理解できないことを説明するためにな。だが今は、鏡と焦点《しょうてん》ガラスを使って月の表面をずっとはっきりみることができるようになった。そして、月とは女神でも、美女の魂《たましい》でも、そのほかのなんでもないことがわかった。だから、修道院長は人間が知るようには定められていないこともある、というが、私は人間にはまだわかっていないこともある、といおう」

ぼくの不満が伝わったみたいだった。「まあいい」マエストロがやさしくつづけた。「おまえと話したかったのは、私はおまえが字が読めないことを知っているからだ。毎日、おまえはこの壁画《へきが》をみている。戦う男たちの姿が描《えが》かれているが、それは自由な生活を勝ちとるためだ。いっておこう。もしおまえの精神が自由に解き放たれているのでなかったら、自由な生活などに価値はない。字が読めないということは、迷信にとらわれやすく、無知な他人の意見にまどわされてまちがいをおかしてしまうかもしれないということなのだ」

「けど、マエストロはこれまで勉強してきた書物にもまちがいがあった、っていってました。そしてそれは名著とされてるものだったって。とくに解剖《かいぼう》をしてるときは、これまで読んだ文書に書いてあるまちがいにたくさん気づいたって」

「まったく!」マエストロがいらだった声をあげ、ぼくは一瞬《いっしゅん》、頭をはたかれるんじゃないかと思った。「私がおまえにいいたいのはこういうことだ。近いうちに字を読めるようにならないと、一生読めないままだ。おまえの祖母が、あれだけいろいろな知識をおまえにさずけ、読み書きだけは教えなかったというのが、私には謎《なぞ》だ。おまえは記憶力《きおくりょく》がいいし、頭の回転も速い。祖母もそれはわかっていただろうに」

「もしかしたらおばあちゃんも読み書きはできなかったのかも」

「それはどうだろう。独自の薬草の処方を書いたノートをもっていたといったな。それを読むことができたはずだ」

「たしかにおばあちゃんはノートを大事にしてました。だから焼かないように約束させられたんです。けど、自分ではあんまりよく読めませんでした」

「読めたはずだ。どうしておまえにその読み方を教えなかったのだ？」

「おばあちゃんには十分いろんなことを教わりました」ぼくはむきになっていった。

「必要な分だけな。祖母に、客の名前とどの通りや広場に住んでいるか書いたものをみせられた、といっていただろう。祖母が教えたのはそれだけ、必要最小限でほかのことは教えなかった。なぜ字の読み方を教えなかったのか。『イーリアス』や『イソップ物語』やそのほかの神話や伝説は教えたのに」

ぼくには答えようがなかった。

「おまえに読み方を教えなければな」

「いやです！」召使《めしつか》いが主人にこんな生意気な口のきき方をしちゃいけないのはわかってたけど、マエストロのいうことをきくつもりはなかった。「ぼくはやりません。みんなに知られます。そんなの恥《は》ずかしくて耐《た》えられません」

「恥《は》ずかしいのはわかる。だが、早く始めたほうがいい」マエストロは上着の内側から何かをとりだし、ぼくに手わたした。「今朝《けさ》、みなが教会の工房《こうぼう》を出たあとに荷物が届いたのだ。フェリペはもう出かけていたから、私が自分で仕分けした。この手紙はそのなかにあった。おまえ宛《あて》だ。前にもおまえに手紙がきていたのは知っている。その手紙はどうした？　どうやって読んだ？」

ぼくは返事をしなかった。

「見習いのだれかにたのんだのか？　フラヴィオか？」

「いいえ」

「自分宛《あて》の手紙に何が書いてあるのかわからないのは歯がゆいだろう」

けど、ぼくは何が書いてあるのか知っていた。

自分では読めないけど、代わりに読んでくれる人をみつけてたから。

筆記屋シニストロだ。

35

最初の手紙がきたとき、若い見習いたちにさんざんはやしたてられた。ひやかされるのはこの工房《こうぼう》ではしょっちゅうだったから、こうなるのは予想がついてたけど、見習いのなかでも年長のサライは意地が悪かった。ぼくの手から封筒《ふうとう》をうばいとり、匂《にお》いをかぐ。

「香水《こうすい》の匂《にお》いがするぞ」サライが大声でいった。

「返せ」怒《いか》りがこみあげてきた。気にさわったことをサライにさとられたのがまちがいだった。ますますからかわれるだけだったからだ。

「宵闇《よいやみ》のなか、狩《か》りに出る灰色の狼《おおかみ》、それがわれらがマッテオだ」サライが大げさにいう。

「壁《かべ》にそってこそこそ歩くから、どれが狼《おおかみ》でどれが影《かげ》なのかわからない」

「たしかに、マッテオは夜どこかに出かけるな」フラヴィオが口をはさんできた。「マッテオ、どこにいってるんだ？」

夜ときどき外出するのは本当だった。マエストロが死体を解剖《かいぼう》させてくれる医師のいる近くの病院の霊安室《れいあんしつ》にいくからお供をしてる。けど、マエストロはこのことをできるだけみんなには隠《かく》しておきたがった。芸術家は、死体を使って解剖《かいぼう》学を学ぶ許可を判事からもらえる。どうして興味があるのかまっとうな理由があれば、だけど。ミケランジェロがダビデ像を作成したときもそうだ。けどマエストロは、自分が死体の研究に関心をもっているのは、単に組織や筋肉の構造をたしかめ、作品に反映させるためだけじゃないってことが知れわたってしまうんじゃないかと心配してた。マエストロの内臓の細かいスケッチをみたら、人々は眉《まゆ》を寄せ、何が目的なのかといぶかしむかもしれない。うわさの種になったり、気味悪く思われたりするだろう。強力なパトロンが守ってくれるのでなければ、解剖《かいぼう》作業のことはなるべく知られずにいるのが大切だった。

サライはこの夜の訪問のことを知っていた。一時期、マエストロの夜の外出のお供をしてたからだ。けど何時間もこれといって何が起こるわけでもない外出はサライには退屈《たいくつ》だった。それに、ぼくとちがって酒屋で他人にべらべらしゃべるくせがあったから、マエストロはサライじゃなくぼくを連れていくようになった。サライはこういうことを全部知ってた。だからぼくをからかいつづける。ぼくが本当のことを話したりしないのがわかってるからだ。ぼくの手紙をひらひらさせ、「跳《と》びあがってとってみろ」とあざけるようにいう。

ぼくは挑発《ちょうはつ》にのったふりをして前に進みでた。サライがぼくに届かないように腕《うで》を高くかかげたところで、股間《こかん》を思いっきり蹴《け》ってやった。サライは痛みに悲鳴をあげながら体を丸め、両手で股間《こかん》をおさえる。ぼくはサライから手紙をひったくり、工房《こうぼう》から駆《か》けだした。

敵を作ったけど、手紙はぶじだった。

それが最初の手紙だった。

もちろん中身は読めなかった。けど手紙の最後の行に書いてある名前はわかった。

エリザベッタ。

ぼくは手紙をいつも肌身離《はだみはな》さずもっていた。サライがぼくに目を光らせていて、すきさえあれば盗《ぬす》もうとしていた。一月のことで、六日のエピファニーの祝祭（クリスマスから十二日目の一月六日で、教会暦《きょうかいれき》の祝日のひとつ。この日に東方の三博士が幼児キリストを訪ねたのを記念し、キリストがすべての人のために来臨したことを祝う）が近かった。マエストロが工房《こうぼう》のみんなに贈《おく》り物をくれる日だ。ぼくは、ベルトにつけられて、わずかなお金や大事なものなんかをいれられる小物入れをお願いしていた。そこに手紙をいれてもち歩くようになって一ヶ月もしたころ、手紙を読んでくれる人をみつけた。

筆記屋シニストロという名前で通っている男だった。

本人がそう名のっていた。シニストロには〈不吉《ふきつ》な〉っていう意味のほかに〈左〉ってい
う意味があって、シニストロは左ききだったからだ。そしてそれがぼくの興味をひいた。ぼ
くがフィレンツェにきてほとんど一年くらいたったある日、アルノ川の向こう岸にいったこ
とがあった。サント・スピリト教会のほうからヴェッキオ橋にむかっていたとき、橋の手前
の塔《とう》の足場の前にシニストロがすわってるのが目にはいった。そこにちょうど小さなくぼみ
があって、たまたま通りかかった人たちから仕事をもらうのに格好の場所だった。そこだと、
いろいろな道具のはいった箱を、あぐらをかいた両ひざの上にのせてすわれるだけのスペー
スがあるし、その箱を机がわりにできる。ペンを左手にもってるのに気づいた。けど、マエ
ストロみたいに、左手でしかも自分が書きながら読めるように右から左の逆方向に書いては
いない。鉤爪《かぎづめ》みたいに左手をまげて、紙はななめにして書いていた。
　シニストロをみてもぼくはほとんど足を止めなかった。ただの白髪《しらが》頭の老人で、川のそば
の混みあった通りでよくみかける、物売りのひとりにすぎない。ぼくはそのまま歩きつづけ
たけど、そのときエリザベッタの手紙がベルトの小物入れにつっこんであるのを思い出した。
ぼくはひき返して少し離《はな》れたところに立った。シニストロは下をむいて手紙を書いてる。一
分ぐらいそうやってみていて、それから話しかけた。

「筆記屋さん。書くのが上手みたいだね。読むこともできる?」

「そういうおまえさんは読めんのだな」シニストロが答えた。「読めるならあの看板が目にはいったはずだ」シニストロは頭上の壁《かべ》にとめた紙切れを指さした。「こう書いてある。《読み書き承ります。親切ていねい。筆記屋シニストロ》」

「筆記屋シニストロ」ぼくはくり返した。「なんでそんな名前にしたの? 左ききなのはわかるし、フィレンツェ方言で左はたしかに〈シニストロ〉だけど、左ききは〈マンチーノ〉のはずだよ」

シニストロがおもしろそうな顔でぼくをみた。「字は読めないくせに、言葉の細かいちがいはわかるとは、おもしろい。名前は?」

「マッテオ」

「マッテオ、おまえに鋭《するど》い目があれば、わしがこの塔《とう》の左側にすわり、この塔《とう》は川の左側に建っているのにも気づいただろう」

ぼくはあたりをみまわした。たしかにそうだ。

「こうしていたいのだ」シニストロはつづけた。「それに、何かを売るとき、自分を目立たせる名前をもってるのは便利だ」

「なるほどね」

「さて、この子は何者だ？」シニストロはぼくをまじまじとみつめた。「少年だ。召使《めしつか》いの少年だ。賭《か》けてもいい。そのサンダルは、使い走りをやっているうちにすりへってしまったんだろう。そして上等な革の小物入れをベルトにつけている。おそらく主人からの贈《おく》り物だろう。エピファニーのすぐあとだからな。そしてこの少年は、こうしてわしと話しているあいだにもその小物入れに手をやっている。ふむ……」シニストロはわざとらしくあごひげをなでる。「その小物入れには金以上のものがはいっていることはまちがいないな。マッテオ殿《どの》、そこには手紙がはいってるのか？」

ぼくはあわてて腕組《うでぐ》みして小物入れを隠《かく》した。

「それみたことか！」シニストロが勝ち誇《ほこ》って宣言する。「大当たりだ！　筆記屋シニストロはなんでもお見通しだ」

この老人があんまり得意になってるから、ぼくもつい笑ってしまった。

「もっと当ててやろう」シニストロがつけ加えた。「手紙は女の子からだ。しかし、おまえさんは手紙が読めないことを仲間には知られたくないのだ」シニストロは片手をつきだした。

「フロリン金貨一枚で読んでやるぞ」

「フロリン金貨一枚だって！」ぼくは心底びっくりして叫《さけ》んだ。「そんな大金一度も手にしたことないよ」

「じゃあ、半フロリンだ」シニストロはしぶしぶいった。「だがそんなふうに老人をだまそうとするもんじゃないぞ」

「半フロリンは熟練の職人の一週間分の給料だよ」ぼくはいい返した。それからこういう物々交換《こうかん》のこつがわかってきて、こうつけ加えた。「サンタ・マリア・デル・フィオーレ大聖堂のドームを作った建築家のブルネレスキだって、そんな高給もらってなかった」

「わしは熟練の職人ではないというのか」シニストロがつめよる。「サン・ベルナール修道院のアンセルム尊者のもとで修業を積んだのだぞ。あのアンセルム尊者の写本室で作られた美しい写本は全キリスト教徒にあがめられている。わしの書は、尊者以外にはだれにも劣《おと》らん」

「ぼくは、どのぐらい上手に書けるのか興味があるんじゃない。たのみたいのは読むほうなんだ。きっと書くほうよりは安いよね？」

「この町の芸術家と同じだけの報酬《ほうしゅう》ももらえないというのか？」

「半フロリン？　たった二分ですむのに？　ぼくの主人だってそんなにもらってない」

「自分の仕事をそんなに安売りしているおまえの主人とは？」

「レオナルド・ダ・ヴィンチ」

「なんという見栄っ張りのほら吹《ふ》きだ。レオナルド・ダ・ヴィンチが文字も読めない少年を使うわけがない」

ぼくは赤くなって立ち去ろうと背をむけた。

筆記屋は骨ばった指をのばして、ぼくをひきとめた。「まったく。そう怒《おこ》るな。だれもが読み書きできるわけではない。でなきゃ、わしは生活に困る。手紙をみせてみろ。あまり長くないなら特別価格で読んでやる」

ぼくはためらったけど、エリザベッタの手紙を小物入れからひっぱりだした。

「なんだ、これだけか。どうして早くそういわなかった？」筆記屋はぼくの小物入れを横目でみた。「全部でいくらもってる？」

ぼくは一ペニー銅貨をとりだし、もう片方の手でそれをさしだした。

「これで全部」

「硬貨《こうか》が触《ふ》れ合う音がきこえたぞ」

「これでだめなら、たのまない」ぼくは手紙と硬貨《こうか》を小物入れにもどすふりをした。

「わかった、わかった」筆記屋がしぶしぶいった。「おかげで今夜は食事にありつけん。おまえさんは、主人のもとにもどればフルコースの夕飯が待ってるのにな」筆記屋はぼくの手紙を読みながらぼやいた。

こうして、ぼくたちは友だちになった。

橋のそばのその場所は町で起こってることをみきするのにうってつけだったから、筆記屋は有名人にまつわるおもしろおかしい話をよく知ってて、いつもいろんなうわさ話をきかせてくれた。観察眼が鋭《するど》くて、政治情勢を的確につかんでいた。ぼくは筆記屋と話をするようになって、社会の動きがよくわかるようになった。しばらくのあいだ筆記屋に依頼《いらい》することがなかったのは、年の暮れが近づくころまでエリザベッタから手紙がこなかったからだ。

それでも、たいてい月に何回か筆記屋のところに立ち寄って立ち話をした。マエストロの工房《こうぼう》で使いの仕事があれば、たいていたのまれるのはぼくだった。ぼくは町のほとんどの道を覚えてたから。それに、マエストロは定期的に川のむこうのブランカッチ礼拝堂を訪ね、そこのフレスコ画を研究していた。そういうときはぼくがお供して、そのあと近くに住む友人たちと食事をして帰ってくるマエストロのために、スケッチがはいったかばんをもって帰るのがぼくの役目だった。マエストロはここのフレスコ画をとても高く評価していたけど、楽園から追放されるアダムとイヴの嘆《なげ》き悲しむ顔はぼくにとっては悪夢のもとだった。こういうときは、ヴェッキオ橋の近くで筆記屋と話をし、マエストロが礼拝堂のあるサンタ・マリア・デル・カルミネ教会を出るころにかばんをとりにもどることにしていた。

筆記屋が手紙の代筆の依頼《いらい》を受けることはあまりなかった。代筆を筆記屋にたのむような人には迷信深い人が多くて、シニストロが左ききなのをみると、十字を切って逃《に》げていくからだ。けど、年にいくつもある聖人の祝日には、筆記屋は小さな台紙にその祝日の聖人の絵と祈《いの》りの文句を書いて、売りさばくことができた。

その晩、マエストロと話をしてから、ぼくは筆記屋のところにいってエリザベッタからきたばかりの手紙を読んでもらった。六月の終わりごろ、二十九日の聖ペトロの祝日の前夜だった。ペトロはキリスト教の創設者といわれてる聖人で、初代の教皇だったと考えられている。聖書には、キリストが弟子たちをまとめていたシモンを岩という意味のペトロに呼び名を変え、こういったと書いてある。《あなたはペトロ。わたしはこの岩の上に教会を建てる》それからこういった。《あなたに天の国の鍵《かぎ》をさずける――マタイによる福音書、十六章十八節〜十九節》

そんなわけで、筆記屋は忙《いそが》しく明日の準備にかかっていて、いくつかお祈《いの》りを書いた台紙もできあがっていた。手に大きな鍵《かぎ》をもった聖ペトロの絵を大まかに描《か》いて、その下に一、二行の文を書きこむ。そういう台紙が五、六枚、筆記屋のまわりの壁《かべ》にはりつけられていた。ぼくが橋にやってくると、筆記屋は箱の上にかがみこむようにして作業していた。ときどき顔をあげてはこう叫《さけ》んでいた。「聖ペトロじきじきの祈《いの》りのお言葉だ！　ほら！　天の国の鍵《かぎ》をもってるだろう。この紙を死の床《とこ》につく者の頭上にはってやれ。聖ペトロが天の国の鍵《かぎ》をあけ、愛する者の魂《たましい》を楽園に導いてくれる。一枚、たったの四分の一ペニー！」

ぼくが近づいてくるのをみて、筆記屋は書く手を止めた。

「その後、偉大《いだい》な壁画《へきが》は順調か？」筆記屋は羽根ペンの先を袖《そで》でぬぐいながらきいてきた。工房《こうぼう》の作業員たちはみんな、壁画《へきが》の細かいことについては話さないようにいわれてたけど、やっぱり自慢《じまん》せずにはいられない。自分もすっかり夢中になってるとなれば、なおさらだ。

「本当にすごいんだ」ぼくは筆記屋にいった。「だれもが見物にやってくると思う」

ぼくはフェリペがいってたことをまねしていった。何年も偉大《いだい》な芸術作品が生みだされるのをみてきたあのフェリペが、この絵にはすっかり感心していた。

「世界中の文明国家から芸術家たちが研究と勉強のためにフィレンツェ評議会の大会議室にやってくるよ」ぼくは誇《ほこ》らしげにいった。

「とりわけ、あの高い評価を受けているミケランジェロ閣下の絵画が、おまえの主人の絵のむかい側に完成される予定とあってはな」筆記屋は何食わぬ顔でいった。

ぼくの反応をみたくてそうしてるんだけど、ぼくもこのころには筆記屋のことをよくわかってたから、そんな挑発《ちょうはつ》は笑い飛ばした。イタリア中で話題になっていた。フィレンツェ評議会が、当代きっての芸術家ふたり、レオナルド・ダ・ヴィンチとミケランジェロに同時に大会議室で作業させようとしていた。大会議室の片側にはレオナルドがアンギアーリの戦いを描《えが》き、反対側にミケランジェロがカッシーナの戦いを描《えが》く。けど、もしピエロ・ソデリーニと評議会の連中がそう考えていたなら、それは失敗に終わった。ミケランジェロが絵画制作にあたってたとき、マエストロはここにはいなかったからだ。そして、下絵が完成した今、ミケランジェロは新教皇のユリウス二世に呼びだされ、ローマで教皇の企画《きかく》にたずさわれることになった。

「マエストロは、くだらない嫉妬心《しっとしん》なんかにわずらわされたりしないんだ」ぼくはいった。「それに、どっちにしろ彫刻家《ちょうこくか》ミケランジェロはローマにいっちゃってるし」

「あの彫刻家《ちょうこくか》がローマにいったのも意外ではない」筆記屋がいった。「若くて体が元気なら、わしだってローマにいく。ここにいるより安全だ。フィレンツェ共和国もあとどれぐらいもつか。尼僧《にそう》が〈主の祈《いの》り〉をささげるときロザリオの数珠《じゅず》をつまぐるように、あと何日あと何日と数えることになるだろう。あの新教皇が選ばれたのだからな」

「アレクサンデル六世だってフィレンツェを支配しようとたくらんだじゃない」ぼくはいった。「そして、あの凶暴《きょうぼう》な息子《むすこ》チェーザレを教皇軍の総司令官にまでしたのに、結局うまくいかなかった」

「だが今回の教皇は自身が戦の指揮官だ」筆記屋シニストロはこういう議論が好きだ。ペンを箱のなかにしまうとつづけていった。「ミケランジェロがボローニャに教皇の像を作っているとき、ミケランジェロは彫像《ちょうぞう》の手に本をもたせるつもりだった。それをユリウス二世が剣《けん》に変えさせたくらいだ」

「フィレンツェ共和国軍は強力だよ」ぼくはそう答えた。

「共和国が強いのは金があって、その金で傭兵《ようへい》を雇《やと》えるからだ」

「フィレンツェの豊かさは、ほかのどの都市にも負けない」それは本当だって知っていた。ぼくはフェラーラにいたことがあるし、ルクレツィア・ボルジアがフェラーラ公に嫁《とつ》いだときに開かれた豪勢《ごうせい》な舞踏会《ぶとうかい》や祝祭をみてきた。フェラーラの豊かさをみせつけられたけど、それでもここフィレンツェで日々交わされる商業の活発さとはくらべものにならない。「この町みたいな繁栄《はんえい》を誇《ほこ》るところはほかのどこにもない。それに、もうすぐフィレンツェ人を守ってくれる傭兵隊長《コンドッティエーレ》たちのいいなりにならなくてすむ。フィレンツェは自分たちの軍隊をもつんだ」

筆記屋シニストロが大笑いした。「なるほど、マキャヴェッリのいっていることだな。国民軍を構成し、平民を訓練して自分の身と財産は自分で守る、というやつか」

「メッセル・マキャヴェッリの案はすごくいいところをついてるよ」ぼくは、ある晩マエストロがフェリペに話しているのをきいていた。「自分たちの土地と家を守るために戦う、フィレンツェ国民軍を編制しようとしてるんだ。金次第で敵になったり味方になったりする傭《よう》兵《へい》集団なんかよりずっと信頼《しんらい》できる」

「それで、マッテオ、おまえならどっちに賭《か》ける？　農民や商人の寄せ集めか？　戦いの経験豊富な傭兵《ようへい》の指揮で動く雇《やと》われ兵か？　どうだ？　熊手《くまで》をもった農民か？　勝利をおさめれば好き放題でき、思うまま略奪行為《りゃくだつこうい》に走れる経験豊富な傭兵《ようへい》か？　どっちに賭《か》ける？」

「共和国を強くするのには立派な意義がある」

「だが大砲《たいほう》は立派な者も卑《いや》しい者も区別しないぞ」筆記屋がいい返す。

「ぼくたちにはフランス軍の後押《あとお》しがある。ヨーロッパ一の強国だ。フランス軍の駐留《ちゅうりゅう》しているミラノはここからそう遠くない」

「今の教皇は、イタリアを統一するためなら、だれの手でも借りるだろう。ボルジア家がやろうとしたことをやるつもりだ。チェーザレ・ボルジアやその父親ほど冷酷《れいこく》ではないかもしれんが、同じだ。陰謀家《いんぼうか》のボルジアとちがってあけっぴろげに、だが効果的にやってのける」

「いくら教皇だってフランス軍を打ち破るのはむりだよ」

「いやいや、ほかからの援助《えんじょ》があればできないことはないぞ。教皇は、敵を孤立《こりつ》させるためあちこちと協定を結んだり同盟を組んだりしては、都合よくそれを再編成したり内容を変えたりしている。教皇がその気になれば、この共和国はひとたまりもない。そんなときに、共和国の自由の精神をうたう壁画《へきが》なんぞ何になる?」

そういわれて、返事ができなかった。フィレンツェ人がみんなするように、床屋《とこや》や街角でほかの若者たちとしゃべることはできるけど、複雑な政治の話でぼくの頭は混乱し、考えがまとまらなかった。

「マッテオ、これがどれだけ危険なことなのかわからんのか?」筆記屋がきいた。「フィレンツェは永久につづく共和国でありたいと思っている。そしてほかの都市も同じようになってほしいとな。だが、そのほかの都市を治める公爵《こうしゃく》や支配者は、そんな考えは広まってほしくないのだ」

「けど、フランス国王と教皇は味方同士だよ」そうはいったけど、確信はなかった。巨大《きょだい》な権力をもつ者が、自分の目的を達成するためにいかに他人を利用するのかってことは、ぼくにもわかりかけてきていた。けど、足元の砂に飲みこまれていくみたいで、何かしっかりしたものにつかまりたかった。

「両者がそれを望んでいるあいだはな。教皇は十分な力を手に入れたら、フランスをイタリアから追いだすだろう。そうしたらだれがフィレンツェを助けてくれる？　この勇敢《ゆうかん》な共和国はとり残され、フィレンツェをむさぼり食おうとしているジャッカルの群れにとりかこまれることになる」

「けど、フィレンツェは教皇に手を貸したじゃない。チェーザレ・ボルジアの腹心、ミケロットを捕《つか》まえたのはフィレンツェの兵士だった。ミケロットはバチカンに送られて、ヴィテロッツォやほかの大尉《たいい》たちを殺した罪で裁かれた。ユリウス二世はフィレンツェ共和国に恩を感じてるはずだ」

「教皇にとっては、賄賂《わいろ》を受けとって口をつぐんでくれている支配者のほうがいい。民主主義をめざし、自由をうたう者の集団なんか願い下げだ。フィレンツェ評議会を解散するときがきたら、おまえの主人の壁画《へきが》はあとかたもなくなるだろう」

「どうして？」

「ここを武力で支配するような連中が、このフィレンツェ最大の会議室に共和国の理想を思い出させるようなものをでかでかと残しておきたがると思うか？」

「あの壁画《へきが》を破棄《はき》するなんてとんでもない！」そんなとんでもないことを考えるなんて、筆記屋シニストロはどうかしてる。それとも、釣《つ》り糸にかかって跳《は》ねまわる魚みたいにぼくがうろたえるのをみたくていってるだけだろうか。「マエストロの壁画《へきが》は最高の芸術作品なんだ」

「マッテオ、わからんか？　最高の芸術作品だからこそ、残しておいてはもらえないのだ。各地から知識人や文化人たちがやってきて、作品について議論する。想像力をかきたて、世に平和をもたらす戦闘《せんとう》以外の方法はないものかと考えさせる。あの芸術作品のもつ美しさと力こそが、やつらに生かしてはおいてもらえない理由なんだ」

「やつらってだれ？」ぼくは問いつめるようにいった。「ずいぶんよく知ってるみたいだけど、だれがぼくたちから自由を奪《うば》いにやってくるの？」

筆記屋は驚《おどろ》いた顔でぼくをみた。「おいおい、わからないのか？　かつてフィレンツェを支配した一族、そしてまた支配することになるかもしれない一族、メディチ家だ」

36

レオナルド・ダ・ヴィンチの工房《こうぼう》では、筆記屋がいったみたいに、毎晩フルコースの夕食が出るわけじゃない。けど、日が沈《しず》んで一日の作業が終わると、フェリペが大皿料理を手配してくれて、みんなお腹《なか》いっぱいになるまで食べられた。マエストロはいっしょに食事しないことが多かった。このときにほかの仕事にかかったり、たくさんの人と食事をしたりするからだ。町の内外でマエストロを食事に招待する人はたくさんいた。ときどき、ぼくはお供につれていかれたけど、今晩はそうじゃなくてほっとした。ぼくは食事をかきこんで、まっすぐ自分の部屋にもどった。筆記屋が別れる前に読んでくれた、届いたばかりの手紙をひとりでながめたかったからだ。

フェリペがぼくにみつけてくれた寝床《ねどこ》は地下だった。修道院の床《ゆか》の下にいくつもある地下貯蔵室のうち、物置部屋《べや》に使われていたところだ。ぼくがマエストロの工房《こうぼう》でまた使ってもらうようになったときには、すでにサンタ・マリア・ノヴェッラ教会に作業場ができあがっていて、使える部屋《へや》は全部だれかにあてがわれていた。サライがこれをみて喜んでるのは知ってた。マエストロがぼくのことを気にかけてくれるのをやっかんでいたから、ぼくが地下室で寝起《ねお》きするようにいわれていい気味だと思ってる。けど、ぼくには都合がよかった。ほかのみんなから離《はな》れてるほうがよかったし、マエストロが夜の解剖《かいぼう》に出かけていくとき、だれにも気づかれずにぼくを呼びだせる。ぼくは部屋《へや》の入り口から一番離《はな》れたところにマットレスを置いていた。そこの壁《かべ》には高いところに扉《とびら》がついている。通りに出る昇降口《しょうこうぐち》で、昔は通りから直接、修道院にものを運びこむのに使っていた。ぼくはあたたかい晩は扉《とびら》をあけておいた。にぎやかな町の音がきけたし、扉《とびら》の外側の壁《かべ》についたランプ受けには、夜のあいだ通りを照らす松明《たいまつ》を置いていってくれる。この明かりで手紙の文字がみえた。

今晩新しく届いたのをいれて、全部で四通。ぼくがフィレンツェにきてから二年になるから、エリザベッタは半年ごとに手紙を書いてくれてることになる。今暮らしている農場の税金決算の時期だ。ぼくは手紙を小物入れからとりだし、頭上の扉《とびら》のほうにかたむけてながめた。筆記屋に手紙をもっていくときはいつも、何度もくり返し読んでもらった（筆記屋には超過料金《ちょうか》をとられそうになったけど）。そうやって頭のなかに内容をたたきこんだ。そうして時間があるときに思い返した。これをつづけたおかげで、いくつか単語が読めるようになってきた気がする。
エリザベッタの最初の手紙はすごく短くて、手早く数行書いただけのものだった。

ミラノ近郊《きんこう》のタデオ・ダ・グラデッラの農場より
兄であり友であるマッテオ、
無事、タデオ伯父《おじ》さまのうちにつきました。歓迎《かんげい》されたとはいえないけれど、わたしとパオロに小さな部屋《へや》をふたつあてがってくれました。この時代、これ以上の安全は望めません。わたしは満足しています。
マッテオも安全で、元気でいますように。

妹であり友であるエリザベッタより

エリザベッタとパオロにこれ以上危険がおよぶことはないと思うと、心底うれしくなった。ぼくはこの感情に自分でも驚《おどろ》いてしまった。何年も感情を表に出さないように訓練してきたけど、このあたたかい気持ちは全身を満たして、あまりうれしそうにしているので、フェリぺにまでからかわれるほどだった。

「手紙がきてから機嫌《きげん》がいいな」フェリペが冷やかすようにいった。「見習いたちがいってたように女の子からか？」

ぼくはフェリペに何か適当な返事をして、こんなことにならないようにしようと心に決めた。その日から、配達人に注意して、手紙や包みが届いたらなるべくぼくが受け取るようにした。これはかなり時間がかかって大変だった。たくさんの手紙や包みが工房《こうぼう》に届くからだ。ほとんどはマエストロ宛《あて》で、仕事の依頼《いらい》、とくに絵画の依頼《いらい》が多かった。マエストロの絵画はどこでも大評判だった。依頼《いらい》はヨーロッパ各地からきてたけど、一番しつこいのはマントヴァの侯爵《こうしゃく》夫人、イザベラ・デステだった。マエストロが何年か前に描《か》き始めた肖像画《しょうぞうが》をしあげてほしいらしい。けど、ミラノのフランス宮廷《きゅうてい》の代表者からの依頼《いらい》が増えてきていた。宛名《あてな》のマエストロの名前とぼくの名前を見分けるのはやさしかったから、エリザベッタの次の手紙はだれかにみつかる前に手にいれられた。ぼくはすぐに筆記屋のところに読んでもらいにいって一ペニー払《はら》った。けど今回のは長かったから、もっと払《はら》えといわれた。

兄であり友であるマッテオ、

わたしの最初の手紙は届きましたか？　パオロとわたしはまだお母さまのお兄さまの農場にいます。パオロはここでいいつけられる仕事が気にいらなくて、伯父《おじ》さまとあまりうまくいっていません。タデオ伯父《おじ》さまは、わたしたちはここに置いてもらうかわりにちゃんと仕事をするべきだって考えているの。でも伯父《おじ》さまはとても働き者だから、それも当然だと思います。わたしは料理やほかの仕事をしているけれど、わたしが伯父《おじ》さまの役に立つぐらい計算したりものを書いたりできるのがわかってからは、農場の税金決算をすることになったの。伯父《おじ》さまは気むずかしくて、お祈《いの》りと質素な食べ物を好み、ぜいたくな装飾品《そうしょくひん》やごちそうは許してもらえないの。ここで笑い声があがることはなくて、パオロはいつもむっつりしているようになってしまった。わたしは修道院にはいったほうが幸せかしらとも考えてみたけれど、修道院にこもって一生を送るなんて。メルテの尼僧《にそう》たちは幸せそうだったけれど。きれいなドレスを二度と着られないなんて、髪《かみ》を隠《かく》さなくちゃならないなんて耐《た》えられないと思う。この家にいい服があるわけではないけれど。マッテオ、あなたのようすが知りたいわ。病気になったりしていませんように。

エリザベッタより

ぼくは手紙を顔に近づけて、エリザベッタの名前を作っている文字の曲線に目をこらした。エリザベッタは幸せじゃない。手紙からそれが感じられた。最初の手紙でしばらくはしゃいでいたときと逆に、この手紙を読んでぼくは気持ちが沈《しず》んでしまった。

エリザベッタの三通目の手紙を開く。この手紙はまたちがった気持ちをぼくのなかで巻き起こした。これを読んでるとき、筆記屋シニストロはちょっと間を置き、しばらくぼくをちらっとみあげてから読み進めた。

マッテオへ、

わたしがこの手紙をたくす配達人は、あなたのもとに必ず届くって請《う》け合ってくれたけど、本当に届くかどうかわたしにはわからない。だからこの手紙はロッサナに守ってもらうことにしたの。手紙の守護聖人なんてものが存在するのか、それがどの聖人なのかわからないから、わたしの姉、今は天使とともに天国にいるロッサナに、この手紙があなたのもとに届くようお願いすることにしたわ。ロッサナのことをよく考えるの。それに、マッテオのことも。ここには小さな川があって、わたしはひとりになりたいときにときどきそこにいって、柳《やなぎ》の木陰《こかげ》ですわっているの。ときどき、ロッサナがそばにいて、小さいころのように秘密の打ち明け話ができるような気がするから。返事はないけれど、葉の触《ふ》れあう音がロッサナの声かもしれない。ロッサナの魂《たましい》は近くにいてくれてると思うの。ペレラですごした子ども時代のことを考えるわ。今は、あのときがわたしのこの世での人生の一番幸せなときだったってわかる。

あなたのために祈《いの》っています。

妹であり友であるエリザベッタより

この手紙を置いて、四番目、一番最近の手紙を手にとった。マエストロが先に郵便物を受けとって今晩ぼくにわたしてくれた手紙だ。ほんの一時間前に筆記屋シニストロのところにもっていき、最後の一ペニーをわたして読んでもらった。

フィレンツェに滞在《たいざい》しているはずのレオナルド・ダ・ヴィンチのもとで働く召使《めしつか》いの少年、マッテオ宛《あて》

マッテオへ、

また手紙を書くことにしました。でもこれまでの手紙に返事がないから、手紙を書く時間も費用もむだだったのか、手紙を書きつづける意味があるのか、わたしにはわかりません。もしこの手紙を読んで、あなたが元気かどうか、どうにかして知らせてくれたら、こんなにうれしいことはありません。

あなたから返事がこないのなら、これ以上伯父《おじ》さまのお金と紙をむだにするわけにはいきません。わたしの手紙が届いていないんじゃないかと心配です。それとも、わたしに返事を書きたくないのかしら。あなたからの返事がないということは、二度と手紙を書くべきじゃないということでしょう。それでも、この手紙が届いて、あなたが元気でいてくれることを願っています。

一五〇五年六月

タデオ・ダ・グラデッラ内、エリザベッタ・デロルテより

胸のなかでやすりが心臓をけずっていったみたいだった。返事の手紙を送れなかったら、これっきりエリザベッタからの手紙はこない。しかも、エリザベッタはぼくが死んだか、ぼくが連絡《れんらく》を望んでないと思ってしまう。ぼくはもう一度手紙をみた。最初から、覚えた文章

を暗誦《あんしょう》していく。文章を目で追っていって〈ロッサナ〉という単語にたどり着くと、もう一度口にだしてロッサナの名前を作っている文字を指でなぞってみる。ロッサナ。エリザベッタの姉とぼくの記憶《きおく》を結びつける。双子《ふたご》のエリザベッタとロッサナがお母さんのお腹《なか》に宿った瞬間《しゅんかん》、結びついていたみたいに。ふたりのささやき声と笑い声がデロルテ大尉《たいい》の砦《とりで》の下、渓谷《けいこく》を流れる川の音みたいにきこえてくる。ぼくは手で両目をぬぐい、マットレスに横になった。

エリザベッタに返事を書きたい。けど、筆記屋に代筆をたのむお金がない。ぼくの仕事は給料が出ない。フェリペが手配してくれていて、品物を買ったり仕事をたのんだりするときは、つけにしてもらえた。髪《かみ》を切ったり、歯をぬかなくちゃならないときは、床屋《とこや》にいけばその代金はマエストロの工房宛《こうぼうあて》に請求《せいきゅう》される。新しい靴下《くつした》とか靴《くつ》が必要なときは、仕立て屋や靴《くつ》職人のところにいけばいい。病気になれば薬局にいく。食事と寝《ね》るところは与《あた》えられている。実際にお金をもらうことはないけど、その辺の召使《めしつか》いよりよっぽど恵《めぐ》まれていた。この工房《こうぼう》には、家族がフェリペにいくらか払《はら》って、レオナルド・ダ・ヴィンチの工房《こうぼう》で働かせてもらっている見習いもいる。ぼくがもっていた数ペニーは、しばらく前に絹織物商人が親切でぼくにくれたものだった。けど、それももうない。だから、筆記屋にエリザベッタへの手紙を書いてもらう金はなかった。

もう一度、文字をいくつか指でなぞってみる。エリザベッタのE、マッテオのMがわかる。ぼくは絵を描《か》くことも、字を書くこともできない。マエストロが手早く線を何本か引くうちに絵になるところをみるのはしょっちゅうだ。一度は、木炭のかけらを手にとってまねしようとしてみたけど、できたものはだれにもみられないうちに火にくべなくちゃならない代物だった。ぼくに絵はむりだ。それに、失敗するのがこわいから、二度と挑戦《ちょうせん》する気にならない。ぼくは自分の仕事が気にいってる。ぼくの得意なことだ。おもしろいし、気にいってもらってるし、たっぷり食べさせてもらってる。ペンを使う技術を身につける必要なんてどこにもない。けど今、それができたらどんなにいいかってことがわかってきた。

読み書きってそんなにむずかしいことなんだろうか。

37

「マッテオ、将来は何になるつもりだ?」

ぼくは床《ゆか》を掃《は》く手を止めてフェリペをみた。フェリペは食卓《しょくたく》について硬貨《こうか》の山を数えていた。業者に年に四回ごとの支払《しはら》いをするところで、今日集金人がくることになっている。

「今のままで満足です」そう答えた。ぼくはさっきよりてきぱき掃《は》き始めて、ここの掃除《そうじ》をなるべく早くすませて別の仕事にとりかかろうと思った。お説教されそうな気がして、部屋《へや》でぐずぐずしていたくなかった。教育を受けてないことをマエストロに指摘《してき》されてから一ヶ月ぐらいたったころ、グラツィアーノにわきにつれていかれた。そして、本が読めるようになるための勉強をさせてもらえるかもしれないって話をこっそりされた。だけど、字が読めないってみんなに知られて、サライやほかの見習いたちにからかわれるなんて、絶対いやだ。ぼくが耳を貸さなかったから、グラツィアーノも肩《かた》をすくめ、それっきりになった。フェリペも楽しい話をしてるつもりじゃなさそうだ。

フェリペはテーブルから立ちあがり、ぼくの手からほうきをとって目の前に立った。「マッテオ、おまえの身だしなみをととのえなくてはとメッセルがおっしゃってたぞ。みてみろ。上着はぼろぼろになってきているし、これから寒くなるから冬用の靴《くつ》もいる。それからその髪《かみ》」フェリペはぼくの髪《かみ》をつかんでみて顔をしかめた。「もっと頻繁《ひんぱん》に床屋《とこや》にいかなきゃだめだ」

フェリペにはいえなかったけど、イタリア半島で今にも起こりそうな権力闘争《とうそう》の話を筆記屋シニストロとしてからというもの、髪《かみ》は長くしておこうと思ってた。メディチ家がこの町にまた迎《むか》えいれられる日がくるとは思ってなかったけど、人目に顔をさらさないほうがいいと思ったからだ。「冬の厳しい寒さには髪《かみ》は長くしておいたほうがあったかいです」ぼくはそう返事した。

「メッセルがわざわざ話をしにきたのは、身だしなみのことだけじゃない。おまえの教育のこともある」

「この工房《こうぼう》でいまやってる仕事をこなすだけの知識はあります」ぼくはいった。「それに、今いってたように冬が近いです。冬にはいつもやっておくことがたくさんあるから、余計なことをしてる時間はありません。勉強なんかしてる暇《ひま》はないんです」

「たしかにな。クリスマスの祝祭も近づいてる」フェリペがとげのある声でいった。「だから、おまえが成長するのを助けてやろうという者たちのいうことをきいてみたらどうだ？　そうすれば今年《ことし》はふたつの祝祭ができる。キリストの誕生と新しいマッテオの誕生を祝えるわけだ」

「いやです――」ぼくはいいかけた。

「よくきくんだ」フェリペがぼくの腕《うで》をぐっとつかんだ。「おまえのような境遇《きょうぐう》にいる少年が一生お目にかかることもないような機会を与《あた》えられているんだぞ。メッセル・ダ・ヴィンチはおまえの教育費をだしてくださるといってるんだ。ほかの少年にとっては夢のような教育を受けさせてもらえる。おまえだってわかってるだろう。いつまでも子どもでいられるわけじゃない。そのうち、身だしなみにもふるまいにも気をつけなくてはならなくなる。一人前の男になるためには、努力しなくちゃだめだ」フェリペがぼくを揺《ゆ》さぶった。「意地を張るのはやめて、申し出を受けろ」

ぼくはうつむいたけど、何もいわなかった。

フェリペはいらだたしそうに声をあげて、お金の計算にもどった。

夏が遠ざかり、秋がこげ茶、赤、黄を燃やしつくして冬の灰色に変えるまで、読み書きを覚えろっていう説得に耳をかたむけようとはしなかった。ただひとつだけ気になってたのは、どうやってエリザベッタの手紙に返事をしたらいいかってことだ。一度、筆記屋シニストロに、一、二、三語だけの短い手紙を書くのにいくらかかるかきいてみた。

「ははあ、マッテオ殿《どの》！」筆記屋はうれしそうな声をあげた。「いつその話をきりだすかと思ってたぞ」

「その話って？」ぼくはわからないふりをしてきいた。

「よせよせ。言葉はわしの専門だ。おまえのような小僧《こぞう》にはだまされん。あのエリザベッタ嬢《じょう》に返事を書きたくて、手紙を代筆してほしいのだな」

「ダ・ヴィンチ工房《こうぼう》では頭のいい人が大勢働いているんだ」ぼくはわざとえらそうにいった。「そしてぼくはみんなに気にいられてる。ただで喜んで手紙を代筆してくれる人がいるかもしれないよ」

「だが、たとえそうだとしてもだ」筆記屋がいい返す。「インクや紙はただじゃない。それに配達代もいる。フィレンツェからミラノまでいくらかかると思う？　おまえが払《はら》える額じゃないと思うがな」

たしかにそのとおりだった。もちろん、そんなお金は払《はら》えない。マエストロは絶えずミラノと連絡《れんらく》をとってる。友人や芸術家、学者や哲学者《てつがくしゃ》の知り合いがたくさんいるからだ。フェリペもたぶん手紙を一通まぎれこませるくらいはしてくれるかもしれない。けど、エリザベッタとパオロが今住んでる片田舎《かたいなか》の農場まで配達するのには超過《ちょうか》料金がかかるだろうし、ぼくにそんなお金はない。

「その首に大事にぶらさげてるのはなんだ？」

筆記屋の予想外の質問にぼくはびくっとした。金印を身につけておくのにすっかり慣れてしまって、ときどきそこにあることも忘れていた。金印を入れた小袋《こぶくろ》をはずすことはなく、体を洗うときも首にさげていた。革は汗《あせ》で黒くなってしまったけど、ひもにつけた小袋《こぶくろ》は首にぴったりついていて、重みも感じなくなっていた。

「マッテオ、おまえの反応をみればわかるぞ」筆記屋が目をこらす。「それが値打ちのあるものなら、それを売って、その金でわしに支払《しはら》いができるぞ」筆記屋が骨ばった指を首に伸《の》ばした。

ぼくは跳《と》びすさり、メルテの尼僧《にそう》が作ってくれた革の袋《ふくろ》とひもをしっかり握《にぎ》りしめた。

「そんなもんじゃない」ぼくはつっかえながらいった。「何もはいってない」

「はいってないはずはない」筆記屋がいった。「でなきゃそんな大事そうに握《にぎ》りしめたりせんだろう」

「聖遺物だ」ぼくはいった。「聖遺物がはいってる」

「どんな？」筆記屋がきいてきた。「聖人が触《ふ》れたものじゃしょうがないが、聖人の体の一部であれば高く売れる」

「聖人の骨だよ」

「どの聖人だ？」

「聖ドルシラス」メルテの女子修道院でみた像のことを思い出しながらそういった。

「そいつはおもしろいな」筆記屋がいった。「聖ドルシラスの聖遺物はなかなか手にはいらない」

「おばあちゃんにもらったんだ」そう返事した。「すごく古いものだっていってた」

筆記屋が笑い声をあげた。「それは説明にはならん。聖ドルシラスは殉教者《じゅんきょうしゃ》だ。はりつけにされて焼かれたんだからな。聖ドルシラスの遺骨などない。あるのは灰だけだ」

「ぼ、ぼくは……」

「おまえのばあさんはどこかの行商人にでもだまされたんだろう」筆記屋はぼくを鋭《するど》い目でちらっとみた。「だが、おまえのことは前よりよく知っている。おまえのばあさんならそう簡単にだまされたりしないだろう」

その日はさっさと筆記屋と別れた。話をしてたら思い出したくないことを思い出した。サンディーノのこと、それにチェーザレの陰謀《いんぼう》。チェーザレ・ボルジアがいなくなったことをイタリア中が実感していた。チェーザレの支配がなくなった今、かつてボルジア領だったロマーニャ地区は、それを手にいれられる力をもった者たちの手に落ちた。かつての小君主がその地区にもどってくることもあった。ペルージャにまいもどったバリョーニみたいに。けど別の略奪者《りゃくだつしゃ》がロマーニャの富んだ小国をねらうこともあった。ヴェネツィア共和国軍は、ボルジア没落《ぼつらく》の機に乗じて、リミニとそのほかの小国を手中にした。この地区は伝統的には教皇領だったから、ユリウス二世は激怒《げきど》し、とりもどすために手を貸そうという軍隊や同盟者を集めてるところだった。教皇庁がヴェネツィア勢力と対決するっていうとき、フィレンツェはどちら側につくのか？　フィレンツェではうわさが飛び交い始めた。策略にたけたマキャヴェッリの助言があるとはいっても、フィレンツェ評議会はこんなきわどい局面をぶじ切りぬけられるのか？

その晩、ぼくはサンタ・トリニタ橋をわたって工房《こうぼう》にむかいながら、首にかけた革袋《かわぶくろ》をいじっていた。金印を売って金にするなんてむりだ。フィレンツェ中どこをさがしたって、どんな怪《あや》しげな行商人でも、そんなものを何もいわずに買いとってくれるはずがない。あやしまれたくなかったら、拾ったっていうしかない。ずっと前、ラルガ通りのメディチ家の邸宅《ていたく》が襲《おそ》われ、メディチ一族が追いだされたときに紛失《ふんしつ》して、それがアルノ川の土手にころがってるのをみつけたんだ、って。けどそんなことといっても、どこかのスパイだって賞金目当てに評議会に通報されるのがおちだ。

ぼくは橋からアルノ川をみおろした。雨で川はふくれあがり、夏のゆるやかな茶色の流れから、足をとられそうな、波立つ灰色の初冬の急流に変わっていた。この金印のはいった革の小袋《こぶくろ》を川に投げこむこともできる。それもいい。ぼくにとっては危険なだけだ。けど、捨てる気にはならなかった。もしまたサンディーノにつかまることがあったら、これが命を救ってくれるかもしれない。それに……ぼくはやわらかくなじんだ革に手を触《ふ》れて考えた……。これはぼくを過去に、デロルテ一家につないでくれている。金印そのものじゃないにしても、この小袋《こぶくろ》はエリザベッタとパオロとともに修道院ですごした時間のことを思い出させてくれる。それを捨てるわけにはいかない。

けど、エリザベッタと連絡《れんらく》をとらなくちゃならない。でなきゃ、つながりは完全に切れてしまう。そのとき、フェリペと交渉《こうしょう》をしなくちゃならないと思った。フェリペが台帳をつけているひとりのときにたのんでみることにした。

フェリペは厳しい目でぼくをみた。「で、マッテオ、この工房《こうぼう》が特別におまえの願いをかなえてやったら、おまえは何をするんだ？」

「いわれたとおり、教育を受けさせていただくことにします」ぼくは控《ひか》えめにいった。

そのときフェリペがしたことはちょっと変わってて、ぼくはびっくりした。フェリペは両手でぼくの肩《かた》をつかんだ。抱《だ》きしめるみたいに。

「よかった」フェリペはいった。

ぼくはすぐに、筆記屋のところにもどって手紙を書いてくれるようたのんだ。

「わしはただで仕事はせん」筆記屋はぶっきらぼうにいった。「金はあるのか？」

「金よりいいものがあるんだ。引きかえに喜んで仕事を引き受けたくなるようなものをもってきた」

「パンか？　ワインか？」

「もっと価値があるものだよ」ぼくは、筆記屋と物々交換《こうかん》できるようにフェリペが気前よくわたしてくれた紙を広げてみせた。

筆記屋は紙をそっとなでた。「いい紙だ——ヴェネツィア製か、いやアマルフィ製か？」それから気になったらしくて、すぐこうきいてきた。「盗《ぬす》んだんじゃないだろうな？」

ぼくはむっとして一歩後ろにさがった。「まさか」

「怒《おこ》るんじゃない。きかないわけにはいかんのだ。この町には嫉妬心《しっとしん》からつげ口する連中が山といるのでな。こんな上等な紙だ、盗《ぬす》んだんじゃないかと疑われたとき、そうでないと胸を張っていってやれる」筆記屋はぼくから紙を受けとった。「マッテオ、これで手紙を書いてやろう。それでも、残った紙で祈《いの》りの文句を書いたものを十枚以上作れる」

こうして筆記屋が手紙を代筆してくれて、フェリペがその手紙をだしてくれることになった。ぼくに勉強を教えてくれる教師がみつかり次第、始めるっていう約束とひきかえに。

けど、それにとりかかる前に深刻な問題がもちあがった。

38

ずいぶん寒くなった。

ぼくたちはヴェッキオ宮殿《きゅうでん》の大会議室で、帽子《ぼうし》をすっぽり耳までかぶり、首にはスカーフをしっかり巻きつけ、指先だけ切り落とした手袋《てぶくろ》をはめて、作業していた。凍《こお》りつくように冷たい風が窓のすきまや戸口《とぐち》から吹《ふ》きこんでくる。フィレンツェは盆地《ぼんち》を流れるアルノ川周辺に広がった都市で、温和なトスカーナ地方の気候のおかげもあって、この周辺の土地は青々と緑が茂《しげ》り、地味が豊かだ。まわりをかこむ丘《おか》に守られ、厳しい冬のさなかでもほとんど雪は降らない。けどこの冬は、凍《い》てつく冷気がフィレンツェの通りや建物に居すわっていた。

絵の具は濃《こ》くなり扱《あつか》いにくくなった。マエストロが定めた調合法で絵の具を混ぜあわせるのはむずかしくて、マエストロのもとで経験を積んできた弟子たちでさえ苦労していた。六月にマエストロが最初の色づけをしてから、絵画の中心部分はほぼ完成していて、描《えが》かれた人物が浮《う》かびあがり、そのすさまじさが際立っていた。けど、下絵の残りの部分が壁《かべ》に転写されたとき、絵の具はどろどろになっていた。マエストロに相談して、燃やした木片をいれた火桶《ひおけ》が壁《かべ》の近くにすえつけられ、足場を組み替《か》えて絵の上のほうの絵の具が乾《かわ》くようにろうそくや小さな松明《たいまつ》がとりつけられた。

その日の朝、ぼくたちが作業にやってくると、道具がみんな霜《しも》でおおわれていた。火をおこしてやっと作業にとりかかれるようになった。フェリペは下絵の線に針で穴をあけ転写する準備をして、ぼくはゾロアストロを手伝って絵の具を作る顔料の粉をひく。そのとき、足場の一番上にいた弟子や見習いのあいだで騒《さわ》ぎが起こった。

「フェリペ！」そう叫《さけ》ぶフラヴィオの声は恐怖《きょうふ》でうわずっている。「こっちにきてください。今すぐ！」

フェリペが足場を登っていくなか、ぼくとゾロアストロは顔をみあわせた。すぐにフェリペは下におりてきた。

「ゾロアストロ、あそこの壁《かべ》をちょっとみてくれないか」

ゾロアストロもすぐ上がっておりてきた。「手伝ってくれ」ゾロアストロが声をあげ、火《ひ》桶《おけ》を支えてる台をつかんだ。「絵の具が壁《かべ》の表面でやわらかくなってきている」ぼくたちが火桶《ひおけ》を壁《かべ》に近づけられるように調節しているあいだ、ゾロアストロが説明した。「今すぐ絵の具を乾《かわ》かせられなかったら、のせたばかりの色は壁《かべ》を伝って、絵の中央部分に流れてしまう」

「これは大変なことになりかねない」フェリペがいった。

「なのに、それを警告しようとしたら笑いものにされた」ゾロアストロが小声でつぶやいた。ゾロアストロはベルトにいつもさげている小さな斧《おの》をとりだして、もっと火を燃やせるよう必死で木を割りだした。

「メッセルをさがして、すぐ知らせなくては」フェリペがいった。

「メッセルは今朝《けさ》早く出かけていった」ゾロアストロはまわりに焚《た》き木のかけらを散らしながらうなるようにいった。「だがフィエーゾレまで足をのばすつもりはないと思う」

マエストロはたくさんのことに興味があったから、丸一日大会議室にきてすごす日は少なかった。植物学や解剖学《かいぼうがく》の研究のために出かけることもある。ときどき、キャンバス画や板絵を描《か》くこともあるけど、めったにない。特別な事情がない限りは新しい絵画の依頼《いらい》を受けたりすることもなかった。その例外のひとつが、最近フランス国王に説きふせられ描《か》くことになった、糸巻きで遊ぶ幼子イエスを抱《だ》く聖母の絵画だった。

「マッテオ！」フェリペがとがった声でぼくを呼んだ。「メッセルが今どこにいるか知ってるか？」

「今朝、リザ夫人のうちで別れました」

「じゃあ、呼びにいってくれ。それから」急いで大会議室を出ていくぼくの後ろから叫《さけ》ぶ声がきこえた。「急げ。走るんだ！」

リザ夫人のうちはサン・ロレンツォ教会のそばだ。ぼくはフェリペにあつらえてもらった冬用の上着をはおり、新しい靴下《くつした》に上等の靴《くつ》をはいて、ヴェッキオ宮殿《きゅうでん》から駆《か》けだした。巨《きょ》大《だい》なダビデ像をみながら右にむきを変え、シニョリーア広場を教会のほうに走っていった。

リザ夫人は夫の絹織物商人、フランチェスコ・デル・ジョコンドとデッラ・ストゥッファ通りに住んでいた。この商人こそ、二年前ぼくに数ペニーをくれた人だった。ジョコンド家までの道はよくわかっていた。この数年、何度もたずねたことがある。

ジョコンド家と知りあうきっかけは、乳母《うば》のズィッタだった。ズィッタは、面倒《めんどう》をみていふたりの息子をサンタ・マリア・ノヴェッラ教会につれてきていた。ふたりの少年は中庭のゾロアストロの鍛冶場《かじば》にひきつけられた。小柄《こがら》なゾロアストロがあたりに火花を散らせながら金槌《かなづち》を振《ふ》りおろすのを、夢中になってみつめていた。そんなある日、母親であるリザ夫人がふたりをさがしてやってきた。息子《むすこ》たちがほとんど一日家を出たきり帰ってこないので心配になったらしい。それに、夫人の子どものときの乳母《うば》ズィッタが、年とともに忘れっぽくなってるってこともあったんだろう。一五〇三年の十一月のはじめ、万聖節のお祭りが始まる直前のことで、リザ夫人は妊娠《にんしん》していた。体形と、着ている服から妊娠《にんしん》してるのはまちがいなかったけど、夫人は軽やかに流れるように歩いていた。聖母マリアと会う聖エリザベツを描《えが》いた絵画がある。あの絵の洗礼者ヨハネをお腹《なか》に宿した聖エリザベツみたいに優雅《ゆうが》だと思った。

「子どもたちをさがしているの、ふたりの男の子なのだけれど」召使《めしつか》いひとりにつきそわれて中庭にはいってきたリザ夫人はぼくにたずねた。「乳母《うば》といっしょにいると思うわ。よくこの教会に遊びにきているから」

「むこうにいますよ」ぼくはいった。「ゾロアストロが滑車《かっしゃ》を支える鉄の心棒を作るのをみてるんです」

ふたりの少年は鍛冶場《かじば》のわきのお気に入りの場所にいた。マエストロもすぐそばに立っていて、ゾロアストロの作る金属の部品の寸法にまちがいがないか確認していた。

「まあ」鍛冶場《かじば》に近づきながらリザ夫人が声をあげた。「息子《むすこ》たちが通っているのがメッセル・レオナルド・ダ・ヴィンチの工房《こうぼう》だったとは」

「どうせどこかの工房《こうぼう》に通うなら」マエストロがいった。「最高の工房《こうぼう》がいい。お子さんたちにみる目があったのはご両親のおかげでしょう」

「そうだといいのですが」リザ夫人は楽しそうに笑った。リザ夫人は壁《かべ》のそばのベンチに腰《こし》をおろしていた乳母《うば》のズィッタに合図した。「帰りましょう。出産予定日が近くなって、疲《つか》れやすいの」

それから一週間ぐらいしてから、ズィッタがまた男の子たちを連れてきた。ズィッタの話ではリザ夫人の体調がよくないらしくて、そのときにヒキガエルが夫人の前を動かなかったっていう話をきいた。

二、三日してからリザ夫人はひとりで中庭にやってきた。黒いベールで顔をおおっている。

「あなたのご主人とお話ししたいの」夫人はぼくにそういった。

このころのマエストロは、壁画《へきが》の下絵にかかりきりになっていた。いろんな格好の馬の模型を作ったり、スケッチを描《か》いたりした。兵士たちの顔、腕《うで》、体を描《か》いたスケッチはすごい量になっていた。

「仕事中で邪魔《じゃま》はできないんです」ゾロアストロが夫人にいった。

「待たせていただきます」

「何時間もかかるかもしれません」ゾロアストロがやさしくいった。「食べ物も飲み物もなしで、休憩《きゅうけい》もとらずに仕事するんです」

「待ちます」

あとになって、リザ夫人の夫がやってきた。夫人のとなりに腰《こし》をおろし、その手をさすっている。夫は夫人よりかなり年上だったけど、このころの結婚《けっこん》はそういうものだった。男のほうが長生きするから、何度も結婚《けっこん》することがある。リザ夫人もフランチェスコ・デル・ジョコンドの二番目か三番目の妻だったはずだ。夫は妻の耳に何かささやきかけたけど、夫人はかたくなにそれをこばんでいる。夫は妻に命令することができる。召使《めしつか》いたちを使って、力ずくで夫人をうちにつれ帰るのは、夫の権利として認められてる。けど、このふたりはそういう関係じゃないらしい。夫が片手で夫人のひじをつかみ、立たせようとなだめすかしている。それでも、夫人は首を振《ふ》り、立とうとしない。

とうとう、フランチェスコが立ちあがった。「きみ」ぼくに声をかけ、数ペニーくれた。「ご主人に用事をいいつけられなければだが、妻についてってやってくれないか。そして今夜、妻がうちに帰る気になったら私に知らせてほしい」

けど、夜になっても夫人は動こうとしなかった。寒かったので、ゾロアストロは焚《た》き木をくべ足して、火のそばの腰《こし》かけを夫人にすすめた。ぼくは食事をもっていったけど断られ、ワインをもっていったら夫人は少しだけすすった。どんどん暗くなっていった。

そのうちようやく、マエストロが工房《こうぼう》から出てきた。マエストロは、部屋《へや》の外に出ないで、内ドアを通ってぼくたちの休憩室《きゅうけいしつ》にはいってきた。内ドアは寝室《しんしつ》から工房《こうぼう》までいつでも好きなときに行き来できるよう、マエストロの希望でとりつけられたものだ。マエストロの上着には漆喰《しっくい》のすじがいくつも走り、指には粘土《ねんど》がこびりついている。

ぼくは窓のむこう、辛抱《しんぼう》強くすわっているリザ夫人のほうを指さした。

「あのご婦人がマエストロと話したいといって一日中待ってます」

「新しい依頼《いらい》か？　これ以上は引き受けられん」

「そういったんですけど、どうしてもマエストロとお話したい、って」

マエストロがため息をついた。「金持ちの婦人はみな肖像画《しょうぞうが》をほしがるようだが、そういう気まぐれをみんなかなえてやるなど、むりな話だ」

「あの方は気まぐれでやってきたんじゃないと思います。それに、自分の虚栄心《きょえいしん》を満たすためでもなさそうです」そういったのはグラツィアーノだった。グラツィアーノの女の人をみる目はたしかだ。

ぼくは、マエストロが指についた粘土《ねんど》を洗い落とせるようにお湯を張ったたらいをもってきた。

「なるほど」マエストロがお湯に両手をつける。「マッテオ、用向きをきいてこい」

ぼくは火のそばに腰《こし》をおろしているリザ夫人のもとにいった。話しかけようと口をあけたとき、夫人が先にしゃべった。「ご主人に、大至急デスマスクを作っていただきたい、といってちょうだい。特別な仕事だから、あなたのご主人以外、この仕事を任せられる人がいないのだと伝えて」

すぐとりかからなくちゃならない仕事なのはぼくにもわかった。冬場とはいえ、死体はすぐにいたんでしまう。デスマスクを作ることはよくおこなわれていて、それを専門にしている小さな工房《こうぼう》もあるぐらいだ。たいていは見習いの仕事だ。この作業をしてると、基本的な骨の構造とか人間の顔の輪郭《りんかく》なんかを頭にいれられるからだ。

ぼくはマエストロのもとにもどって用件を伝えた。

「どこの職人にもできる仕事だ、といってこい」

「特別な仕事なんだ、っていってました」

「むこうの通りに、それを専門にしているところがあったと思う」マエストロがいった。

ぼくは、ここにくるときに夫人はその店の前を通りすぎてきたはずだと思った。

マエストロの返事を伝えても、夫人が首をたてに振《ふ》ることはなかった。「お話できるまで待ちます」夫人はそういった。

ぼくはなかにもどり、夫人の言葉をマエストロに伝えた。マエストロはちょっといらだったようすだった。夕飯はテーブルの上に準備され、あたたかい料理の匂《にお》いが夜の空気を満たしていた。マエストロは窓から離《はな》れようとしたけど、そのとき振《ふ》り返って、夫人のほうにもう一度目をやった。夫人の顔にはベールがかかり、ひざの上で両手を重ねている。

「知っている婦人か？　見覚えがあるような気がするが」

「ゾロアストロが鍛冶場《かじば》で仕事をするのをみにきてる男の子たちの母親か養母です」フェリペがそういった。「デッラ・ストゥッファ通りに住む絹織物商人、フランチェスコ・デル・ジョコンドの妻です」

「ジョコンド……」その名前の意味がマエストロの興味をひいた。「ジョコンドには〈陽気な〉という意味もある」マエストロは単語のアクセントを変えて発音した。「いくつかの意味をもつ名前か」

「さっき夫がやってきたんですが、うちに帰るよう妻を説得できなかったようです」フェリペが少し間を置いた。「この前みたときは、夫人は妊娠《にんしん》してました」

「ああ、だから最初みたときわからなかったのか」マエストロは戸口のほうにいって夫人をみた。

マエストロの視線に気づいて、夫人が顔をあげた。目をそらそうとしない。ほほえむこともしなかった。ただじっとマエストロをみつめている。

「グラツィアーノ」マエストロが話しだした。「夫人にこういってきてくれ――ただし、やさしくな――私には引き受けられな――」

マエストロは口をつぐみ、ふいに中庭に出ていった。リザ夫人と二、三分話をしてから、またもどってきた。

「マッテオ、ついてこい」

「今からですか？」

「今からだ」
ぼくもマエストロも昼前の食事から何も口にしてなかった。マエストロは自分の部屋《へや》にいくと、革の肩《かた》かけかばんをもってもどってきた。物置棚《だな》の戸をあけていくつか道具を選ぶ。「われわれに夕食をひと皿残しておいてくれ」マエストロがフェリペにいった。「先に寝《ね》てくれていい」マエストロは仕事着の上にマントをはおり、ぼくを横にしたがえて表に出ていった。

あたたかい中庭を出ると、リザ夫人は体を震《ふる》わせた。ゾロアストロの鍛冶場《かじば》を離《はな》れると、川から町の中心に吹《ふ》きこんでくる風の冷たさが身にしみる。マエストロはマントをぬぐと夫人の肩《かた》にかけてやった。夫人はマエストロをみあげ、その口元がごくかすかに動き、街灯でみえるかみえないかぐらいのわずかなほほえみになった。

そのとき、夫人が少女だったころのおもかげがみえた気がした。さっきまでは二度と笑顔になることなどなさそうな顔しかみられなかった。

夫人の家にはいるのに鐘《かね》を鳴らす必要はなかった。召使《めしつか》いがひとり、夫人の帰りを待ってて、ぼくたちが近づくと通りに面した戸口があいた。家中のよろい戸と扉《とびら》が閉まっていた。空気がよどんでて、破滅《はめつ》と不吉《ふきつ》な予感に満たされてるみたいだった。

ぼくたちは二階にあがり、明かりのともっていない部屋《へや》にはいった。乳母《うば》のズィッタが暖《だん》炉《ろ》のそばの椅子《いす》に腰《こし》かけてたけど、暖炉《だんろ》には火がはいってない。どの鏡にもおおいがかかってる。洋服だんすの上には、はりつけにされたキリストの十字架《じゅうじか》像があり、その両わきにはろうそくが立っている。窓の下に小さなテーブルがあって、その上に何か白い麻布《あさぬの》で包まれたものがのっていた。

部屋には覚えがある臭《にお》いが漂《ただよ》っていた。死の臭《にお》いだ。

「お腹《なか》のなかの子を亡くしました」リザ夫人がいった。次の言葉は消えていくようだった。

「女の子でした」

夫人がぼくたちをテーブルにつれていった。「わたしの子宮のなかで死んだとき、すぐにわかりました。この子がぴたっと動かなくなったのです。そんなことはそれまでありませんでした。最後の数ヶ月は、毎晩、お腹《なか》のなかで踊《おど》っているのが感じられました。日中は静かなのに、夜になると元気になるのです。この子は音楽が大好きでした。最後の数週間は、この子がお腹《なか》のなかであんまり動きまわるものだから眠《ねむ》れないほどで、そういうときは起きあがってリラを弾《ひ》いてやりました。その音をきくと落ち着くようだったので」

リザ夫人は片手を顔にあて、なんとかあとをつづけようとする。マエストロは何もいわなかった。身動きもせず、じっと夫人が話をつづけられるようになるのを待った。

「この子は生まれたときにすでに死んでいたので、教会の墓地に埋葬《まいそう》してやることはできません。名前をつけてやることすらできないのです。だから、デスマスクを作ってほしいのです。でなければ忘れてしまう」リザ夫人の声が震《ふる》えた。「忘れたくないのです。子どものことを忘れられる母親がどこにいるでしょう？　お医者様は、わたしはもう子どもをさずかることはないだろうとおっしゃいました。ですから、新しい命がなぐさめになってくれることもありません。それに、法によればこの子は記録にも残らず、この子の命も、死も、ここにいたことも、何も残らないのです。けれど、この子はたしかにこの世にいたのです！　わたしのなかで生きていたのです」

リザ夫人の声が震《ふる》えた。

マエストロが片手をさしだした。マエストロはいつも感情をしっかり抑制《よくせい》してて、悲しみや怒《いか》りを表にだすことはほとんどない。けど、夫人はマエストロの手をとらず、気をとりなおした。「自分の弱さをさらけだし、困らせるようなことはしません、メッセル・レオナルド。この娘《むすめ》のために、あるだけの涙《なみだ》を流してしまいました。もう泣きたくても残っていません」

マエストロはつづきを待ったけど、それからこういった。「ご主人はいいといっているのか？」

「主人は善良な人ですから」

フランチェスコ・デル・ジョコンドが夫人といっしょに中庭にいたとき、どれほどやさしく夫人の頭をなでてやっていたか思い出した。

「どうぞ作業にかかってください」夫人がいった。「わたしは主人のところにいって話してきます」

このすぐあと、フランチェスコ・デル・ジョコンドがマエストロに会いにやってきて、妻の肖像画《しょうぞうが》を描《か》いてほしいとたのんだ。「妻はすっかりふさぎこんでしまって、このままでは命にかかわるのではないかと心配なのです」マエストロに話すのがきこえた。「家から出ようとしません。ほとんど口もきかなければ食事もしません。リラを弾《ひ》くことも、歌をうたうことも、本を読むこともしなくなりました。この不運が私たちにふりかかって以来、妻が口をきいたのはあなただけです」それからこっちをちらっとみた。「あなたと、あの少年だけです。お願いです、メッセル・ダ・ヴィンチ。私のうちにきてくださるのなら、いくらでもお支払《しはら》いします。一週間に一時間だけでもいいのです。妻はすっかり自分の殻《から》のなかに閉じこもってしまいました。ほかに妻を救えそうなものは思いつかないのです」

こういうわけで、今朝《けさ》マエストロがどこにいるのかは知っていた。マエストロをみつけ、大会議室に連れ帰るため、ぼくはフィレンツェの町の通りを駆《か》けぬけていった。

ぼくはいつもの、中庭に面した小さな部屋《へや》でふたりをみつけた。マエストロはここを作業場にしている。リザ夫人の肖像画《しょうぞうが》にとりかかってから、もう二年がたとうとしていた。

ぼくが急いで伝言を伝えると、マエストロはすぐその場を離《はな》れた。夫人の家を出て、急いでヴェッキオ宮殿《きゅうでん》までの道をもどる。ぼくはその横を、マエストロが一歩駆《か》けると二歩駆《か》けるようにして走っていった。

39

大会議室のなかは大騒《おおさわ》ぎだった。

弟子や色塗《いろぬ》りの職人たちが、火をともしたろうそく、布切れ、はけを手に足場の上に集まってる。いつも冷静でむだな動きをしない工房《こうぼう》の長、フェリペも、両手を握《にぎ》りしめて床《ゆか》の上をいったりきたりしている。グラツィアーノは取り乱していて、見習いたちに指示を叫《さけ》びながら自分もあっちにいったりこっちにきたりしている。サライはめずらしくショックで黙《だま》りこみ、フラヴィオは部屋《へや》の片隅《かたすみ》でお仕置きを待つみたいにちぢこまっていた。ぼくたちがはいっていくと、ゾロアストロが涙《なみだ》を流しわめきながら駆《か》け寄ってきた。

「どうしましょう！　絵の具が乾《かわ》きません！　どうしましょう？」

この騒《さわ》ぎのなか、マエストロは状況《じょうきょう》をみきわめようとした。壁画《へきが》の上部の絵の具がしたたってて、まん中の完成部分の上のほうまで流れてきている。火桶《ひおけ》の熱のおかげでまだ絵はぶじだけど、絵の具はじわじわ近づいてきていた。

「もっと火を焚《た》くように」マエストロが指示をだす。

「ですが――」ゾロアストロがいいかける。

マエストロはその横を通りすぎた。

「焚《た》き木が足りません」フェリペがいった。「倉庫はもう空っぽです」

「木ならここには山ほどある」マエストロが暗い声でいった。マエストロはマントを脱《ぬ》ぎすてると、ゾロアストロが床《ゆか》に投げだした斧《おの》をつかんだ。それを手に、まっすぐ足場にむかっていく。

「マッテオ、手を貸してくれ」そういって、足場を支えている台に斧《おの》を打ちこんだ。

ぼくはマエストロの顔をみて、フェリペとゾロアストロのほうをちらっとみた。マエストロが何をしようとしてるのか気づいて、フェリペの顔がこわばる。マエストロは短い厚板を足場からぬきだし、ぼくに火にくべるようにいった。

「弁償《べんしょう》しなくてはなりません」フェリペが抗議《こうぎ》した。「評議会は契約書《けいやくしょ》にはっきり条件を書いてきました。足場を作っている木材は返却《へんきゃく》しなくちゃならないんです。でないと、その代金を払《はら》わなくちゃならない」

「なら、評議員たちにとりにこさせろ。あのけちどもは燃え残りをかきまわし、残り火で指を焼けばよいのだ」マエストロは一本の支柱に斧《おの》の猛烈《もうれつ》な一撃《いちげき》を加えた。

フェリペが恐怖《きょうふ》におののいてあとずさる。

マエストロは丸材をゆるめにかかった。はまっている土台から丸材を抜《ぬ》き、火桶《ひおけ》のなかに放り投げる。

ゾロアストロが前に飛びだした。「火桶《ひおけ》が壁《かべ》に近すぎて危険です」

「そのままにしておけ」

「できあがった部分まで焦《こ》げてしまいます！」

「もう一度いう。そのままにしておけ」マエストロが声をあげた。「フィレンツェの人間は大きなかがり火が大好きだ。偉大《いだい》な預言者とかいうサヴォナローラにたきつけられ、すばらしい芸術品の数々を表の広場で焼き払《はら》ったのもついこの前のことだ。そして一年後、今度はその同じ場所で〈虚栄《きょえい》の焼却《しょうきゃく》〉を命じたその預言者本人を焼き殺した。もう一度派手なかがり火をみせてやろうではないか！」マエストロは木片をとりあげ、斧《おの》で叩《たた》き割った。「市庁舎の大会議室ならあつらえむきだ。窓と戸をあけ放て！　住民は火の臭《にお》いと炎《ほのお》がはぜる音をきけば、いつものようにこの大火事を見物しようと集まってくる」

ぼくたちはなす術《すべ》もなく、マエストロが次々に木を火桶《ひおけ》にくべていくのを見守っていた。火が勢いよく燃えあがり、その赤い大きな舌が壁《かべ》をなめていく。炎《ほのお》のむこうで、壁画《へきが》の兵士や馬が地獄《じごく》の業火に焼かれてるみたいだ。燃やしつくそうと迫《せま》ってくる火を前に、壁画《へきが》の上のほうの絵の具が動いたようにみえた。マエストロのやり方が成功したんだろうか？　高熱が絵の具と漆喰《しっくい》を乾《かわ》かし始めたんだろうか？　そのとき、フラヴィオが悲鳴をあげた。永遠の断罪を受けた魂《たましい》の悲痛な叫《さけ》びはこんな感じかもしれない。

「あああ！　みろ！」

ゆらめく明かりのなか、壁画《へきが》の下のほうに水泡《すいほう》ができ始めてる。ゾロアストロが駆《か》け寄ろうとしたけど、グラツィアーノが引きもどした。大会議室にいた全員が見守るしかなかった。だれにもどうすることもできなかった。もう取り返しがつかない。ぱちぱちとはぜる火は容赦《ようしゃ》なかった。ぼくたちはうめき声をもらし、炎《ほのお》の音と熱さが、この傑作《けっさく》をむさぼり食う怪物《かいぶつ》への恐怖《きょうふ》をさらにあおった。戦っている悲運の兵士たちの表情が、創りあげた作品を破壊《はかい》される職人たちの苦痛の表情に投影《とうえい》されたみたいだった。

火桶《ひおけ》がいっぱいでこれ以上木をくべられなくなったとき、マエストロがよろめいた。すぐフェリペがマエストロの腕《うで》をとり、なだめすかして部屋《へや》の隅《すみ》までいっしょに歩いていった。ゾロアストロは危険をかえりみずに火桶《ひおけ》に近づいていき、鍛冶場《かじば》で使う道具のひとつを火桶《ひおけ》の枠《わく》にひっかけて壁《かべ》から離《はな》した。ほかの作業員たちも、葬儀《そうぎ》の列にならぶ修道僧《しゅうどうそう》みたいな足どりで、あたりに散らばってるものを拾い始めた。だれも何もいわない。ぼくは食べ物をのせておくテーブルにいってカップをみつけると、ワインをなみなみと注いだ。シナモンを加え、それから長い鉄の火かき棒を火のなかにつっこんで一分待ち、ワインのなかにつっこんだ。ぼくは腰《こし》かけをもつと、できたホットワインといっしょにマエストロのところにもっていった。ぼくが腰《こし》かけを前に置いたとき、マエストロはまるでぼくがだれだかわからないような顔でこっちをみたけど、すぐ腰《こし》をおろした。ぼくはワインのカップをマエストロの目の前に差し出し、熱いワインからスパイスの香《かお》りがただようようにした。マエストロは片手で目の前をあおぐとカップをつかんで、ワインをすすった。ぼくは足元にひざをついた。

マエストロがぼくの頭に手を置いて「いっていいぞ」といった。マエストロはかたわらに立つフェリペをみあげた。「いっていい。ひとりにしてくれ」

ぼくはフェリペといっしょに部屋《へや》のまん中にもどり、そこにいるみんなにホットワインを作った。だれも口をきかなかった。部屋《へや》のなかできこえてるのはフラヴィオが歯をがちがちいわせる音だけだった。ぼくもワインを飲んだ。そのときになってやっと、壁《かべ》をみあげる勇気が出た。

壁画《へきが》は台無しだった。

壁画《へきが》の上のほうは色が混ざりあい、どの線もぼやけている。何時間もかけて兵士や馬の詳細《しょうさい》な模型を作り、何ヶ月もかけて下絵を描《か》き、何週間もかかって壁《かべ》の下準備をし、下絵を転写し、ていねいに絵の具を塗《ぬ》っていったのに、それがほんの数分ですべてだめになってしまった。壁《かべ》の下のほうは黒く焦《こ》げている。中心部分の絵だけは、エネルギーが充満《じゅうまん》しているといわんばかりに火にも負けなかったけど、まわりのところは熱と煙《けむり》になでられ力を失ったみたいだった。

しばらくして、マエストロが大会議室の片隅《かたすみ》からもどってきた。テーブルや作業台が集まっているところへいって、何かをさがしているみたいだった。そのうち、指に絵の具をすくいとってみて臭《にお》いをかいだ。それから両手を合わせてこすりあわせる。

「なぜ絵の具の配合を変えた？」

みんなが顔をみあわせた。

「メッセル」フラヴィオがつっかえながら答えた。「配合は一切変えていません」

「いつもと同じ割合で混ぜてます」フェリペもいった。「私がしっかり確認しています」

ゾロアストロもいう。「ご自分の雇《やと》った職人のことはよくご存じでしょう。ここに適当な仕事をする者はひとりもいません」

マエストロはそれを認めたけど、それでも納得しない。「だが、何かがおかしい」

だれもがみじめな顔で立ちつくしているなか、マエストロはテーブルや作業台のあるところをうろつき、ときおり足を止めては振《ふ》り返って壁画《へきが》をみつめた。

「おかしい」マエストロがいった。「サンタ・マリア・ノヴェッラ教会でためしてみたときはうまくいったのだ」

「あれは壁《かべ》のほんの一部でしたから」フェリペがいった。「壁《かべ》の大きな部分となると……」

そのまま声が小さくなって消えた。

ゾロアストロが、粉にした混ぜる前の顔料が置いてある石板のほうへいった。指で顔料を混ぜてから、少しの粉を舌にのせ、目を閉じて味をみてみる。それから油のはいった壺《つぼ》へむかった。今日、作業を始めたときにあけたばかりの壺《つぼ》だ。また指をつっこんで少し手の甲《こう》に塗《ぬ》りつける。それからフェリペのほうへ歩いていった。「この油は」低い声でいう。「だれから買った？」

フェリペが不安そうな顔つきでゾロアストロをみた。「なぜだ？」

「濃《こ》さが……」ゾロアストロが塗《ぬ》りつけた油をよくみようと手をあげる。「みてみろ。これまで使ってたものとちがう」

「大勢の商人と取引している」フェリペは壺《つぼ》のところにいってふたについている札を調べた。「これは河岸《かし》の倉庫から買ったものだが、ほかで買ったのと同じはずだ」

「いや、同じじゃない」ゾロアストロはゆずらない。

「教皇はいくつもの制作をおこなわせている」グラツィアーノがいった。「ローマを、フィレンツェをしのぐ芸術と文化におけるヨーロッパの中心地にしようと息巻いてるからな。商人たちは、ローマでのほうが高く買ってもらえることを知ってる。いい素材は教皇のもとで制作している芸術家たちのためにとっておくらしい」

「それはありうる」フェリペはそういってどさっと腰《こし》かけにすわった。「どちらにせよ、ゾロアストロのいうとおりこの油が劣悪品《れつあくひん》だったのなら、私の責任だ。質を確認するのに、最初のひとつしかあけてみなかった。新しい油が届くたび、ひとつひとつあけて確認しようとは考えなかった」フェリペの顔は土色で、一日で一年分老けこんだみたいだ。「私の落ち度だった、とメッセルに報告にいかねば」

「私のミスでもある」グラツィアーノがフェリペの肩《かた》に腕《うで》をまわしていった。「さっきフラヴィオが、絵の具が定着しないからしばらく時間をおいたほうがいいっていってきたとき、耳を貸さなかったからな。あいつは火のそばにいってあったまって、ここが寒くなくなるまで待とうって魂胆《こんたん》なんじゃないかと思って、作業をつづけろ、といったんだ」

ゾロアストロがあごをつきだすようにしていった。「私にも責任はある。パニックになって火桶《ひおけ》を壁《かべ》に近づけすぎたんだ。火が大きくなってきて、壁画《へきが》はその熱に耐《た》えられなくなった」

「ぼくがもっと速く走って、マエストロを呼んできたらよかったんです」ぼくもいった。

「マエストロがここにもう少し早く着いてたら、ちがうやり方で解決できたかも」半分以上、嘘《うそ》だ。ものすごいスピードで走って、まだ横腹が痛いくらいだ。けど、ぼくもこの仲間にはいりたかった。

グラツィアーノが片手を伸《の》ばし、ぼくも輪のなかにはいれるように引き寄せてくれた。

「メッセルにあやまりにいこう」

「これでわかっただろう！」マエストロのもとにむかうとき、ゾロアストロがすきをみてぼくにささやきかけた。「いい伝えを軽んじるとこういうことになるんだ。この制作は、金曜日の十三時から始まったという時点でこうなる運命にあったたんだ」

マエストロはぼくたちの話をきくと即座《そくざ》に、許すことなど何もないといい切った。ほかの作業員たちにはうちに帰っていい、今日は休みだ、といい、今日の分の給料はちゃんと払《はら》うから安心するようにといった。ぼくたちにも、同じようにするようにといってくれた。「私はしばらくここにいる。ひとりのほうがいい」

部屋《へや》を出ていくとき、ぼくは振《ふ》り返ってみた。立って壁《かべ》をみあげる背の高いマエストロの姿が火桶《ひおけ》の光で浮《う》きあがっていた。

部屋を出ていく前、ぼくたちが元気をだすように、マエストロはわざわざこういって安心させようとしてくれた。

「そう落ちこむな」マエストロがぼくたちにいった。「元通りに直してみせる」

フェリペが背をむけた。グラツィアーノにはっきりこういうのがきこえた。「メッセルがこの壁画《へきが》を直すことはないな」

40

マエストロの弟子や見習いが工房《こうぼう》を離《はな》れていった。

ほかにもそういう人がたくさんいて、みんなローマへむかった。ラファエロもローマで注目を集めていたし、彫刻家《ちょうこくか》、ミケランジェロも教皇のもとで彫刻《ちょうこく》を制作中で、完成するまでには何年もかかるだろうといわれていた。そんな大がかりな作業が進んでいるうえ、ほかにも仕事はたくさんあった。ローマの人たちはイタリア中の芸術家が集まっても仕事にあぶれることはないって自慢《じまん》するほどだった。マエストロは職人が離《はな》れていくのをそう心配してるようにはみえなかった。ひとつのものに熱中するんじゃなくて、いつもいろんなことに興味をもってるので、いろんな分野の研究に忙《いそが》しかったからだ。だめになってしまった壁画《へきが》の修復はグラツィアーノにまかせてた。フェリペの仕事は、フィレンツェ評議会をなだめることだった。評議会は、いつになったらヴェッキオ宮殿《きゅうでん》の壁画《へきが》が完成するんだ、とうるさくききにきた。

絵画の依頼《いらい》はたくさんあったけど、フィレンツェの外からも圧力がかかってきていた。ミラノ公国を征服《せいふく》し、そこに宮廷《きゅうてい》を置いたフランスは、マエストロに宮廷《きゅうてい》にきてほしいとますます強くいってきた。契約《けいやく》内容も示してきていて、フィレンツェ評議会にマエストロの任を解くよう直接交渉《こうしょう》をするつもりでいるらしい。それに、ミラノの〈聖母無原罪の御宿《おんやど》り信心会〉の依頼《いらい》で描《か》いた祭壇画《さいだんが》をめぐってのいざこざがつづいていた。信心会は祭壇画《さいだんが》は未完成だといって支払《しはら》いをこばんでいたのだ。けどそれは、マエストロがみずからミラノにやってくるようにしむける口実だと思う。フィレンツェでやらなくちゃならないこともあったけど、マエストロはこの町を出るほうに心が傾《かたむ》いてるみたいだった。前みたいに、技師として、建築家として、そして設計者として、すべての才能を使って仕事ができるようなところにいきたいというようになった。そして、フランス宮廷《きゅうてい》はほかよりもマエストロの才能を買ってくれてるみたいだった。フェリペは、もうピエロ・ソデリーニ率いるフィレンツェ評議会をなだめなくてすむとなったら喜ぶだろう。フェリペの予想どおり、評議会は足場を返却《へんきゃく》するよう要求し始めていた。

「足場をばらばらに分解して、別々につつんで配送すれば、丸材が何本か抜《ぬ》けてるなんて気づかないんじゃないか？」フェリペがいった。

「気づくわけないさ」グラツィアーノが笑い声をあげた。「あの評議員たちときたら何もわかってない。頭と尻《しり》の区別だってついてないんだから」

グラツィアーノはミラノ行きに大乗り気だった。ミラノの洗練されたフランス宮廷《きゅうてい》は、優《ゆう》雅《が》で機知に富み、グラツィアーノの大好きな貴婦人に事欠かない、と思ってる。

サライは、マエストロがいくところならどこにでもついていった。性格はゆがんでるとしても、マエストロのことは本当に慕《した》っていて、マエストロには忠実だ。ほかの見習いたちがいなくなっても、サライは残った。けど、それは自分のためだったのかもしれない。サライには絵を描《か》く才能が多少あったので、ダ・ヴィンチ工房《こうぼう》の評判をうまく利用して、こっそり注文を受けてこづかいにしていた。マエストロに下書きをさせ、工房《こうぼう》の倉庫の画材を使って、肖像画《しょうぞうが》を完成させることもあった。賢《かしこ》いフェリペは、おおっぴらにこのことに触《ふ》れたりはしなかったけど、工房内《こうぼうない》ではちょっとした問題になっていた。

マエストロはそういうことに気づいてないか、気にしてないかだった。あの大惨事《だいさんじ》の起こった日にいた場所でますます時間をすごすようになっていた。リザ夫人のうちだ。

夫人のうちはマエストロの避難《ひなん》場所になった。前は、マエストロが悲しみにくれる夫人を助けたけど、今は夫人のおかげで、マエストロはこのつらい時期をもちこたえられていた。マエストロに女友だちはほとんどなく、リザ夫人は貴重な友人のひとりだった。夫人は勉強して少しずつ昔から今までの書物を集め始め、ふたりで読んだ本のことを話し合った。マエストロはこれに感心していた。それに、夫人の回復力にも——その意味では、マエストロはすべての女の人の強さに敬服していた。

「女性は出産で命をしぼりとられて死んでいく」マエストロがいった。「何年か前に、十三人の子どもを産んだ女の死体を解剖《かいぼう》したことがあった。分娩《ぶんべん》で骨盤《こつばん》には多くのひびがはいっていた。そして、生まれてきた息子《むすこ》や娘《むすめ》のうち、生き残ったのはひとりだけだった。その母親は分娩《ぶんべん》の肉体的苦痛に耐《た》え、そのうえ、子どもを失う苦しみにも耐《た》えねばならなかった」

ぼくはロッサナとエリザベッタのことを考えた。もしあのふたりがあのままペレラで育っていたら、どうなっていたんだろう？　十六歳《さい》になるころには、結婚《けっこん》して子どもを産んだかもしれない。けど今、エリザベッタは兄といっしょに片田舎の農場で暮らし、ロッサナは、エリザベッタの信じるとおりなら、天使たちと暮らしてる。けど今はこんなことを考えないほうがいい。ロッサナのことを思い出すと、胸を強く殴《なぐ》られたみたいな気分になる。

「男は、女が経験しなければならないこの試練を十分考えているとはいえない」マエストロがつづけた。「われわれの知ってるひとりの男は例外だが」

マエストロがいってるのは、リザ夫人の夫、フランチェスコ・デル・ジョコンドだ。フランチェスコは妻を大事に思い、子どもを亡くした悲しみにくれる夫人を心配して、マエストロに肖像画《しょうぞうが》を描《か》いてくれとたのみにきた。

「リザ夫人はフランチェスコの最初の妻ではない」マエストロがいった。「フランチェスコは前の結婚《けっこん》で、死んだ妻とのあいだにすでに男の子をひとりもうけていた。だが、この妻のことを今も大切に思っているのだろう。私の父も四度結婚《けっこん》したが、どの妻も、最後のひとりをのぞいてみな父より早くに死んだ」

マエストロはめったに自分の父親のことを話さなかった。フィレンツェで評判の高かった公証人で、十八ヶ月前に亡くなった。どんなときでも、マエストロが感情を表にだすようなことはめったになかったけど、この場合はただ親を亡くした以上の苦しみがにじんでいた。ぼくはフェリペからきいていた。たしかに、法律で私生子という存在は認められてないけど、マエストロは父親の財産を一切受け継《つ》ぐことができないと知ってひどく悲しんでる、って。息子《むすこ》として認められていない存在だってはっきりみせつけられて、恥《は》ずかしいと感じたんだろうか。ぼくと同じで、父親からも母親からも認められない子ども。この似たような境遇《きょうぐう》が、ぼくたちをつないでるのかもしれない。といっても、子どものころのマエストロは、母親代わりのような女性に面倒《めんどう》をみてもらって、愛情をそそがれたらしい。マエストロの実の母親は結婚《けっこん》にふさわしい相手じゃなかったから、父親は別の女性と結婚《けっこん》して、私生子として生まれたマエストロを家族にむかえいれた。この新しい母親は継子《ままこ》のマエストロにとてもよくしてくれて、マエストロは家を出る年になったとき別れるのがつらかったらしい。この義理の母はもう亡くなっていたけど、その兄、つまり義理の伯父《おじ》とマエストロは今も連絡《れんらく》をとっていて、いい友人だった。伯父《おじ》は、フィレンツェの少し先、フィエーゾレの教会の司教座聖堂参事会員をしている。壁画《へきが》がだめになってからマエストロが骨休めにむかったのがその伯父《おじ》の家だった。

マエストロはフィエーゾレでクリスマスをすごし、年明けのエピファニーの祝祭を祝い、それから一月の終わりまでそこにいた。フィレンツェ評議会の議長、ピエロ・ソデリーニは、マエストロがずっと留守にしているのに不満をつのらせ、サンタ・マリア・ノヴェッラ教会内の工房《こうぼう》まで文句をいいにきた。マエストロに文句をいいにやってくるソデリーニをフェリペはあらゆる手を使ってなだめ、いなした。たとえば、台帳と請求書《せいきゅうしょ》をみんなもってきて、ソデリーニの前で念入りに調べ始める。それから、評議会の承認済みの支払《しはら》いを計算しては、また計算し直す。今度は暦《こよみ》をとりだして、これまで作業にあたった日数にしるしをつけていき、完成まであとどのぐらい時間がかかるのか暦《こよみ》に書きこんでいく。そうするあいだ、グラツィアーノがこの真面目《まじめ》だけどつまらないソデリーニに工房《こうぼう》で一番いいワインを気前よく注いでいく。政情に関するご意見をぜひきかせてほしいといって、ソデリーニをいい気分にさせるのだ。

「あの男には、未完成の壁画《へきが》の心配よりほかにやることがあるのにな」ある日、ピエロ・ソデリーニが酔《よ》っ払《ぱら》ってふらふら出ていくのを見守りながら、グラツィアーノがいった。「この町で実際に何が起こっているのか、もっとよくみたほうがいい」

フェリペも同意した。「自慢《じまん》するくらい、政情をみる鋭《するど》い目があるのなら、今まさに目と鼻の先で何が起ころうとしてるのかわかりそうなものだがな」

ぼくはワインの瓶《かめ》とカップを片づけてるところだった。「何が起きるんですか？」手を止めてふたりにきいてみた。

「マッテオ、何も知らないでいるほうがいい」フェリペがいった。「そうすればどっちの側についたとかつかないとかいわれずにすむからな」

「どういう側があるんですか？」

「教皇は、今にも軍をロマーニャに進軍させるつもりでいる。チェーザレ・ボルジアが征服《せいふく》した以上の都市を手にいれようとしてるんだ。フィレンツェにはこれをいい機会だと思っている者がいる……チャンス……ここフィレンツェに変化をもたらすチャンスだと思ってな」

グラツィアーノは慎重《しんちょう》に言葉を選びながらいった。

「そして、こういう会話をきさつけて報告するスパイもいる」フェリペがふいに口をはさんで、気をつけろ、というような目でグラツィアーノをみた。

ぼくはワインのカップを手にとって、皿を洗いにいった。この話は、筆記屋シニストロが話してくれたことと重なる。それでも、そんなことが起こるなんて信じられなかった。フィレンツェは商業のさかんな、活気にあふれた町だ。だれがみても豊かなこの町を変えたいなんて思う人がいるだろうか？　評議会は共和国としてのこの町の存在の一部だ。ピエロ・ソデリーニは、その共和国の終身の指導者として選ばれた。ソデリーニの地位はたしかだ。あの凄腕《すごうで》マキャヴェッリと国民軍に支えられているんだから。その地位からころげおちるなんて想像がつかない。

壁画《へきが》を完成させるというフィレンツェ評議会との契約《けいやく》はあったけど、マエストロはもうヴエッキオ宮殿《きゅうでん》ではほとんど時間をすごさなくなり、鳥の生態や飛ぶ仕組みの研究のほうに夢中になっていた。この研究のためのスケッチは何百枚にもなって、それをゾロアストロといっしょにながめては、ゾロアストロに針金とひごと麻布《あさぬの》で模型を作らせた。この模型がだんだん大きいものになっていくと、マエストロは友人のいる別の教会にゾロアストロをやって、そこでひそかに作業を進められる場所を提供してもらった。

これと同時に、植物の研究のために外に出かけていったり、霊安室《れいあんしつ》で解剖《かいぼう》したり、リザ夫人のうちを訪ねていったりしていた。

リザ夫人のうちでは肖像画《しょうぞうが》の制作がつづいていた。リザ夫人の夫は、この肖像画《しょうぞうが》制作がいつまでも終わらないのを気にするようすはなかったし、マエストロが絵を進めるにしろそうでないにしろ、気まぐれにやってくるのもかまわないみたいだった。フランチェスコ・デル・ジョコンドは、マエストロのような知性と教養にあふれた人物とともにすごすことで妻が悲しみのふちから救いだされたのを心から喜んでいた。

肖像画《しょうぞうが》は夫人のうちに置いてあった。子どもを亡くしたばかりのころ、夫人は悲しみに打ちのめされとてもうちを出られる状態じゃなかったからだ。夫のフランチェスコがぼくたちにそういって、マエストロにうちにきてくれるようたのみこんだ。

「妻が死んでしまうのではないかと心配なのです。妻を失ったら、私も死ぬかもしれません」

「そんな深い愛を前に、断れたものではないだろう？」マエストロはぼくにいった。

夫は自宅にマエストロが使える小さな作業場を設け、マエストロの気がむいたときに肖《しょう》像画《ぞうが》を描《か》く、というのに文句はいわなかった。はじめはマエストロも乗り気じゃなかったけど、リザ夫人の知性と物腰《ものごし》がマエストロの気を変えた。結局最後には、あの素晴らしい壁画《へきが》がだめになったとき、夫人に与《あた》えたなぐさめと同じだけのなぐさめをここから得られることになった。

はじめから、マエストロは夫人への気遣《きづか》いをみせ、長時間モデルをさせることもなかったし、話をさせようとすることもなかった。けどある日、夫人が少し元気をとりもどしてきたころ、マエストロがぼくにここに残って話をきかせてくれといった。

「マッテオは」マエストロが夫人にいった。「おもしろい話をたくさん知っているのだ」マエストロはぼくに始めるように手を振《ふ》った。

「どの話をすればいいですか？」ぼくはきいた。

「自分で選べばいい」マエストロが答える。「祖母からきいた神話のひとつでも話したらどうだ？」

ぼくは部屋《へや》のなかをみまわした。そこはマエストロが自分の手で絵を描《か》くのに便利なように作業場としてしつらえてあった。中庭に面した窓辺に腰《こし》をおろした夫人は、そこから絶《ぜっ》妙《みょう》な光線を受けるようになっている。夫人が着るものもマエストロが選んだ。豪華《ごうか》なドレスのほかに、輝《かがや》くネックレスや高価な宝石が召使《めしつか》いたちの手でもちこまれたけど、マエストロはそれをみんな断り、質素なドレスを選んで首もとに自分で手を加えた。リザ夫人の夫は、自分が成功した裕福《ゆうふく》な商人だってことを示すきらびやかな服装のほうがよかったんだろうけど、マエストロはこういって夫を納得させた。「これで十分。夫人の美しさに金箔《きんぱく》を上《うわ》塗《ぬ》りする必要はない」

ドレスや宝石類は片づけられていたけど、そのほかの装飾品《そうしょくひん》のはいった箱は部屋《へや》の隅《すみ》に置いたままだった。ふたがあいてて、スカーフやリボンにうもれて羽根も何本かあるのがみえた——ダチョウ、ヤマウズラに孔雀《くじゃく》。

ぼくは、夫人がぼくに気をとられてポーズを崩《くず》したりしないように、夫人の視界の外に立った。

「それでは」ぼくは話し始めた。「神々からパノプテスと呼ばれた巨人《きょじん》の話をします。パノプテスは〈すべてをみる者〉という意味です。アルゴスという名前でも知られていて、百の目をもっていました。

ある日のこと、神々の王ユピテルは、ある島の王のもとを訪れました。そこで庭を歩いている王の娘《むすめ》に目を留めました。王女の名はイオといいました。

ユピテルはこの美しい王女イオに恋《こい》してしまいました。そして長いこと、島でいっしょにすごしました。

天界では、ユピテルがいないのにみな気づきました。ユピテルが天界にもどってくると、誠実を誓《ちか》った相手、女神ユノに人間界で何をしていたのかたずねられました。ユピテルはいろいろすることがあって忙《いそが》しかった、といいましたが、ユノは信じませんでした。ユノは自分もその島にいき、どうしてユピテルがなかなか帰ってこなかったのかつきとめました。

ユノはひどく腹を立てました。そしてイオに嫉妬《しっと》し、この王女を苦しめてやろうと考えたのです。ユノのたくらみを知ったユピテルは、あわてて王女イオを守る方法はないものかと知恵《ちえ》をしぼり、イオを美しい牝牛《めうし》の姿に変え、草原で静かに草をはむイオを百の目をもつアルゴスに見張らせることにしました。

しかし、賢《かしこ》いユノはそれをつきとめ、神々の使者であるメルクリウスを呼んで、指示を与《あた》えたのです。メルクリウスはすぐさまイオが草原ではしゃいでるところまで飛んでいきました。メルクリウスは暑さのなか、日が暮れるまで待ち、イオは遊ぶのをやめ、休もうと体を横たえました。そのとき、巨人《きょじん》アルゴスもイオを見守るように腰《こし》をおろしました。

メルクリウスはフルートを唇《くちびる》にあてて吹《ふ》きました。この音色に、アルゴスは眠《ねむ》り始めました。百ある目がひとつひとつ閉じていきます。とうとう、あいている目はひとつだけになりました。そして、とうとうその目も閉じました。巨人《きょじん》は眠《ねむ》りこんでしまったのです。メルクリウスはアルゴスがすっかり寝入《ねい》っているのをたしかめて、フルートをわきに置きました。剣《けん》をひきぬき、アルゴスの頭を切り落とそうとします。そのとき、アルゴスが恐《おそ》ろしいほえ声とともに目を覚まし、百の目をぱっと開き、立ちあがろうとしました。けれど遅《おそ》すぎました。メルクリウスが剣《けん》を振《ふ》りおろし、巨人《きょじん》は死体となってその場に倒《たお》れました。

イオは、いくつもの大陸をわたり、休む間もなく地球上をさまようことになりました。

メルクリウスはユノのもとへいき、いいつけをこなしたことを伝えました。ユノはその場に急ぎました。アルゴスは死んで土の上に横たわり、その目は空をみあげていました。

ユノはアルゴスの頭から百の目をすべて摘《つ》みとり、それをもって帰ると、お気に入りの鳥の羽根にうめこみました」

「これが」ぼくは孔雀《くじゃく》の羽根をとりあげ、ひらひらさせた。「こんなふうに孔雀《くじゃく》の羽根に目がついてる理由なんです」

リザ夫人が拍手《はくしゅ》してくれた。

ぼくは夫人をみて、マエストロをちらっとみた。マエストロもうなずいてくれた。話をほめられたのがうれしくて、ぼくはふたりににっこりほほえんでみせた。


それ以来、その場に残って話をするよう、マエストロによくたのまれるようになった。トロイアの包囲戦のあとのオデュッセウスの冒険《ぼうけん》物語とか、ぼくが知ってる伝説の話とか、ぼくが選んだ寓話《ぐうわ》とか民話とかだ。

春になって、マエストロが肖像画《しょうぞうが》に再びとりかかると、ぼくの話も復活した。リザ夫人は、今もあまり口をきかなかったし、マエストロは肖像画《しょうぞうが》に神経を集中させていて、目の前の絵をみつめたまま筆をまったく動かさないこともあった。部屋《へや》が静まり返ってても重苦しい感じはなかった。けど、静けさを破りたくなると、頭のなかをさぐって、おばあちゃんがまいてくれた物語の種をみつけだし、自分で比喩《ひゆ》をもりこんで話を大きくして、噴水《ふんすい》から噴《ふ》きこぼれる水みたいに物語った。

復活祭が近づいてきたある日のこと、リザ夫人は椅子《いす》に腰《こし》をおろす前にぼくに何か小さなものを手渡《てわた》した。「トスカーナ方言で書かれた本を出す新しい出版社からこんなのが出たの。わたしが子どものころ、母がきかせてくれた話がはいっているわ。もう一度その話をききたいの。マッテオ、今朝《けさ》はその話を読んできかせてくれないかしら？」

ぼくはどうしていいのかわからなくてうなだれた。

マエストロがさりげなくあいだにはいってくれた。「マッテオは知ってる話をきかせるほうが好きなのだ」

ぼくをピンチから救ってくれたものの、マエストロの鋭《するど》い視線が飛んできた。まるでこういわれてるみたいだった。「そらみたことか！　夫人をがっかりさせてしまった。夫人は本を読んでほしかったのに」

その日、ぼくは自分の話をふたりにきかせて、夫人のうちを出るというとき本を返そうとした。

「あら、マッテオ、それはあなたにあげたのよ。もっていてちょうだい。楽しんでもらえるとうれしいわ」

ぼくは手に本をかかえたまま、後ろによろめいた。この贈《おく》り物を受けとっていいのか、マエストロのほうをみた。マエストロがうなずく。それから片眉《かたまゆ》をあげた。「お礼は？」小声でいった。

「ありがとうございます」ぼくはそういってお辞儀《じぎ》をしたけど、涙《なみだ》がこみあげてきた。

夫人はそれに気づいたのかもしれない。ぼくから目をそらして、マエストロと何か話し始めた。リザ夫人はすばらしい人だった。国を支配する王女や女王みたいな高貴な生まれじゃないけど、生まれつきの気品と心やさしい女性がもつ自然な上品さがあった。

その晩、ぼくはマットレスの上に寝《ね》ころがって、もらった本をとりだしてよくみてみた。ほんの少しだけ、わかる単語があった。

ぼくは見覚えのある単語をひとつひとつ指さして、ためらいながら声にだしてみた。ふいに、文字がぼやけてみえなくなった。目に涙《なみだ》がこみあげていた。

ぼくはすすり泣いた。思い出せない母親、自分にはいない父親、死んだおばあちゃん。初《はつ》恋《こい》の相手、ロッサナを失ったこと。ロッサナ、その両親、それから幼い弟。エリザベッタもパオロも遠く離《はな》れたところにいる。この手にもっていたけど奪《うば》われたもの、決して手にしたことがないもの、悲しいことを全部思い出して、ぼくは泣きつづけた。

翌日、ぼくはその薄《うす》い本をもって筆記屋シニストロのところにいった。筆記屋は本を手にとると、「どこで手にいれた?」ときいた。

「あるご婦人がくださったんだ」

「どこのご婦人がこんなものをおまえにくれる?」

「だれからもらったかはいわない。けど、盗《ぬす》んだんじゃない」

「それは信じよう」筆記屋が答えた。「だが、だからこそ贈《おく》り主が気になるのだ」

「なんて書いてある?」

筆記屋は声にだして本を読み始めた。

「そうじゃない」ぼくはいった。「読んでほしいんじゃない。どこになんて書いてあるのか教えてほしいんだ」

筆記屋は指でたどりながら読んでいった。「あるところに竜《りゅう》が住んでいました――」

「本当にこのページにそう書いてある?」

「本当だとも」筆記屋が腹を立てていった。「わしが修業を積んだのは、アンセルム尊者のもとで――」

「あの有名な、カッシーノ山のサン・ベルナール修道院の写本室なんだよね」先取りしてつづけた。「立派な経歴は覚えてるよ。それで」ぼくは筆記屋の肩越《かたご》しにのぞきこんだ。「それぞれの単語がどういう音か、どうやってわかるのかが知りたいんだ」

「単語を作ってる文字でわかる」筆記屋がいった。「文字にはそれぞれ音がある。それをいろいろな順番でくみあわせると、単語になる」

「なんだ、それだけのこと?」ぼくは声をあげて笑った。「じゃあ、ぜんぜんむずかしくないじゃない」

「ほう、そうかな?」筆記屋がおだやかな声でいった。

「うん。それで?」

「ここから先は金を払《はら》ってもらわんとな」

「金なら払《はら》うよ」ぼくはエピファニーのときにマエストロにもらったペニー硬貨《こうか》を一枚とりだした。「手紙を読んでもらったときと同じ額」

「おいおい、それはちがう」筆記屋が答えた。「今回は、わしが何か読むんじゃない。おまえさんがたのんでるのはそれとは全然ちがうことだ」

「ぼくは何をたのんでる?」

「おまえはわしに読み方を教えてくれといっているんだ。その授業料として、三十分で一ペニーだ」

ぼくはちょっと身を引いて、自分がいくらもってるのか硬貨《こうか》を数えてみた。「知らなくちゃならない言葉、みんな教わるのにどのぐらいかかる?」

筆記屋はぼくにほほえんで、こういった。「マッテオ、一生かかるかもしれんぞ」

41

秘密の制作作業が形になってきていた。

人目に触《ふ》れることなく、マエストロの細かい指示にしたがって、木枠《きわく》と布張りでできた壮麗《そうれい》で優雅《ゆうが》な物体が組み立てられていった。ぼくはあいた時間に筆記屋シニストロから読み方のレッスンを受けていたけど、それ以外のほとんどの時間はゾロアストロを手伝って、マエストロの考えを形にしたこのすごいものを組み立てにかかっていた。ぼくたちは朝、日が昇《のぼ》るとすぐ仕事を始めた。春の訪れがたしかなものになり、日が長くなると、作業は暗くなるまでつづいた。

ぼくは、マットレスと身のまわりのものを新しい作業場にもちこむことになった。そしてそのとき暗記用に筆記屋シニストロが書いてくれた文字や簡単な単語でいっぱいの小さな紙切れにフェリペが気づいた。

「マッテオ、これはなんだ?」何枚か手にとってながめている。

ぼくはあたりをちらっとみまわした。サライはグラツィアーノといっしょにヴェッキオ宮殿《きゅうでん》に仕事にいってたし、マエストロとゾロアストロは部屋のむこうで打ち合わせをしている。

「勉強してる文字です」フェリペに小さな声で告げた。「筆記屋シニストロのことを話したのを覚えてます? 冬のはじめ、ぼくの友だちへの手紙を代筆してくれた筆記屋です。あの筆記屋にお金を払《はら》って読み方をならってるんです。先生をつけてもらったとき、少しは読めるようになってるといいなと思って」

フェリペが真面目《まじめ》な顔でぼくをみた。「マッテオ、勉強を始めたんだな。うれしいぞ」

フェリペはそういっただけだったけど、次の日、ぼくのマットレスの上には紙のたばと文字を教えるときに先生が使うような文字盤《もじばん》がのっていた。

筆記屋シニストロはあまり辛抱《しんぼう》強くなかった。ぼくは、この勉強は退屈《たいくつ》で、つまらなくて、質問してもろくに答えてもらえない、と思った。なぜ、この形がこの文字になったのか?

どの音がどの形になるってだれが決めたのか？　単語のつづりはどうやって決められたのか？

「どうしてそうなの？」ぼくはしつこくきいた。

そうすると筆記屋のこぶしが頭に飛んでくる。「答えの出ない質問をして、邪魔《じゃま》をするんじゃない」とどなられる。「その鈍《にぶ》い頭にただたたきこめ。黙《だま》って覚えろ。さもなきゃアルノ川に投げこむぞ」

けど、筆記屋は苦労してぼくに教えるのをちょっと楽しんでるところもあったんだと思う。あたたかくなってくるにつれて、ぼくがときどき話を脱線《だっせん》させると、勉強を離《はな》れて自分の人生の話をしてくれるようになり、ぼくたちは前より親しくなった。そうしてぼくのほうも自分の話をするとき以前ほど気をつけなくなって、気軽に昔のことを口にだしたりするようになっていった。そして、筆記屋が何気なく手紙のことをきいてきたから、ぼくはエリザベッタのこと、エリザベッタがだれで、どうやってぼくたちが出会ったのかしゃべってしまった。ぼくは何気ない会話のつもりだった。筆記屋シニストロが、リスが冬の飢《う》えにそなえて木の実をたくわえるみたいに、情報を集めてるなんて思いもしなかった。

この筆記屋が遠回しにききだそうとしてくるのは、たいがいマエストロの仕事のことだったけど、マエストロが工房《こうぼう》の外で話してほしくないと思うようなことは、ぼくもわきまえていた。

マエストロはときどき病院で解剖《かいぼう》作業をしていて、人体の構造についてのメモとスケッチは莫大《ばくだい》な量になった。マエストロといっしょに解剖《かいぼう》作業にいっても、アヴェルノの霊安室《れいあんしつ》で感じたような恐怖《きょうふ》と吐《は》き気に襲《おそ》われることはなくなった。マエストロがしている作業に興味がわくようになった。けど、そんなことは筆記屋には話さなかったし、ぼくたちが作っている不思議な装置のことも、それがどこにしまってあるのかもいわなかった。

ゾロアストロは技師としての才能を発揮できる仕事をまかされて大喜びだった。壁画《へきが》のために顔料をひいて粉にしたり、絵の具を調合するよりずっと楽しそうだ。けど、夏が近づくにつれて、この装置をためしてみずにはいられなくなってきていた。春も終わりかけのある日、ゾロアストロがマエストロにたのみこんでいるところに出くわした。

「飛びますよ。この鳥はきっと飛びます！　飛びますよ！」

「だがゾロアストロ、今はまだ早い」

ふたりはもう二十五年以上のつきあいだけど、それでもぶつかるときはぶつかる。ゾロアストロは興奮すると血がのぼって、顔が奇妙《きみょう》なまだら模様になる。薬品をまぜてるときの事故でやけどしたせいもあるけど、鍛冶場《かじば》で火花が顔に飛んだりするのにゾロアストロが注意を払《はら》わないせいもあった。浅黒いしわの寄った顔には、火薬のやけどの跡《あと》があり、片手の指二本は先が欠けている。けどその目は鋭《するど》く、輝《かがや》いてて、いつもどこか落ち着かず、ふいに動きだす。あの飛行装置を飛ばしてみるべきだってマエストロを説得しようとしてるときもまさにそうだった。

「みてください！」ゾロアストロがいった。鉄の鉤《かぎ》で天井《てんじょう》からぶらさがった、巨大《きょだい》な鳥みたいな装置に手を伸《の》ばす。ゾロアストロの手が触《ふ》れてその物体が揺《ゆ》れ、張った布が振動《しんどう》した。「ほら、そわそわしているでしょう？　巣を離《はな》れて大空に飛び立ちたいんです」

「ゾロアストロ、今はまだ早い」マエストロが答えた。

マエストロは装置の下に立っていて、操縦士がすわる部分の骨組みをみていた。「翼《つばさ》を動かす操縦士が直立姿勢でいられるようにしなくてはならない。まだ手をいれるところがある」

「なんて頑固《がんこ》なんだ！」ゾロアストロが声をあげる。

「私は頑固《がんこ》なのではない。慎重《しんちょう》なだけだ」マエストロはゾロアストロの肩《かた》に手を置いていった。「昨年、同じ実験を試みたジョヴァン・バッティスタ・ダンティが鐘楼《しょうろう》から教会の屋根に落ちたのを覚えているだろう？」

「だったら、あの丘《おか》の上から飛ぶことにしましょう」ゾロアストロがいたずらっぽいほほえみを浮《う》かべながらつけ加える。「モンテ・チェチェリはフィエーゾレのすぐ近くです」

フィエーゾレは、司教座聖堂参事会員をしているマエストロの義理の伯父《おじ》がいるところで、マエストロがよくこの伯父《おじ》の家に話をしにいくのをぼくたちはみんな知っている。マエストロがためらっていると、ゾロアストロはさらに説得にかかった。

「適切な装置があれば人は飛べる、といつもいってるじゃないですか。そして、われわれは考えうる限り最高の飛行装置を作ったんですよ」

「私もそう信じている。だが鳥の翼《つばさ》の仕組みは、私がまねようとしても、およびもつかないほど複雑なのだ」

「鳥の翼《つばさ》はたくさんの羽根でできています」ぼくはいった。「一本一本の羽根がいっしょにあわさって、空中にとどまっていられるようにしてるんです」

「空気抵抗《ていこう》を利用しているということだな」マエストロがそういった。

ぼくはこれにはげまされてつづけた。「鳥を観察してると、翼《つばさ》をはばたかせて空中を飛んでいくのがわかります」またちょっとためらってからつづけた。「上昇気流にのって、すべるように飛んでいくときもあります。けど、鳥の体のほうが空気より重くて、下に何ももちあげてくれるものがないときに、どうやって飛んでいるのかがわかりません」

「飛ぶときに鳥の体にぶつかる空気の流れが体をもちあげてくれるのだ」マエストロがいった。「鳥が空気の流れにぶつかるときの力が、鳥の体をもちあげる力になる。ワシは、ウサギや子ヒツジを運ぶとき宙にとどまっていられるし、鉤爪《かぎづめ》に獲物《えもの》をしっかりつかんだまま、高いところにある巣に帰れるぐらい舞《ま》い上がることもできるだろう？」

ぼくは装置に目をやった。本当に飛べるんだろうか。こんなに重いものが宙に浮《う》くなんてむりなんじゃないか。

ふいにペレラでのことを思い出した。砦《とりで》の城壁内《じょうへきない》には大きなサイカモアカエデの木があった。ぼくたちが中庭で遊んでいるなか、まだ緑の木の葉を秋の風が吹《ふ》き飛ばしていってた。パオロとぼくが、ロッサナとエリザベッタにいわれて両手いっぱいのカエデの葉と種を空中に投げあげると、ふたりははしゃぎながら舞《ま》い落ちる葉や種をつかもうとした。幼いダリオは、ぽっちゃりした脚《あし》でよちよち駆《か》けまわり、葉が上から舞《ま》い落ちてくるのに大喜びしていた。マエストロが通りかかり、プロペラ形のカエデの種が、らせんを描《えが》きながら落ちていくのをみつめていた。そのうち種をひとつつまみあげると、ぼくたちをまわりに集め、カエデの種についたプロペラ形の翼《つばさ》がらせんを描《えが》く仕組みについて説明してくれた。マエストロは砦《とりで》のなかにもどり、また外に出てくるとぼくたちを呼んだ。マエストロに教えてもらいながら、ぼくたちはそれぞれ小枝を毛糸で結びあわせて人形を作った。それから、この小さな人形を四角い布切れの四隅《よすみ》に細い糸でつなぐ。ぼくたちは砦《とりで》の塔《とう》の一番高いところにある窓まで登っていった。そして、順番に小枝の人形を放り投げた、ずっと下まで、人形がふわふわ宙に浮《う》かびながら落ちていくのを見守った。マエストロが、人間も骨を折ることなく、高いところから飛びおりられるかもしれないというと、ぼくたちはみんな声をあげて笑った。ダリオが小枝の人形を投げる番になった。あんまり興奮してたから、パオロがしっかり抱《だ》きかかえてないとその小さな体をよじって峡谷《きょうこく》に落ちてしまいそうだった。

「これで舞《ま》いあがり、旋回《せんかい》し、むきを変え、他の連中を高みからみおろすんだ」ゾロアストロは鳥になったつもりで両手を広げ、工房《こうぼう》を跳《は》ねまわった。「順番に、だれが一番高く飛べるか競争する。マッテオ、やってみたいだろ？」

ぼくはまばたきしてペレラの記憶《きおく》を振《ふ》り払《はら》った。「はい、やってみたいです」

「体の小さな者でなければならない」ゾロアストロがぼくにウィンクしてみせた。「大人《おとな》の男は重くて体が大きい」

「だめだ」マエストロがすぐそういった。「マッテオはだめだ」ゾロアストロが声をあげて笑った。「あなたが大切に思ってる者の命を危険にさらしたりしませんよ」

「おまえも私にとって大切な友人だ」マエストロがいった。

「マッテオじゃ力が足りない」ゾロアストロがいった。「滑車《かっしゃ》のひもを動かせる力がないと」ゾロアストロがぼくたちの前で帽子《ぼうし》をとってみせた。「世界で初めて空を飛ぶ男に、このわたくし、立候補いたします」

「まだ早い」マエストロがいったけど、少し自信がなさそうだ。

「ミラノにいくつもりなんでしょう？」ゾロアストロが食いさがる。「ミラノにいったら、秘密でこんな実験をする機会はなくなります」

「おまえのいうとおりかもしれんな。それに天候のことも考えねばならん。五月をすぎると暑すぎるかもしれない」

「マッテオには体験に基づいた知識がある」ゾロアストロがいった。「どうだ？　今年の夏は暑くなりそうか？」

「木々の芽はもうすっかり出てます」ぼくは答えた。「それに、鳥たちは高みの枝に巣を作りました。暑くてあまり風がない気候になる前兆だと思います」

「天候のことも研究しているのだからわかるでしょう？」ゾロアストロがマエストロにいった。「気流のこともわかっているはずだ。決心してください。今こそそのときですよ！」

ぼくは装置をじっとみあげてるうち、不安になってきた。マエストロはたしかに風向きの研究もしてたけど、イカロスの話がある。

イカロスはダイダロスの息子《むすこ》で、大昔の人だ。ダイダロスはとても頭がよくて、クレタ島の王、ミノスに大変な仕事をたのまれた。ミノタウロスという人間の体に雄牛《おうし》の頭をもった怪物《かいぶつ》をとじこめるための迷宮を作ってほしいというのだ。けど、ダイダロスがこの仕事を終えると、ミノス王はダイダロスがこの迷路の抜《ぬ》け道を他人に教えるんじゃないかとこわくなった。それで、ダイダロスと息子《むすこ》のイカロスがクレタ島を出られないように、ミノス王はすべての船をさしおさえてしまった。

ダイダロスは別の方法で海をわたらなければならなくなった。新しいものを考え創りだすのが得意なダイダロスはふたり分の翼《つばさ》を作り、海の上を飛んでわたろうと考えた。ある朝早く、ダイダロスとイカロスは翼《つばさ》をつけて崖《がけ》の上から飛びたった。ダイダロスは海面の上を低く飛び、ぶじイタリアにおりたった。けど、イカロスはもっと高く飛びたかった。

太陽がのぼった。イカロスはどんどん高く飛んでいった。そして、太陽の熱が強くなり、翼《つばさ》をイカロスの肩《かた》にくっつけていた蠟《ろう》がとけてしまった。イカロスは海に落ち、溺《おぼ》れ死んでしまった。

イカロスの翼《つばさ》をとかしたのは太陽じゃなく、怒《おこ》った神だ、って話もある。神は、空を飛ぼうなんて大それたことを考える人間をただではおかない。

その晩、ぼくはマットレスに横になってそんなことを考えた。頭上では、窓のすきまや戸口の下から吹《ふ》きこんでくる風に、巨大《きょだい》な翼《つばさ》をもった鳥がかすかにきしんでいる。去年の六月六日の金曜日の不吉《ふきつ》な前触《まえぶ》れのことを思い出した。ゾロアストロが警告したのに、マエストロは十三時からフレスコ画の彩色《さいしょく》を始めた。ゾロアストロは正しかった。不吉《ふきつ》な前兆を無視したりするものじゃない。マエストロがそんな注意を無視したせいで、壮麗《そうれい》な壁画《へきが》はすっかり台無しになってしまった。人間は、飛ぶための翼《つばさ》をもって生まれてきてはいない。創造主のご意思に歯向かおうとする者は呪《のろ》われると信じてる人はたくさんいる。人間が飛ぼうとしたりすれば、神がその手を天界から伸《の》ばし、高慢《こうまん》な人間をたたき落として殺してしまうかもしれない。

42

マエストロが夫人のベールをまた直している。

これで六回目か七回目だった。マエストロがイーゼルにもどっていくとき、ベールがどんなふうに夫人の顔にかかってるのかよくみてみた。どうして今日に限って、ベールがそんなに気になるんだろう？　リザ夫人はたいてい、マエストロが望むとおりにポーズをとることができるのに。

マエストロがリザ夫人の肖像画《しょうぞうが》の作業をすすめると決めた日は、ぼくが先にリザ夫人の自宅にやられて、リザ夫人の都合を確認し、あらかじめ支度しておくよう告げる。夫人は決められたドレスに着替《きが》えて、作業場になっている部屋《へや》へいく。乳母《うば》に手を貸してもらって椅子《いす》に腰《こし》をおろし、ドレスのひだをととのえ、何ヶ月ものあいだやってきたのと同じポーズになるように体のむきを調節する。マエストロは到着《とうちゃく》すると、ほんの少し手を加えて、作業が始まる。ぼくは、マエストロにいわれるとおり、出ていくこともあれば部屋《へや》に残ることもある。

マエストロは三十分もいないこともあれば、半日以上すごすこともある。作業中、立ったまま夫人か肖像画《しょうぞうが》をみつめつづけていることもある。リザ夫人はそれでまごついたりすることはない。夫人は、考え事をしながら、じっとすわっていられる人だった。マエストロがわれにかえってひと言ふた言話しかけると、一時間もたっていても、夫人はまるで何事もなかったみたいにさりげなく会話をつづけることができた。夫人には自分なりの時間の感覚があって、その時間の流れのなかで行動している。マエストロの長い沈黙《ちんもく》を居心地悪く感じることはなかった。けど、夫人の気分がしずんでいるときには、マエストロはぼくに話をするようにいい、ぼくはいわれたとおりにする。

今日は、ベールの何が気にいらないんだろう？　夫人がベールを顔から離《はな》しすぎるんだろうか。

マエストロは作業をつづけたけど、ものの数分もしないうちに絵筆を置いた。

「何がまずいのかいってほしい」

「何もまずいことなどありませんわ、メッセル・レオナルド」

「何か気にかかっていることがあるはずだ」

「何もありません」

「ここに描《か》いている婦人は、私の目の前にいる人物とは別人だ」

マエストロは夫人をからかうようにいった。夫人が答える。

「自分のことは自分が一番よくわかっています。それはわたしですわ」

マエストロはため息をつくとまた絵筆を手にとった。

けど、たしかに夫人のようすに変わったところがあった。ぼくは夫人を観察して、マエストロが感じとったものをつきとめようとした。同じドレス、髪《かみ》、ベール、夫人の表情……。

夫人は、戸口のそばの椅子《いす》にいつも控《ひか》えている乳母《うば》にちらっと視線を送った。「ズィッタ。よければ、ちょっとむこうにいって休んでてちょうだい。わたしならだいじょうぶ。おふたりについていてもらっているから。またついていてほしくなったら、マッテオに呼びにいってもらうわ」

乳母《うば》は喜んで立ちあがった。この中庭に面した部屋《へや》を出て、召使《めしつか》いの離《はな》れのほうへ去っていった。

マエストロがぼくをみた。「マッテオ」ゆっくり口を開いていう。「アレクサンドリアン・ホワイトの絵の具が足りなくなりそうだ。工房《こうぼう》までもどって、とってきてくれないか？」

ぼくはマエストロをまじまじとみた。マエストロの絵筆や絵の具の準備をするのはぼくの仕事で、ぼくはこの役目をきっちり果たしていた。アレクサンドリアン・ホワイトの絵の具はたっぷり準備してある。ぼくが立っているところから、それははっきりみてとれた。ぼくはそういおうと口を開きかけた。

ところがマエストロがつづけた。「調合したばかりの絵の具がほしい。急ぐことはない。一時間くらいのんびりしてていい」

ぼくはお辞儀《じぎ》して部屋を出た。

ぼくは一時間の自由時間ができたのでサン・ロレンツォ教会のそばを通って町にはいっていきながら、何をしようか考えてみた。このまますぐ教会の秘密の工房《こうぼう》にいってもよかった。ゾロアストロはぼくの手伝いなんか必要なわけないけど、ゾロアストロが仕事をするところをながめてるのは楽しい。けど今日はあたたかくて気持ちよかったから、外にいたかった。

それにいま、気持ちを強く引かれているものがあった。いやいや始めたものが、自分でも気づかないうちに別のものに変わっていた。文字とたくさんの簡単な言葉が、ぼくの生活の自然な一部になって落ち着くうちに、読むことが楽しくなってきた。つっかえつっかえ読んでた語句が自信をもって読めるようになり、アルノ川につづく大通りを歩きながら壁《かべ》の貼《は》り紙やビラをみてはわかる言葉を読むようになった。そうするうちに、日に日に読める言葉が多くなっていった。

筆記屋はヴェッキオ橋のいつもの場所にいた。フェリペがぼくのために上質紙をまかなってくれるときいた筆記屋は、ぼくの仕事の空き時間はいくらでもレッスンをつけてくれるといってくれた。フェリペは、壁画《へきが》の修復作業とフィレンツェ評議会をなだめるのに忙《いそが》しくて、ぼくにつける先生をさがすどころじゃなかったから、このとりきめに賛成してくれた。ぼくがもっていった最初の上質紙で、筆記屋はクリスマスとエピファニーの祝祭にかなりの売り上げをあげた。東方の三博士の絵に祈《いの》りの言葉を書き添《そ》えた台紙は、この上質紙に書くととてもひきたって、金をおしまない客を引き寄せた。筆記屋は食べるものに困ることが少なくなり、借りてる部屋の暖炉《だんろ》にくべる焚《た》き木も買えるようになった。

「おお、マッテオか」筆記屋は、ぼくが近づいていくと顔もあげずにいった。

筆記屋は老人とは思えないぐらい耳がいい。いつも塔《とう》の下の片隅《かたすみ》にいるものだから、普通《ふつう》の人は気づかない。筆記屋はそんなふうにして、通行人がうっかり口に出しちゃったようなことをきいて、情報を集め、飲み物をおごってくれる人やパンをくれる人に情報を提供する。今考えてみると、筆記屋の商売だけでやっていけないときはそうやって食べていくしかなかったんだろう。

ひもじいっていうのがどういうことかはぼくも知ってる。それもそんな前の話でもない。冬、飢《う》え死にしそうだったとき、サンディーノにそそのかされて盗《ぬす》みをはたらいた。そしてぼくの盗《ぬす》みのせいで、少なくともひとりの人の命が失われた。サンディーノにこん棒で殴《なぐ》り殺された神父だ。

ぼくは腰《こし》をおろして、筆記屋が書き終わるのを待った。そうしているあいだ、ぼくはリザ夫人にもらった小さな本をとりだした。

「どのぐらいまで進んだ？」筆記屋がきいてきた。

「今、四ページ目だけど、知らない単語が六つある」

「じゃあ、最初からだ」筆記屋はインクを乾《かわ》かそうと紙を下に置いた。「読んでみろ」

「あるところに竜《りゅう》が住んでいました」ぼくはゆっくり読んだ。「この竜《りゅう》は、とても長い尾《お》をもった獰猛《どうもう》な怪物《かいぶつ》でした。その赤い翼《つばさ》は大きく、体はうろこでおおわれていました。竜《りゅう》は口をあけると、すさまじいほえ声とともに炎《ほのお》の息を吐《は》きます。足には鋭《するど》い爪《つめ》が生えていて、目にはいるものはすべて殺してしまうのです」

リザ夫人にもらった本は聖ゲオルギウスと竜《りゅう》の話だった。書かれた文字が読める初めての本だった。

「竜《りゅう》は、町はずれの沼《ぬま》に住んでいました。毎日、町の人々は竜《りゅう》にヒツジを二頭ずつ食べさせました。そのおかげで、町は竜《りゅう》に襲《おそ》われることなく、町の人々も殺されずにすんでいたのです。ところがある日、もうヒツジがいなくなってしまいました。毎日、ひとりずつ子どもをさしだすほかありません」

ぼくはそこで止まって息を吸った。

「マッテオ、そうあわてるな」

「けど、子どもたちがどうなるのか知りたいんだ」

筆記屋が声をあげて笑った。「それはそうだろうな。つづけろ」

ぼくは読みつづけた。つっかえると、筆記屋がむずかしい単語を読むのを手伝ってくれた。

「とうとう、町中の子どもがいなくなってしまいました。ただ、まだひとりだけ残っていました。王の娘《むすめ》、クレオドリンダ姫《ひめ》でした。王も妃《きさき》も、娘《むすめ》の運命を思って嘆《なげ》き悲しみました。竜《りゅう》が王女を食べようと沼《ぬま》から出てきたそのとき、太陽のように輝《かがや》くよろいを身にまとった騎士《きし》が馬に乗ってあらわれました。この騎士《きし》はゲオルギウスという名の聖人で、十人の男を合わせたくらいの力がありました。城壁《じょうへき》から町をみおろしていた王と妃《きさき》は、わが子に竜《りゅう》が近づくのを恐怖《きょうふ》におののきながらみつめています」

ぼくはそこで読むのをやめて、文字の横に描《えが》かれた絵をみた。とり乱した王と妃《きさき》が城壁《じょうへき》の上に立っているところだ。自分の運命を心配してくれる父親と母親がいるってどんな感じだろう？

「聖ゲオルギウスは大急ぎでかけつけ馬をおりると、クレオドリンダ姫《ひめ》をしばっていた縄《なわ》をほどき、王女と竜《りゅう》のあいだに立ちふさがります。そして、剣《けん》をぬくと竜《りゅう》に切りつけました。何度も何度も切りつけます。ところが、竜《りゅう》のうろこが剣《けん》をは、はじ……」

「はじき返します」筆記屋が読んでくれた。

「はじき返します」ぼくはくり返した。

筆記屋に助けてもらいながら、話を最後まで読んでいった。

「ところが、竜《りゅう》のうろこが剣《けん》をはじき返します。聖ゲオルギウスはふたたび馬にまたがりました。今度は槍《やり》を手にとり、竜《りゅう》の翼《つばさ》の下のうろこがないところをねらうことにしたのです。聖ゲオルギウスは槍《やり》を竜《りゅう》の胸の奥深《おくふか》くまで突《つ》き刺《さ》しました。竜《りゅう》は聖ゲオルギウスの足元に屍《しかばね》となって倒《たお》れました。こうして王女と町は救われたのでした」

ぼくは大きく息をついて読み終えた。

筆記屋がぼくの手から本をとった。

ほめてもらえるんだと思ってたら筆記屋はこういった。「字が読めるだけじゃ仕方ない。書けないとな」

「字が書けない人はたくさんいるよ」

「それは愚《おろ》かだ」

「どうして？」

「考えてもみろ。字が読めるのは便利かもしれん。だが、契約書《けいやくしょ》とか報告書とか、仕事の話をつけようと思ったら、字が書けたほうがいいにきまってる。信用ならん筆記屋に手紙を代筆させたら、自分の真意が伝わらないような手紙を書かれるかもしれんのだぞ。それに、物語や詩や歌を書きたくなったらどうする？　いちいちおまえの考えや夢を書きとってもらうわけにはいかんだろう」

最初、筆記屋の貴重なインクと紙を使わせてもらえなかった。

「川辺で木の皮をみつけてきてやる」筆記屋がいった。「すすを水でといたものに棒をつけて、書く練習をしろ」

いわれたとおりにした。よくわからなくて、しょっちゅう手を止めたけど。それから夜は、ろうそくの光のもとでフェリペが買ってくれた文字盤《もじばん》に木炭で書く練習をした。筆記屋は厳しくて、完璧《かんぺき》に書けてないとうなずいてもらえなかった。筆記屋が満足いくように書けるまで、同じ字を三十回以上書かされた。けどようやく待ちに待った日がきた。ヴェッキオ橋のいつもの場所にいってみると筆記屋がインクと紙を用意してくれていたのだ。筆記屋はぼくをすわらせペンをもたせると、初めての言葉をペンで書かせてくれた。

そのとき、自分のなかで何かが起こった。母親が、胎内《たいない》で動く赤ん坊《ぼう》を感じとるみたいに、文字はもう手に負えない敵じゃなくなった。この頭と手を使って、自分が使いこなせるものになった。

筆記屋にいわれるとおりに書いていく。

最初の文字は曲線を描《えが》きながら長く下に伸《の》び、上にもどるときは線はかすれる。母音は丸々としていて、まん中にふたつ並ぶ文字が詰《つ》まった音を表す。

文字が、目の前でひとつの言葉になる。いっしょになる運命だったといわんばかりに。

ぼくは紙をみつめた。

Matteo

冬の朝、鳴り響《ひび》く鐘《かね》の音みたいに澄《す》んだ音がはっきりきこえてくるみたいだった。

43

リザ夫人は妊娠《にんしん》していた。

医師がむりだろうといってたことが起こった。二年以上前に赤ん坊《ぼう》を失ったリザ夫人はこれ以上子どもをもつことはできないと思っていた。リザ夫人本人がそうマエストロにささやいた。死産した子どもがテーブルの上に横たわっていた、あの寒い部屋《へや》で。

あの晩、ぼくはマエストロのかばんから火口箱をとりだして、火打石を使って木炭に火をつけ、もってきた蜜蠟《みつろう》のかたまりをとかした。マエストロは開いた目元や口元に麻布《あさぬの》の端切《はぎ》れをかぶせ、あたためた蜜蠟《みつろう》をへらで赤ん坊《ぼう》の顔に塗《ぬ》っていった。蜜蠟《みつろう》が固まって仮面のようになるとそれをはずし、わらでそっとつつんでマントのなかにいれた。それから乳母《うば》のズイッタを呼び、女主人を呼びにやった。

リザ夫人が悲しみをあらわにしたのはそのときだけだった。後ろで夫人がむせび泣く声をききながら、ぼくたちは冬の暗闇《くらやみ》のなかへ出ていき、その家をあとにした。

そういうことがあったから、夫人は新しく宿った命のことをだれにも話したくなかったんだと思う。胎内《たいない》で赤ちゃんがしっかり成長するまでは。

ぼくは、マエストロが夫人の肖像画《しょうぞうが》を描《か》くことをやめようとするんじゃないかと思った。けど、実際は反対で、マエストロのお気に入りの仕事になった。マエストロは夫人の家に前より頻繁《ひんぱん》に通うようになった。日差しがまだ弱い朝早く訪ねていって、中庭にゆっくり日が落ちていくころにまた出かけていく。マエストロは絵筆をとりあげることはせず、肖像画《しょうぞうが》をじっとみつめているか、夫人の顔を観察していることが多かった。紙には夫人の口元や目元のスケッチを何枚となく描《えが》く。

そもそも、すごく微妙《びみょう》なちがいだったからぼくはほとんど気づかなかった。けど、夫人といっしょにこの部屋《へや》にいると、夫人に前にはなかった輝《かがや》きがあるのにだんだん気がついた。そして、夫人がそうやって変わっていくのを、マエストロは肖像画《しょうぞうが》のなかに描《えが》きとろうとしていた。ぼくたち三人ともに、やがてやってくるとわかっていたその日がきて、夫人がこういった。「そろそろ夫に話さなくてはなりません」

「そうだな」マエストロがため息をついた。

沈黙《ちんもく》があった。

「夫はわたしの好きにさせてくれるでしょう。わたしがつづけたいといえば」

「理解のある人だからな」マエストロがいった。

「でも――」夫人は最後まではいわなかった。

「わかった」


そのあとの作業は前とちがったものになった。

夫人のなかで意識が変わり、前の悲しみと絶望はもう思い出したくなくなったのかもしれない。悲しみをのりこえる時期にきていたんだろう。夫人は、胎内《たいない》に芽ばえた新しい命をむかえる準備の数々をみせてくれた。花嫁衣裳箱《カッソーネ》が置いてあるところにぼくたちをつれていき、箱をあけて、産着や、赤ちゃんの体に巻きつける麻布《あさぬの》をみせてくれたりした。

ある日、マエストロはひとりでデッラ・ストゥッファ通りまでいって肖像画《しょうぞうが》をもって帰ってきた。夫人にもらったにちがいない薄布《うすぬの》につつまれた肖像画《しょうぞうが》を教会の工房《こうぼう》に運びいれた。肖像画《しょうぞうが》は薄布《うすぬの》につつまれたまま、ぼくたちがフィエーゾレで生活するために引っ越《こ》していくときもいっしょにもっていかれた。マエストロはときどき布をとっては手をいれたり、その前に立って一時間以上も何か考えながらじっとみつめていたりしていた。この先、マエストロがするどの旅にも、この肖像画《しょうぞうが》はついていくことになった。

一生を終えるそのときまで、マエストロはこの絵を手元から放すことはなかった。

44

ぼくたちは真夜中になるまで待った。

フェリペは大型の荷馬車と、体の大きな馬を二頭手配してあった。月明かりと、おおいをかぶせたランプのわずかな明かりで、ぼくたちは飛行装置を慎重《しんちょう》に積みこみ、夜明け前、馬車を引いて町を出た。眠《ねむ》そうな見張りのいる検問を通りぬけ、フィエーゾレまでの曲がりくねった道を進んでいった。

工房《こうぼう》の収入を心配しているフェリペは、この引っ越《こ》し案をおしていた。フィレンツェ評議会からの支払《しはら》いは止まり、今ではこれまで支払《しはら》った分を返却《へんきゃく》するようにいわれ始めていた。このことをゾロアストロからきいたマエストロの義理の伯父《おじ》は、フィエーゾレの家にこないかといってくれた。教会の司教座聖堂参事会員をしているこの伯父《おじ》の家には、ぼくたち全員を泊《と》めるだけの場所があった。

坂を上りだすと、馬車馬の鼻の穴から鼻息が白くたちのぼるのがみえた。ぼくは荷馬車の上でゾロアストロといっしょに巨大《きょだい》な鳥の骨組みを支え、道中のでこぼこ道で傷がつかないようにしていた。朝日の光が東の山肌《やまはだ》を照らし始めると、ゾロアストロが歌いだした。「しっ」荷馬車の前にすわってたフェリペがすぐ注意した。「暗いうちに出たのは注意をひかないためだ。おまえのがなり声じゃ何キロも先まできこえてしまう」

「私の歌唱力に嫉妬《しっと》してるな」ゾロアストロが声をあげて笑い、その白い歯が暗闇《くらやみ》に浮《う》かびあがるのがみえた。けどフェリペに注意されてからはゾロアストロも静かになり、その朝きこえてくるのは、馬たちの苦しそうな息遣《いきづか》いと地面を蹴《け》るひづめの音だけだった。

マエストロの義理の伯父《おじ》はカノン・ドン・アレッサンドロ・アマドーリと呼ばれていた。どこの子にもこんな伯父《おじ》がいたらいいのに、っていうような人だった。寛大《かんだい》で、人がよくてやさしい。ぼくたちは歓迎《かんげい》され、それぞれ部屋《へや》を与《あた》えられた。飛行装置を置く特別な場所も用意されていた。装置は訪問者や召使《めしつか》いたちにみられないように、家から少し離《はな》れた納屋のなかに置いた。ぼくはそこにマットレスを敷《し》いて、見張りについた。

その晩は、みんないっしょに食事をとった。ぼくが皿やワインのカップを並べるのを手伝ってるとき、カノンがこっちをみてるのに気づいた。神父っていうのはどうして、こうやって目で相手を釘《くぎ》づけにして魂《たましい》を揺《ゆ》さぶるようなまねができるんだろう？　食事中も、神父がちらちらとぼくのほうをみてるのに気づいた。

「イザベラ・デステ」

ぼくが大皿からパンをひとつとったとき、カノンがマントヴァの侯爵夫人《こうしゃく》、イザベラ・デステの名前を口にした。ルクレツィア・ボルジアと結婚《けっこん》したフェラーラ公のアルフォンソの姉だ。

「侯爵夫人《こうしゃく》にしつこくせがまれている」カノンがマエストロにいった。「私がおまえとつながりがあるのを知っていて、肖像画《しょうぞうが》を描《か》くようにたのんでくれといわれた」カノンが声をあげて笑った。「どんな絵でもかまわないそうだ。しつこいったらありゃしない。弟の結婚《けっこん》式《しき》のときに、フェラーラで知り合いになったのが運のつきだったよ」

「マッテオもあの折、フェラーラにいた」マエストロがそういった。

ぼくの口にはパンがはいっていたので返事をしないですんだ。ただ小さくうなずく。

「ああ、そうだったな」フェリペがいった。「そしてあの美しいルクレツィア・ボルジアが勝ち誇《ほこ》った顔で町にはいってきて、落馬したって話をきかせてくれた。紫色のサテンに金のふちどりがあるルクレツィアの衣装まで話してくれた」

サライが身を乗りだしてきてぼくの耳元でささやいた。「おまえがどんな嘘《うそ》つきかばれるときがきたな」

「マッテオ、おまえの記憶力《きおくりょく》はたいしたものだ」カノンがいった。「まさにそっくりの衣装だった。そして祝砲《しゅくほう》が響《ひび》いたとき、おまえのいったとおりルクレツィア・ボルジアの馬が後ろ立ちになった。ルクレツィアは気をとりなおして馬を落ち着かせ、人々は喝采《かっさい》を送った」

サライがぼくをにらみつけた。

「どうしてあのときフェラーラにいた？」カノンがぼくにきいてきた。パンが喉《のど》につまりそうになった。「だれといっしょだったんだ？」

パンをのみこむ。「祖母です」ぼくはなんとかそういった。

マエストロがぼくの顔をじっとみすえる。

まずい。フェラーラに着く前におばあちゃんは死んだ、ってマエストロに話してたのを思い出した。

「では、あのとき群集のなかにおまえをみたのかもしれないな」カノンがいった。「どこかでみた顔だと思っていたのだ。おまえの顔には見覚えがある」

心臓が跳《は》ねあがった。さっきはやっぱりぼくのことをみていたんだ。何を知ってるんだろう？　ぼくがメディチ家の金印を受けとったのはアルビエリ神父からだったけど、そのときカノンが近くにいたんだろうか。意識を集中させないと首にさげた小袋《こぶくろ》に手をやってしまいそうだった。

けど、会話が進むにつれて、カノンのぼくへの関心は薄《うす》れたみたいだった。

「フェラーラはどちらかというと反教皇派だ。教皇にねらわれると、フェラーラは大変なことになるだろう」

「ただ、教皇軍の長官、マントヴァのフランチェスコ二世・ゴンザーガがルクレツィアに熱をあげているらしい。ルクレツィアはあの男を自分の思うように使うつもりかもしれない」

「ルクレツィアの兄よりはましなやり方だな」

「チェーザレ・ボルジアは、支配者としては優れています」フェリペがそういった。

それをきいてぼくはびっくりしてしまった。

「小君主たちが長年いがみあい、欲を張って領地をめぐって争うものだから、イタリアは他国の征服者《せいふくしゃ》たちの格好の的になってしまっています」フェリペがつづける。「小君主たちは城に金貨をためこむことばかり考えていて、領地をどう統治するかなんて考えてもいません。チェーザレが支配していたときは、治安判事や立法者が任命されて、商人たちも公正な商売を期待できました」

その晩、納屋にもどろうと歩いていると、山あいの平野に日が沈《しず》んでいくのがみえた。フィエーゾレの黄土の壁《かべ》と赤い屋根が、とりどりの色をそなえた自然のパレットと競っているみたいだった。この高台からは、川、広がる草原、森、そして遠くにフィレンツェの町の鐘楼《しょうろう》や尖塔《せんとう》がみわたせた。そして、町をみおろすように世界随一《ずいいち》のサンタ・マリア・デル・フィオーレ大聖堂のドームがそびえている。落ちていく陽《ひ》の最後の光を受けて、塔《とう》の頭の銅製の球は火がついたみたいに輝《かがや》いていた。

美しい風景に、ぼくの気持ちも落ち着いてきた。けど、この晩さらに驚《おどろ》くことが待っていた。

グラツィアーノは教会にとどまって残った仕事を片づけ、フィエーゾレには荷物といっしょに遅《おく》れて到着《とうちゃく》した。そのなかにぼく宛《あて》の手紙があった。

グラツィアーノがぼくをさがして納屋までやってきた。「マッテオ、悪い知らせがある。ヴェッキオ橋にすわってたあの筆記屋の老人の身にとんでもない不幸がふりかかった」

「不幸って、どんな?」ぼくはきいた。「何があったんですか?」

「マッテオ、おまえがあの老人と仲がよかったのは知ってるから、こんなことはいいたくないが。死んだんだ」

そうか。あの痛みがまたもどってきた。おばあちゃんが死んだとき感じたのと同じ痛みだ。

「年だし、体が弱ってたから」ぼくはいった。

「アルノ川に浮《う》かんでるのがみつかった」グラツィアーノがやさしくいった。

「ワインを飲みすぎることがよくあったし」

「ああ、だが――」

「それに川の流れは速い」ぼくはつづけた。グラツィアーノにつづきを話させなかった。

「春の嵐《あらし》で山から水を運んできてる。川に落ちたんだよ。今ごろは夜でも明るいけど、筆記屋のうちまでの道は暗いところを通らなくちゃならないから。あのへんの川ぞいの道には松明《たいまつ》がない。暗いところで足をすべらせて川に落ちたんだ」

「溺死《できし》したんじゃなさそうだ」

地獄《じごく》がぼくの目の前で口をあけているのがわからなかった。「溺《おぼ》れたんです」

「マッテオ、夜警は何者かに襲《おそ》われたと考えてる。情報をわたすのを拒《こば》んだせいで殺されたんだと。何があったのかはわからないが、とにかくようすがおかしい。死体は両目がえぐられていたんだ」

45

筆記屋は両目をえぐられていた。

むごい。

それも、筆記屋が情報をもらそうとしなかったからだっていう。どんな情報だろう？　いつもの場所にすわってると、筆記屋はいろんなことをみたりきいたりする。塔《とう》の片隅《かたすみ》に腰《こし》をおろしたまま、人の声が自然にはねかえって筆記屋をとりかこむように反響《はんきょう》してきこえてくるとある日、教えてくれたこともあった。通行人が大通りを離《はな》れて、橋につづく細い小道にちょうどはいってくるところだから、みんな肩《かた》を並べて歩かなくちゃならない。

《知識とは危険なものになりうる》

アヴェルノのベネディクト修道院長が何年も前にいった言葉だ。

だれが筆記屋シニストロのあとを追って殺したんだろう？　なんのために？

ぼくはグラツィアーノからもらった手紙をまだ手にもっていた。エリザベッタからだろう。

ほかに、ぼくに手紙をくれる人なんていない。けど、手紙の外側に書かれてるのはエリザベッタの字じゃなかった。でも見覚えがある。そのとき、それがだれの字なのかわかった。墓のむこうからやってきた手紙、筆記屋シニストロからの手紙だった。

マッテオ、それが本名かどうかはともかく、おまえに恐《おそ》ろしい危険が迫《せま》ってることを知らせるためにこの手紙を書いている。

今すぐフィレンツェを離《はな》れ、できるだけ遠くへいけ。わしに行き先は教えるな。今後、二度と連絡《れんらく》するんじゃない。わしもここを離《はな》れる。最近、ある男がフィレンツェ入りして、おまえのような背格好の少年をさがしまわっている。昔、わしが食べるのに困ったときに、通りで入手した情報をなんでも買ってくれていたスパイがいる。このスパイが、ある男がおまえのことをききたがってるといってきたのだ。今晩、その男と川べりで会うことになっている。だが、いくつもりはない。昨日《きのう》、その男が橋のそばに立ってるのをみたからだ。ひと目みて、ぞっとした。両手の親指の爪《つめ》を鉤爪《かぎづめ》のように伸《の》ばしていた。

わしらはこれ以上おたがいに関わらず、二度と話さないほうがいい。元気でな。マッテオ、おまえは頭がいい。その頭をむだにするな。

気をつけろ。

全身が震《ふる》えた。

〈両手の親指の爪《つめ》を鉤爪《かぎづめ》のように伸《の》ばした男〉サンディーノだ！

あいつしかいない。

ぼくはエリザベッタの手紙のことを考えた。手紙の内容は筆記屋も知っている。ぼくはこぶしでひたいを叩《たた》いた。筆記屋が手紙の内容を知ってるのは、マエストロが最初に読み方を習えっていってくれたとき、ぼくがつまらないことで意地をはって断ったからだ。筆記屋は記憶力《きおくりょく》がいい——いや記憶力《きおくりょく》がよかった。エリザベッタが書いてよこした人の名前や地名を覚えてるだろう。それを使ってサンディーノはぼくの跡《あと》を追える。ぼくはベルトの小物入れからエリザベッタの手紙をとりだし、確認してみた。メルテもペレラもそこに書かれていた。両手が震《ふる》えだす。ぼくがだれのところで働いているかも筆記屋は話してしまっただろうか。殺される前にどこまで話したんだろう？

夜が明け、ぼくは一睡《いっすい》もできなかった。けど、これからどうするか考えるひまはなかった。外が騒《さわ》がしかった。ゾロアストロが納屋に駆《か》けこんできた。

「うんといってくれた！　賛成してくれたぞ！」ゾロアストロはぼくの両わきに手をさしいれてぼくをかかえあげた。「今日《きょう》だ！　あの鳥は今日《きょう》空に飛び立つ！　マッテオ、飛ぶんだ！　飛ぶんだぞ！」

ぼくとゾロアストロは、ふたりではさむようにして飛行装置を運んでいき、林と採石場をみおろすところにおろした。

「ゾロアストロ、飛びたつには、駆《か》けおりなくてはならないぞ」マエストロがいった。

ゾロアストロは体を装置に固定させるベルトをしめながらうなずいた。鍛冶屋《かじや》のたくましい腕《うで》で支柱をつかみ、その腕《うで》に力をこめると血管が浮《う》きあがった。

ゾロアストロは体勢をととのえ、駆《か》けだした。

ぼくたちもいっしょに走る。

ゾロアストロは小柄《こがら》なわりに足が速い。みるみる前方に崖《がけ》が迫《せま》ってくる。

ぼくは勢いがついて止まれなくなった。

このまま体をもっていかれそうだ。だれかの手がぼくの上着をつかんだ。フェリペだった。けど、服が裂《さ》け、ぼくは崖《がけ》のふちから足を踏《ふ》みはずした。そのとき別の手がのびてきた――

両手でぼくのベルトをつかみ、マエストロがぼくをひっぱりあげてくれた。すさまじい勢いで、ゾロアストロをのせた装置は急降下し、みえなくなった。ぼくたちは草の上を腹ばいになって崖《がけ》から下をのぞきこみ、どうなったのかみようとした。ゾロアストロは、ぼくたちの下で風にのって舞《ま》いあがった。ゾロアストロが大喜びで歓声《かんせい》をあげるのがきこえた。

ゾロアストロはたしかに飛んだ。

そういうふうに記録されるべきだ。

けど、ゾロアストロを高く舞《ま》いあがらせた風は、山々を駆《か》けぬけてきた嵐《あらし》も呼びこんだ。雲のなかで稲妻《いなずま》が光る。空全体が揺《ゆ》れた。荒《あ》れ狂《くる》う風が山肌《やまはだ》に吹《ふ》きつける。

ぼくたちには何もできなかった。

白い鳥が強風に飲まれ、巨大《きょだい》な力にもてあそばれ、壊《こわ》れものみたいに揺《ゆ》さぶられるのを見守るしかなかった。

ゾロアストロは地面に打ちつけられた。

ゾロアストロは五日後に死んだ。

五日間苦しんで死んでいった。

マエストロは納屋に乱暴にはいっていくと、手当たり次第、あたりのものを投げ散らした。

「全部壊《こわ》してしまえ！　みたくもない！　二度とみたくない！」

マエストロは泣いていたにちがいない。

友人を亡くして泣いていたのかもしれない。人体のことを知りつくし、あれだけのスケッチを描《か》きつらね、体の仕組みを理解していたマエストロが、ただ見守る以外何もできなかった。ゾロアストロの骨が折れてるのはわかってたけど、治すことはできなかった。これほど悲しいことはない。けど、マエストロのそんな姿を実際にみることはなかった。

カノンは〈病者《びょうしゃ》の塗油《とゆ》〉の儀式《ぎしき》（臨終にある病人の癒《いや》しのために、聖なる油を塗《ぬ》り、祈《いの》る儀式《ぎしき》）をおこない、何時間も教会でひざまずいたまま、死にゆく者に平安をもたらしてくれるよう神に祈《いの》っていた。

ぼくたちはゾロアストロに革ひもを渡《わた》してやった。それを嚙《か》みしめるゾロアストロの顔からは汗《あせ》がしたたり落ち、横たわった白い枕《まくら》の上にその顔がくっきり浮《う》かびあがるみたいだった。

ぼくたちはゾロアストロを離《はな》れに寝《ね》かせなくちゃならなかった。ゾロアストロの苦痛の叫《さけ》びに召使《めしつか》いたちが震《ふる》えあがってしまったからだ。

「短剣《たんけん》をくれ！　手首を切る！」ゾロアストロが声をあげる。「私の斧《おの》をもってきてくれ！　たのむ！」ぼくたちひとりひとりにたのみこんだ。

「マッテオ」グラツィアーノがいった。「ゾロアストロの痛みをやわらげるハーブとか薬湯みたいなものはないのか？」

「ケシがあれば……」ぼくは最後までいわなかった。

「ゾロアストロを助けてやれるのか？」

「煎《せん》じ薬を作れます」ぼくはいった。「けど……」

「けど、なんだ？」マエストロが真剣《しんけん》な顔でぼくをみる。

「とても危険です」

マエストロは間を置いてからこういった。「ゾロアストロを殺してしまうかもしれんということか？」

「はい」

「その煎《せん》じ薬の材料をさがそう」マエストロはそういって部屋から出ていった。

人が人の命を奪《うば》うなんて許されない。

ぼくはそう信じてる。ぼくの信念は――教会の教えと昔から伝わる信仰《しんこう》が混ざったものだけど――命を与《あた》えるのも自然なら、その命を奪《うば》うのも自然だ。

ぼくはそういった。

「マッテオ、煎《せん》じ薬を作ってくれ」マエストロがいった。「痛みをやわらげてやりたい。煎《せん》じ薬を作ってくれれば、あとは私がやる」

煎《せん》じ薬を作りながら、おばあちゃんの処方がここにあったら、と思った。字が読めるようになったから、やり方がわかるのに。けど、この毒薬のことは覚えてた。

そのときふいに、おばあちゃんがこの煎《せん》じ薬を作っていたときのことを思い出した。おばあちゃんが死ぬ少し前の晩のことで、見知らぬ男がぼくたちの焚《た》き火のところにやってきた。

馬のひづめの音がきこえてくると、おばあちゃんは立ちあがり、ぼくに荷馬車のなかに隠《かく》れるようにいった。ぼそぼそ話す声がきこえてきて、子どもだったぼくは荷馬車のおおいのすきまからのぞいてみた。おばあちゃんがこういうのがきこえた。「面倒《めんどう》はごめんです」

「なら薬をよこせ」

男はナイフをもっていた。おばあちゃんは落ち着いてたけど、そのとき、ふたりがぼくに気づいた。

「ほら」張りつめた心配そうな声でおばあちゃんがいった。「寝《ね》なさい」

「あれはだれだ？」男がきいた。

「うちの子です」

「おまえはあの年ごろの子どもがいる年じゃないだろう」

「捨て子です」

「名前は？」

「カルロ」

「ジプシーのガキか？」

おばあちゃんがうなずく。けど、ぼくの名前はカルロじゃない。ヤネクなのにどうしておばあちゃんは嘘《うそ》をついたんだろう？　おばあちゃんが急いで荷馬車にやってきて、ぼくをなかに押《お》しこむと、砂糖菓子《がし》でぼくの口をふさいだ。「いいかい」おばあちゃんがささやいた。「しゃべっちゃだめだよ。いい子だから」

男は煎《せん》じ薬をとって去っていった。

男の姿がみえなくなるかならないかのうちに、おばあちゃんが出発の準備を始めた。荷造りしながらおばあちゃんがひとりごとをいうのがきこえた。

「どちらにせよ、そろそろいかなくちゃならなかったんだ。あそこに帰らなくちゃ」

おばあちゃんは山の高みにつづく小道に向けて出発した。荷馬車がとても通れそうにない道だ。地面は石ころだらけで、馬のひづめの跡《あと》は残らなかった。それでも、おばあちゃんは分厚い布で馬のひづめをおおい、なるべく石ころだらけの道を選んで進んだ。途中《とちゅう》で止まって食事をしたり体を洗ったりせず、排泄物《はいせつぶつ》ももって歩いた。夜のあいだぼくは眠《ねむ》ったけど、ときどき目を覚ますと、おばあちゃんにせかされて馬が足を速める音がきこえてきた。おばあちゃんは止まろうとしなかった。昼間は森のなかに荷馬車を隠《かく》した。寒かったけど、峠《とうげ》のむこう側、カステル・バルタというところにぶじ着くまで火は焚《た》かなかった。おばあちゃんはカステル・バルタで体調を崩《くず》し、結局それがもとで死ぬことになったんだ。

こんなにはっきり覚えてるのに、ケシの実の汁《しる》が煮立《にた》つのをみる今の今まで思い出さなかった。あの男がおばあちゃんに作るようにいったのは、このケシの汁《しる》の煎《せん》じ薬だった。

ケシの汁《しる》の煎《せん》じ薬は、痛みをやわらげ眠《ねむ》りを誘《さそ》い、そして静かに命を奪《うば》う。

ゾロアストロの埋葬《まいそう》をすませ、マエストロがフェリペにいった。「決めた。壁画《へきが》はだめになったし、リザ夫人はもう私を必要としていない。フランス宮廷《きゅうてい》にたのんで、フィレンツェ評議会との契約《けいやく》を解いてもらうよういってもらう。ミラノにいく」

サライが先にミラノに送られて、マエストロの手紙を届け、みんなが寝泊《ねとま》りできるところをみつけておくことになった。

「マッテオ、おまえは」サライが旅支度をしながらなんの気もなくきいてきた。「どうするつもりなんだ？」

「どういう意味だ？」みんなといっしょにミラノにいくものだと思っていた。

「メッセルは教育も受けていない召使《めしつか》いなんていらないと思うだろう」

「今は前とはちがう」ぼくはかっとなっていい返した。

「おまえは読み書きもできないじゃないか」サライがあざけった。「隠《かく》してるつもりだろうが、みんな知ってるぞ。おまえ、手紙を読むふりをしたり、返事を書くふりしたりしてただろ。みんな笑ってたんだ」

「じゃ、ほかに笑うネタをさがすんだな。ぼくは字が読めるんだから」ぼくは小物入れのなかの本をつかんだ。「ほら、ここには『聖ゲオルギウスと竜《りゅう》』の話がのってる。こう始まるんだ。《あるところに竜《りゅう》が住んでいました――》」

サライがばかにしたように笑った。「おまえは、どんなにむずかしい言葉で書いてある長文だって暗記できるってことくらいは知ってるさ。ある日、だれもきいてないと思ってメッセルがフェリペにこういってたのをきいたんだ。おまえはたった一度きいただけの話を、すらすらとくり返せるってな。おまえの記憶力《きおくりょく》に驚《おどろ》いてた。おれはおまえのばかさ加減に驚《おどろ》いてる」

「おまえになんか証拠《しょうこ》をみせる必要はないよ」ぼくは声をあげた。

「だが私は証拠《しょうこ》をみせてもらいたい」戸口のほうからそういう声がきこえてきた。

サライがぱっと振《ふ》り返る。いつからマエストロはあそこに立ってたんだろう？　今の話をきいてたのか？

マエストロはサライを無視して机にむかった。ペンをとりあげる。「さあ、マッテオ、どのぐらい書けるのかみせてくれ」

ぼくは震《ふる》える手でペンをとった。ぼくは自分の名前を書いてみせた。マッテオ。

次に、マエストロは本棚《ほんだな》から本を一冊とりだし、適当なページを開いた。「今度は読んでみろ」

ぼくはつっかえながらだったけど、なんとか一、二行読んだ。

マエストロはほほえんでくれなかった。「まあまあだな。だがまだまだだ。私の工房《こうぼう》の一員としてミラノにくるつもりなら、私のいうとおり、勉強にはげむと約束してもらわねばならん」

ぼくは上着のなかにしまった手紙のことを考えた。筆記屋からの警告の手紙だ。ぼくはうなずいた。

「ちゃんと口でいうんだ」

「約束します」

「では、そうしよう」マエストロはそのまま部屋《へや》を出ていってしまった。

サライは次の日に出かけていった。一週間もしないうちにたくさんの箱が運送屋にもっていかれ、一五〇六年の六月はじめ、ぼくたちはミラノにむけて出発した。

『メディチ家の紋章　下』につづく

著者　テリーザ・ブレスリン
Theresa Breslin

スコットランド生まれ。図書館の司書として働くかたわら、執筆活動をはじめる。1994年にディスレクシアの少年の物語『Whispers in the Graveyard』でカーネギー賞を受賞する。綿密なリサーチに基づき書き上げられた本作『メディチ家の紋章』は、2007年度のカーネギー賞の候補作となった。その他の作品に『ドリーム・アドベンチャー』(偕成社)などがある。

訳者　金原《かねはら》瑞人《みずひと》

1954年、岡山市生まれ。法政大学教授・翻訳家。訳書は児童書、ヤングアダルト小説、一般書、ノンフィクションなど450点以上。訳書に『不思議を売る男』(偕成社)、『青空のむこう』(求龍堂)、『豚の死なない日』(白水社)、『国のない男』(NHK出版)、『さよならを待つふたりのために』(岩波書店)、『月と六ペンス』(新潮社)など。エッセイに『サリンジャーに、マティーニを教わった』(潮出版社)など。日本の古典の翻案に『雨月物語』(岩崎書店)、『仮名手本忠臣蔵』(偕成社)などがある。

訳者　秋川《あきかわ》久美子《くみこ》

東京都生まれ。メリーランド大学日本語教師。英語・日本語教育にたずさわるかたわら、英語圏の小説作品の翻訳活動を続けている。訳書に『ラスト・ドッグ』(金原瑞人共訳、ほるぷ出版)、『小公女』(ポプラポケット文庫)、『リトルプリンセス――小公女セアラ』(西村書店)、『あの雲を追いかけて』(金原瑞人共訳、竹書房)がある。

Sunnyside Books
メディチ家の紋章 上

2016年2月26日　第1刷発行

作者　テリーザ・ブレスリン
訳者　金原瑞人
　　　秋川久美子
発行者　小峰紀雄
発行所　株式会社 小峰書店
〒162-0066 東京都新宿区市谷台町4-15
電話　03-3357-3521
FAX　03-3357-1027
http://www.komineshoten.co.jp/
印刷　株式会社 三秀舎
製本　小高製本工業株式会社

写真提供©AKG／PPS通信社

NDC933　416P　20cm　ISBN 978-4-338-28707-4